Marc Dugain

L'emprise

Trilogie de L'emprise, I

Gallimard

Marc Dugain est né au Sénégal en 1957. *La chambre des officiers*, son premier roman, paru en 1998, a reçu dix-huit prix littéraires, dont le prix des Libraires, le prix Nimier et le prix des Deux-Magots. Il a été traduit en Allemagne, en Grande-Bretagne et aux États-Unis. Adapté au cinéma par François Dupeyron, ce film a représenté la France au Festival de Cannes et a reçu deux Césars. Après *Campagne Anglaise* et *Heureux comme Dieu en France*, prix du meilleur roman français 2002 en Chine, il signe avec *La malédiction d'Edgar* un portrait fascinant de J. Edgar Hoover qu'il a adapté et réalisé lui-même en anglais en 2013 pour la télévision. En 2010, il porte à l'écran *Une exécution ordinaire*. Après un recueil de nouvelles salué par la critique, *En bas, les nuages*, dont il a adapté une nouvelle à la télévision en 2011, Marc Dugain signe *L'insomnie des étoiles* en 2010 et *Avenue des Géants* en 2012. En 2014, il inaugure avec *L'emprise* une trilogie du même nom. *Quinquennat*, paru en 2015, en est le deuxième tome et *Ultime partie*, paru en 2016, le troisième.

À Maxence, minuscule et colossal,
à sa sœur, ses frères et sa mère.
À Édouard, avec ma grande affection.

1

Lorraine tendit à son père une assiette de poisson froid.

— C'est bon pour tes artères. Tu devrais arrêter la nourriture grasse. Enfin... tu le sais mieux que personne.

L'homme n'aurait pas eu l'air si vieux s'il n'avait pas été malade.

— Qu'est-ce qui te dit que j'ai envie de m'économiser ? Imagine que j'arrête de boire, de fumer, de manger ce qui me fait plaisir. Qu'est-ce qui me restera ?

— Nous, répondit Lorraine. Mais ce n'est peut-être pas assez.

Gaspard se mit à rire très fort. Un rire étrange, placé haut, semblable à celui d'une grande bourgeoise qui pouffe en réprimant aussitôt son élan pour reprendre un visage lisse.

Son grand-père le regarda puis il baissa les yeux sur son assiette, attristé. La télé couvrait les bruits de fourchettes et les silences. Raison pour laquelle Lorraine l'allumait les dimanches soir, quand son père venait dîner. Elle se demanda s'il en aurait encore longtemps

11

la force. La perspective d'une issue fatale la réjouit furtivement, sentiment aussitôt contrarié par la honte.

Le vieil homme tendit son verre à son petit-fils.

— Donne-moi de l'eau.

L'adolescent se saisit de la bouteille en plastique et versa un peu d'eau au fond du verre avant de le rendre à son grand-père, qui, même s'il savait, resta médusé. Il fixa longuement son petit-fils, assis droit sur sa chaise sans le moindre signe de relâchement ou de nonchalance propre à sa génération. Sa nuque raide semblait pivoter mécaniquement. Il était difficile de lire sur son visage une expression autre qu'une bienveillance lointaine entrecoupée de longues absences. Lorraine regardait son père regarder son fils. Elle imaginait ce qu'il pensait. Son père, bien qu'ancien médecin, n'était pas capable de penser différemment.

Lorraine se leva pour débarrasser pendant que son père et Gaspard se tenaient face à face sans rien dire. Gaspard le fixait et l'intensité de son regard finit par le gêner. Ses yeux bleus paraissaient fouiller au fond de son âme comme un promeneur à la recherche d'une fleur rare, sur une terre pauvre. Il se demanda ce que sa fille avait pu lui dire sur lui. À l'approche de la fin, la hiérarchie des faits, des choses et des gens se reconstruit automatiquement selon un ordre qui donne sur la vie passée un éclairage nouveau. Cette fois, le grand-père se servit lui-même. Il tendit le bras pour attraper la bouteille de vin dont il se versa un grand verre. Il le but d'un trait, puis se leva avec difficulté et s'installa dans le salon où sa fille lui servit le café qu'il s'obstinait à prendre le soir.

De la cuisine, Lorraine lui lança :

— Tu restes avec nous pour le film ?

Le vieux posa sa tasse.

— Vous allez regarder quoi ?

— *Quai des orfèvres*, répondit Gaspard en préparant le DVD.

— Vous n'en avez pas marre ?

— Marre de quoi ? s'étonna Lorraine.

— De regarder toujours les mêmes films.

Lorraine entra dans la grande pièce, une assiette qu'elle essuyait entre les mains.

— Gaspard aime Jouvet.

— Je comprends, mais à ce point...

Gaspard se planta devant son grand-père et se mit à réciter d'un ton monocorde.

Le grand-père poussa sur ses bras pour se relever mais échoua. Il reprit, essoufflé :

— Je n'ai jamais compris qu'on puisse voir un film plusieurs fois.

Gaspard éclata de rire, du même rire que précédemment.

— Comme tu veux, enchaîna Lorraine. Je t'appelle un taxi ? Ou je te ramène en moto ?

Cette fois le vieil homme avait réussi à s'extraire du canapé.

— C'est un piège, ce truc-là. Non, c'est bon, je vais prendre le bus.

Il embrassa sans conviction son petit-fils puis se dirigea vers la porte. Lorraine fit en sorte qu'il ne l'embrasse pas et il n'insista pas. Une fois la porte refermée sur lui, Lorraine s'y adossa et resta un moment sans bouger.

— C'est aussi bien qu'il n'ait pas voulu regarder le film avec nous, non ?

Gaspard attendait, prêt à lancer le film, droit, les mains croisées sur ses cuisses.

— Je ne sais pas.

2

Philippe Launay se sentait oppressé ce matin-là, comme si quelqu'un appuyait sur sa poitrine. La nuque de son chauffeur lui apparaissait anormalement rouge. Cette plaque l'intriguait mais pas au point de le lui dire. D'ailleurs, ils parlaient peu ensemble. Il avait instauré avec lui une relation distante depuis son embauche, un an plus tôt, après que son précédent chauffeur était mort d'un cancer foudroyant. Launay s'en était attristé. Moins par compassion que par la pensée de sa propre disparition, comme il est de règle quand la mort frappe une personne familière sans être proche. Pour lui, les chauffeurs étaient une espèce à part. Dévoués sans limite pendant leur service, ils se grandissaient dès qu'ils en sortaient en livrant les secrets de l'intimité de leur employeur. Ils y ajoutaient leurs propres commentaires, souvent revanchards et amers. Certains d'entre eux rapportaient directement à la Direction centrale du renseignement intérieur, qui les rétribuait pour leurs indiscrétions.

Derrière les vitres de la voiture défilait un paysage mouillé. Les verts semblaient sortis d'une croûte d'un peintre du dimanche, trop riches. Le ciel se vidait depuis une bonne quinzaine de jours sans discontinuer. Quelques fermes fortifiées ponctuaient de vastes étendues plates de champs céréaliers.

La circonscription de Launay commençait dans cette plaine de culture intensive, bordée au nord d'une grande forêt qui retenait les nuages pour les crever. C'était une enclave entre la Normandie naissante et la banlieue finissante. Son électorat était un mélange de fermiers cossus, de grandes familles dispersées dans d'immenses villégiatures, de bourgeois bohèmes lassés de la capitale et de bourgeois tout court veillant à ce qu'un urbanisme conquérant ne menace pas leur havre ni un ordre que la proximité de Paris n'était jamais parvenue à bouleverser. La population y était assez âgée et les maisons de retraite nombreuses. Le vote défavorable croissant des bourgeois bohèmes avait été contrebalancé par celui plus amical des pensionnaires des maisons de retraite.

C'était justement devant une de ces résidences médicalisées dont il avait récemment favorisé l'ouverture que la voiture officielle s'arrêta. Launay n'y entrait ni comme maire, ni comme député, ni même comme chef de l'opposition. Ce qui n'empêcha pas le directeur de l'accueillir malgré l'heure matinale.

Launay venait rendre visite à son père qui finissait ses jours en toute quiétude et dans une relative dignité. Plus rien dans sa personne n'indiquait l'homme qu'il avait été, l'entrepreneur consciencieux et travailleur qui avait passé toute sa vie en Haute-Savoie avant que le veuvage et la sénilité n'obligent son fils à l'installer près de lui dans cette résidence dont les chambres s'ouvraient sur un bois sombre l'hiver. Sa conscience se défaisait de jour en jour comme pour l'habituer à ne plus être. Il reconnaissait difficilement son fils, qui ne passait jamais plus d'un quart d'heure avec lui mais aussi souvent qu'il le pouvait.

Le père de Launay se tenait assis sur une chaise en plastique au dessin moderne et de couleur vive. Il regardait au loin vers cette perspective bouchée. Launay s'approcha, alors que son escorte restait sur le seuil de la porte. Il tira une chaise près de son père et regarda dans la même direction que lui. Il resta un long moment sans rien dire. Lui qui avait le discours facile cherchait ses mots. Il parla d'une voix basse.

— Tu vois, la conscience de ma propre mort, moi je l'ai eue, je devais avoir huit ans. Chez ta mère. On ne sait pas pourquoi, d'un seul coup, l'idée que la vie finit forcément mal se révèle dans une lumière excessive pour un enfant. J'ai beaucoup pleuré.

Cet aveu lui fit monter les larmes aux yeux. Il jeta un coup d'œil à son père, qui n'avait pas bougé.

— Elle ne savait plus comment me consoler. Elle s'est mise à me parler de Dieu. Mais ça n'a pas marché.

Il sourit et regarda franchement son père. Impossible de savoir s'il entendait, s'il comprenait quelque chose, même des bribes.

— Il y a des conversations qu'on n'a pas eues, toi et moi, et que je tenais à avoir, avant qu'il ne soit trop tard. Je sais ce que je te dois. Si

17

tu n'avais pas été obligé de retirer un peu hon-
teusement ta candidaturc à la mairie de notre
ville, je n'aurais peut-être pas fait de politique.
Qu'est-ce qu'on te reprochait au fond ? D'avoir
été collabo, et résistant de la dernière heure ?
J'ai beaucoup réfléchi et je veux te dire que je
ne te juge pas.

Il posa une main sur celle de son père.

— Tout est parti de 14. On l'a baptisée la
Grande Guerre pour cacher à quel point elle
rapetissait l'humanité. Il fallait l'avoir gagnée
pour espérer se remettre de cette morbide incontinence. Et personne ne l'a gagnée, on le savait
bien de part et d'autre. C'est pourquoi les per-
dants se sont sentis obligés de la reprendre vingt
ans plus tard, encore plus sale et désolante. Je
comprends que tu n'aies pas voulu résister. Ton
père est revenu indemne de 14 mais il a fini en
hôpital psychiatrique à parler à ses camarades
morts, comme s'ils étaient là, à côté de lui. Je ne
t'en veux pas d'avoir laissé faire quand les Alle-
mands sont revenus. Pour être franc, j'en voulais
plus à maman.

Il s'éclaircit la voix, subitement troublé.

— Elle t'a aimé plus que moi. Je ne dis pas
que tu ne le méritais pas. Je n'ai été qu'une
concession à son amour pour toi. Elle t'a donné
un fils pour te faire plaisir. Je ne vous en veux
pas non plus de m'avoir casé pendant toute mon
enfance chez ma grand-mère. Vous aviez mieux
à faire. L'entreprise de bois, votre couple… Chez
elle, vous m'avez laissé le temps et la latitude de
m'ennuyer longuement. De l'ennui épais et lourd
naissent les ambitions durables. C'est ce qui s'est
passé.

Il sourit à son père dont le regard éteint piquait vers le sol. Un léger tremblement l'animait.

— On dit que pour être adulte il faut avoir pardonné à ses parents tout en étant capable de garder sa part d'enfant. Je vous ai pardonné. Et pour la part d'enfant, la politique s'en charge. Tu sais, c'est comme dans une cour de récréation. Les mêmes haines, les mêmes alliances, la loi du plus fort. On ne vieillit jamais dans ce milieu, c'est l'avantage.

Launay reçut un message sur son téléphone. Il venait d'Aurore, sa chargée de communication et sa maîtresse à l'occasion.

Il s'était réveillé en la désirant. Il leur arrivait de coucher ensemble plusieurs fois par jour pendant une semaine et puis tout retombait, parfois durant près d'un mois. Leur relation était une suite inexplicable d'embrasements et de désaffections brutales. Mais elle tenait une grande place dans ses fantasmes et rares étaient les jours où il se réveillait sans la désirer, même si ce désir s'évaporait souvent dès les premiers gestes du lever pour ne ressurgir que le lendemain. Il ne désirait pas d'autre femme. Aurore réunissait à ses yeux à peu près toutes les qualités, y compris celle d'accepter ses pannes d'élan amoureux et, quand il avait de ces élans, sa brutalité à les exprimer.

Launay referma son téléphone, l'air de sortir d'un songe. Son père n'avait pas bougé. Il se leva, l'embrassa sur le front, et lui dit :

— Dans ma position, je ne peux me confier à personne d'autre que toi.

Il n'était pas encore 7 heures du matin. Il remercia le personnel de l'établissement et rejoignit sa voiture sous une pluie battante. La nuit n'était pas près de se lever sur une journée déprimante. La voiture se mit à rouler en direction de Paris où il allait rejoindre son bureau au siège de son parti. Son chauffeur avait allumé la radio. Les informations s'ouvrirent sur la nouvelle qu'il connaissait déjà. À un an et demi de l'élection présidentielle, un sondage commandé par un grand quotidien du matin le donnait vainqueur au deuxième tour, largement en tête devant le candidat de l'extrême droite. Le président sortant était relégué aux caves d'un sondage qui confirmait celui que sa propre équipe avait commandé une semaine auparavant, mais, cette fois, l'écart avec les autres se creusait significativement au point que, selon toute logique, il lui était désormais impossible de perdre. Launay savait à quel point les certitudes en politique sont des leurres et il connaissait mieux que quiconque le conservatisme d'une population vieillissante qui, tout en vilipendant son président en exercice, était capable de le réélire par simple crainte du changement et par un goût psychotique pour la continuité. Le rythme ternaire du quinquennat était toujours le même : enthousiasme, déception, accoutumance ; et de cette accoutumance naissait la crainte d'un vrai changement qui, par bonheur pour les électeurs, ne s'était pas produit pendant les cinq années écoulées. Malgré ces réserves, les chiffres étaient vraiment bons.

Le chauffeur se retourna légèrement pour le féliciter. Il répondit par un demi-sourire adressé au rétroviseur et il lui demanda de baisser la radio.

Les demandes d'interviews se mirent à pleuvoir sur son téléphone, faible échantillon de ce qu'elles devaient être en totalité car peu de médias avaient son numéro direct. Il ne répondit à aucune et constata une fois de plus ce qui faisait sa force : une insensibilité pathologique aux succès comme aux échecs, qui lui avait fait gravir les échelons de la méritocratie française sans jamais en tirer plus de plaisir que celui d'un devoir accompli sans effort considérable.

3

Lars Sternfall aimait prendre le train depuis son enfance. Cet espace clos en mouvement sécurisait son esprit. Il regrettait le temps, pas très ancien, des voitures à compartiments et des longs couloirs où les gens se frôlaient.

Lars Sternfall vivait dans le sentiment que le bonheur était une ambition qui le dépassait mais qu'il était tout à fait capable de profiter de moments de bien-être. À propos de son enfance, il ne se souvenait de rien d'extraordinaire. Un père âgé, présent à la maison et toujours absent, absorbé dans des pensées qu'on aurait pu croire attachées à sa foi car il était pasteur, mais Sternfall avait fini par en douter. Sa mère, plus jeune, organiste talentueuse mais sans génie, s'était appliquée à éduquer son fils dans un équilibre dépourvu de fantaisie. Si ses parents s'entendaient bien, rien pourtant dans leur relation n'aurait pu le convaincre qu'il était le fruit du désir ou de l'amour.

Un curieux phénomène de l'esprit l'avait conduit à reproduire le même schéma en épousant une femme qu'il n'aimait pas et qu'il désirait peu. Il s'imaginait que la médiocrité de ses sentiments pour elle avait été sanctionnée par la naissance d'un enfant trisomique, qui aurait certainement pu être évitée avec plus de précautions durant la grossesse.

Les nouveaux trains régionaux n'avaient pas le charme des anciens. Ils oscillaient latéralement, rendant l'écriture impossible et la lecture nauséeuse. Il était content d'en sortir. Le sien venait de la pointe nord du Cotentin. Il marcha dans les couloirs du métro Saint-Lazare porté par une foule impressionnante débarquée de l'Ouest. Il résista vaillamment à l'oppression créée par le nombre sur l'individu. Croiser des milliers de Parisiens ou de provinciaux pressés au visage sans joie le réconfortait un peu sans toutefois gommer tous les inconvénients de cette promiscuité involontaire. Il voulut s'arrêter pour consulter un plan de métro mais le flot des gens l'en empêcha. Il finit par se retrouver sur le bon quai. Une annonce lâchée par des haut-parleurs grésillants signala que le trafic était interrompu, suite à un incident voyageur grave survenu quelques stations plus haut. La chose était fréquente. Il s'agissait certainement d'un suicide. Sternfall pensa que si c'était le cas, le geste n'avait pas été prémédité. Le passager en question n'y pensait pas quand il attendait la rame parmi les autres. Il avait dû vivre cette soudaine arrivée du train dans son fracas métallique comme une opportunité à saisir, en se disant curieusement qu'elle ne se reproduirait jamais.

La station se remplit comme un évier bouché et Sternfall décida d'en sortir. Il voulait éviter d'être en retard. La personne qu'il craignait de faire attendre n'était pas n'importe qui. Il s'agissait de Blandine Habber, l'ancienne présidente du groupe Arlena, le fleuron de l'industrie nucléaire française. Ils avaient rendez-vous au rayon bricolage du BHV devant les perceuses. Sternfall était ingénieur dans le groupe mais surtout syndicaliste, représentant du collège des cadres. Sa relation avec Blandine Habber avait toujours été courtoise. Il ne voulait pas que son retard puisse passer pour de la désinvolture au prétexte qu'elle n'était plus rien dans le groupe. Il fit plus tôt ce qu'il avait prévu de faire plus tard, en cherchant un taxi pour casser une éventuelle filature. Il n'en vit aucun. Les travaux autour de la gare, l'heure de pointe, tout concourait à raréfier une offre qui répondait rarement à la demande. Il finit par trouver un chauffeur en fin de service. Il regarda derrière lui pour s'assurer qu'il n'était pas suivi : personne ne collait à l'idée qu'il se faisait d'un poursuivant. Il se sentit émoustillé par ce rôle qu'il jouait pour la première fois. Malgré les couloirs réservés, le taxi se trouva très vite bloqué dans la circulation. Il se fit déposer près du Louvre où il prit la ligne 1 jusqu'au BHV, et il déboucha dans le grand magasin. À cette heure-là, la clientèle clairsemée ressemblait à des oiseaux qui picorent sans faim, et on lisait sur les visages que l'envie d'acheter n'avait pas encore percé la brume matinale des esprits engourdis. Il scruta l'allée qui était convenue entre eux mais ne trouva personne. Il fit mine de s'intéresser au matériel exposé et fut surpris par le prix qui en était demandé.

24

Blandine Habber apparut avant qu'il n'ait fini de parcourir le rayon. Elle portait un chapeau sans élégance et des lunettes de soleil bon marché. Sternfall remarqua qu'elle avait beaucoup vieilli, comme si elle avait basculé dans une autre génération. Son éviction y était sans doute pour quelque chose. Elle avait vu venir le projet de fusion de l'électricité et de l'atome avec réticence, puis quand Charles Volone, le président de la Française d'électricité, en avait pris l'initiative, elle avait pensé légitimement qu'il creusait sa propre tombe. Elle s'imaginait avoir le soutien de l'Élysée pour briguer la tête de l'ensemble. Le président était son ami depuis l'ENA bien qu'elle en soit sortie à un meilleur rang, preuve qu'il n'était pas rancunier. Elle se savait aussi soutenue par les syndicats. Sternfall avait particulièrement œuvré pour son maintien. Son éviction lui était apparue d'autant plus violente qu'elle ne s'y était pas préparée. Elle avait quitté le conseil d'administration qui avait entériné son départ sur une poignée de main glaciale de son exécuteur tenant dans l'autre main la promesse d'un chèque dont le montant avait été déterminé dans l'idée de la désintéresser définitivement. Elle l'avait encaissé mais c'était mal la connaître que de croire qu'elle en resterait là.

— Je savais que je pouvais compter sur vous. À quelle heure a lieu votre comité central d'entreprise ?

— À 16 heures, madame.

— À partir d'aujourd'hui, on ne doit plus se voir ni correspondre directement. Je vais vous donner un numéro, celui de ma femme de ménage. Quand vous vous serez procuré un téléphone à carte, vous l'appellerez au prétexte que vous cherchez une garde d'enfant et vous lui laisserez le numéro de ce téléphone. Je vous rappellerai ensuite sur ce téléphone, dont vous ne vous servirez que pour correspondre avec moi. Entendu ?

— Entendu, madame.

— Lars, j'ai bien réfléchi. Les ambitions personnelles de Volone ne suffisent pas à expliquer qu'on m'ait virée. Il se prépare quelque chose qu'on ne voulait pas que je voie, qui aurait heurté mes convictions. Et pourtant, pour travailler dans ce secteur il faut avoir des qualités morales extensibles, vous êtes d'accord ?

— Il faut un certain réalisme, j'en conviens.

— La chose doit donc être de taille ?

— Certainement.

Ils marchaient en direction de la sortie et remontaient les escaliers mécaniques.

— Il s'est joué une partie dans mon dos qui ne m'a pas laissé ma chance. Cette opacité n'est pas plus acceptable pour vous que pour moi. Vous devez regarder en direction du dossier « Mandarin ». Demandez quelles en sont les conséquences en termes de transfert de technologie, d'emploi et d'intéressement. C'est une façon naturelle d'aborder un dossier comme celui-ci pour quelqu'un comme vous. Revenez sans cesse à la charge. Je pense que c'est là que quelque chose se trame. Sinon, l'ambiance en général ?

— Mauvaise. Suspicion, défiance, enquêtes sur le personnel, obsession de la sécurité, une quinzaine de cadres supérieurs en dépression longue durée, sept suicides. Ils ont externalisé tous les emplois dangereux pour la santé chez des sous-traitants. Ils cherchent à compenser le mauvais climat par une politique salariale généreuse et une grande flexibilité des horaires de travail. Ils font courir l'idée que certains délégués syndicaux seraient infiltrés par des intérêts étrangers. C'est assez imprécis pour que chacun se sente visé. Volone vient d'ailleurs de nommer un nouveau directeur de la sécurité, un ancien de la DCRI.

— Ils vont vous faire le coup de la sécurité de l'État ou du secret-défense pour vous écarter mais accrochez-vous. C'est bien, ce que vous faites, Sternfall.

Elle le quitta sans prévenir comme si elle ne lui avait jamais parlé.

Elle ne l'avait pas choisi au hasard. Il n'était pas homme à se laisser manipuler ni acheter et ils avaient, du temps de sa présidence, lié une relation d'estime et de confiance. Sternfall admirait Blandine Habber qui avait exercé sur lui une autorité naturelle faite de compétence et d'humanité. Elle savait aussi se montrer impitoyable à l'occasion et il voyait en cela l'attitude d'un vrai chef. Il lui était parfois arrivé de se reprocher à lui-même d'idéaliser cette femme qui dégageait une force qu'il n'avait jamais notée à ce niveau chez aucun homme. Aucune fragilité n'émanait d'elle, et la précision avec laquelle elle déroulait son intelligence l'impressionnait. Son respect pour le fait syndical lui avait paru remarquable. Il s'était demandé parfois, lui qui n'avait jamais aimé aucune femme, s'il aurait pu tomber amoureux de Blandine Habber. Mais il n'avait jamais dépassé le stade de la question rhétorique.

27

Sternfall n'était pas un homme d'initiative. Il était incapable de diriger et cela, selon lui, lui donnait toute légitimité pour représenter au comité d'entreprise ceux qui l'étaient. Il le faisait avec une détermination presque sacerdotale, ne laissant rien passer aux nouveaux dirigeants. L'atome était, pour lui, l'expression même de la liberté occidentale, de la non-dépendance énergétique vis-à-vis de pays moralement infréquentables pour la plupart. L'étudiant passionné par l'espace était devenu naturellement physicien nucléaire, et il avait fait toute sa carrière dans la même entreprise. D'ailleurs, il n'avait jamais proprement cherché à faire carrière. Son ambition se résumait à ce qu'il considérait comme un « désir légitime de tranquillité » dans une branche qui l'intéressait. Son aversion pour la pression psychologique et le stress l'avait amené au syndicalisme afin de se protéger de sa hiérarchie.

Le court échange avec Blandine Habber lui laissait un fort sentiment d'utilité. Il allait œuvrer pour son retour, car, au fond, il s'agissait de cela. Il n'attendait de son engagement aucune récompense, et si Blandine Habber reprenait la tête de l'entreprise, l'ordre des choses serait simplement restauré. Il entendait bien rester à sa place d'ingénieur syndicaliste et y finir sa carrière.

L'heure à laquelle le comité central d'entreprise avait été fixé lui laissait le temps de flâner. Un lieu lui tenait à cœur, un lieu qu'il se promettait de visiter depuis longtemps. Il s'enfonça dans le métro. Il s'étonna de voir à quel point, une demi-heure plus tard, sa respiration avait changé. Le flot des empressés avait touché sa destination finale et il ne restait sous terre que quelques étudiants aux mines rassurantes, quelques femmes endormies parties faire des courses avant d'en avoir vraiment la force.

Le musée de la Vie romantique se logeait dans un recoin discret de la rue Chaptal. Le lieu était comme il l'avait imaginé. Il observa un à un chaque tableau, avec un soin de connaisseur, puis, quand il en eut fini le tour, il s'attabla sur la terrasse, sous de grands arbres curieusement épanouis en l'absence de lumière.

Une jeune femme seule qu'il avait déjà remarquée dans le musée vint s'asseoir à une table voisine en prenant soin de rabattre sa jupe sous elle. Sternfall la détailla sans grossièreté, admirant ce que ce corps sans grande beauté dégageait de grâce. La différence d'âge ne lui autorisait aucun espoir. La jeune femme remarqua son intérêt pour elle et se détourna franchement. Il se replia alors sur lui-même, confus de cette liberté qu'il s'était accordée. Il sortit un livre d'Ogawa, et resta ainsi à respirer ce lieu rassurant. D'autres jeunes femmes seules se succédèrent autour de lui, mais il fit semblant de ne pas les voir, de crainte qu'elles ne lui renvoient la même image. La tristesse fondit sur lui en même temps que le sentiment fugace et violent d'avoir vécu pour rien. Il y résista en commandant une part de quiche et un verre de vin à une serveuse qui venait de prendre son service. Il se replongea ensuite dans son livre en essayant de ne pas penser. Il y réussit assez bien jusqu'à l'heure de partir pour rejoindre la réunion du comité d'entreprise.

4

Le soir, Lorraine ne parvenait pas à quitter son fils. Ils regardaient un ou deux films pris dans l'immense vidéothèque qui recouvrait les murs. Gaspard choisissait toujours. De préférence des films français des débuts du parlant jusqu'à la Nouvelle Vague. Lorraine aimait tout ce qu'aimait son fils sauf les films policiers.

Le matin, Gaspard faisait la grasse matinée et il leur arrivait rarement de se croiser. Lorraine ne se contentait pas de changer de vêtements d'un jour sur l'autre mais elle changeait aussi de coiffure, de tête, d'allure. Elle passait de la femme exécutive serrée dans un tailleur gris soyeux, bas résille et talons hauts, à une tenue en cuir de motocycliste anglais des années soixante. Mais son déguisement préféré était celui de la femme ordinaire, et comme rien n'était ordinaire en elle, on aurait dit une reconstruction. Elle n'était elle-même que pour son fils, ce qui expliquait que ses transformations s'opéraient dans son garage, où elle avait aménagé une penderie et une table de maquillage. Lorraine avait la phobie des autres et évitait d'emprunter les transports publics, sauf quand la météo l'y obligeait, les rares fois où il neigeait. La plupart du temps, elle ralliait la DCRI en moto.

Elle quittait son garage à 7 h 30 le matin pour atteindre son bureau à 8 heures. Laisser Gaspard, le laisser seul toute la journée, lui fendait le cœur. Gaspard ne sortait jamais avant 18 heures. Il lisait. Tout, sauf des romans, qui ne correspondaient pas à son mode de pensée. Il préférait les ouvrages méthodiques. Il pouvait tout aussi bien ne rien faire et regarder par la fenêtre en ordonnant dans son esprit certaines données. Comme recenser les piétons qui passaient dans la rue entre 10 et 11 heures du matin en fonction de leur origine ethnique et comparer les résultats sur plusieurs jours. Son étude la plus ambitieuse portait sur la beauté des femmes, qu'il classait de 1 à 5, d'affligeante à éblouissante. Le taux de femmes éblouissantes était toujours haut. Aucune femme ne méritait jamais la plus basse note. Les journées s'égrenaient ainsi depuis que, l'année de ses seize ans, l'école publique avait rendu Gaspard à sa mère. Cinq mois s'étaient écoulés depuis.

5

— C'est l'histoire d'un acteur. Il est en face d'un autre type. L'acteur parle de lui, toujours de lui, que de lui, cela pendant une heure. Au bout d'une heure, il réalise que son interlocuteur n'a toujours rien dit. Alors il s'en excuse : « Pardonne-moi, je bavarde, je bavarde. Parle-moi un peu de toi, tu veux ? Comment tu as trouvé mon dernier film ? »

Gaspard fixa son père sans changer d'expression. Il souriait, mais il souriait déjà avant. Vincent reprit :

— Tu comprends la blague ? Le type ne parle que de lui et quand il demande à l'autre de...

— L'acteur dans ton histoire, c'est toi ?

Vincent soupira.

Gaspard réitéra sa question.

— Dis-moi, l'acteur, c'est toi ?

Vincent lutta contre l'exaspération.

— Non, l'acteur ce n'est pas moi. C'est un personnage inventé pour raconter une histoire, tu comprends ?

Gaspard ne répondit rien.

Le midi, il lui arrivait de déjeuner avec son père dans un bistrot du coin, son père ne déjeunant que dans les bistrots du coin. Son père s'aimait. Cela gênait moins Gaspard que sa mise négligée et ses faux airs à la mode dans des vêtements trop jeunes pour son âge. Son père travaillait toujours sur des projets dont il rappelait l'importance en croisant ses jambes sous la table, en s'effondrant sur un avant-bras, une joue dans une main, l'autre main lui servant à ramener son impressionnante tignasse en arrière. Un film important, un doublage important, une pièce importante. Il écrivait aussi des scénarios de films et des pièces de théâtre. Dans la réalité, il jouait peu et ses écrits n'aboutissaient pas. Cela tenait selon lui au fait qu'il ne faisait peut-être pas les bonnes rencontres. Il vivait de son statut d'intermittent du spectacle et d'un pécule légué par sa mère dont la famille avait réussi dans la passementerie.

Il déjeunait régulièrement avec son fils sauf quand un rendez-vous important avec un réalisateur ou un producteur l'en empêchait. Mais pas plus de deux fois par semaine, pour cacher à son fils que les rendez-vous importants étaient rares. La plupart des déjeuners avaient lieu Chez Paulette, un bistrot tenu par deux vieilles femmes portugaises qui maintenaient des prix raisonnables pour le quartier en servant des assiettes garnies sans être copieuses sur des tables en formica jaune ou pourpre tigré. Le service y était lent. Le père de Gaspard pouvait parler des heures sans s'interrompre.

Aucun rôle n'était jamais assez puissant pour lui permettre de s'oublier, c'est ce qui avait compromis sa carrière. Il avait inconsciemment peur, en se glissant dans la peau d'un autre, de disparaître aux yeux de sa mère. Son charme venait de sa capacité à rire de son narcissisme. En réalité, il faisait mine d'en rire. Lorraine l'avait aimé avant de réaliser que, pour Vincent, partager l'amour de lui-même avec quelqu'un lui coûtait horriblement.

Vincent, le menton appuyé sur la main, prit un air solennel.

— Il faut que les choses soient claires, Gaspard. Je n'ai pas quitté ta mère parce qu'elle était enceinte de toi et de ton frère jumeau, qui n'a malheureusement pas vécu. Je l'ai quittée parce qu'elle a décidé à ce moment-là de passer les concours pour entrer dans la police, un monde qui m'est complètement étranger et qui doit le rester. Quand j'ai connu ta mère, elle étudiait le chinois, elle ne voulait pas représenter l'ordre... Qu'est-ce que tu fais de tes journées, maintenant ?

— Je fais des statistiques jusqu'à 18 heures.

— Des statistiques ?

— Oui, pour avoir une meilleure représentation de la réalité. Et le soir, je fais du théâtre.

— Du théâtre, toi, du théâtre ?

Après ce déjeuner, Vincent n'avait pu s'empêcher de téléphoner à Lorraine, l'accusant de prendre des risques inconsidérés pour l'équilibre de l'adolescent, en l'inscrivant à des cours dont il finirait d'une façon ou d'une autre par devenir la risée.

— Qu'est-ce que tu proposes d'autre ?

Vincent avait longuement réfléchi avant de répondre :

— Je ne sais pas.

— Tu vois bien.

Leur conversation s'était arrêtée là.

6

Lorraine avait garé sa moto au sous-sol dans un recoin sombre. Elle se dirigea vers les ascenseurs. Elle monta. Au rez-de-chaussée, la porte s'ouvrit sur un homme de taille moyenne. Il se tenait penché sans être voûté, tête légèrement baissée offrant au regard une calvitie franche qui révélait un crâne bosselé et bronzé. L'homme releva la tête et entra dans l'ascenseur. Elle le salua. L'homme ne répondit pas, et, au lieu de se tourner, il se planta en face d'elle, la dévisageant. Les cinq étages lui parurent longs. Quand la porte coulissa, elle avança en le contournant et lui souhaita une bonne journée. Cette fois encore, il ne répondit rien. Mais au moment où elle sortit, il l'interpella :

— Dites-moi, vous êtes du Nord, non ?

Sa tête pivota tandis que son corps poursuivait sur son élan.

— De Bretagne, monsieur.

— C'est bien ce que je me disais. Pour se balader par ce temps avec des vêtements aussi légers, on est forcément du Nord.

Elle attendit pour voir si la conversation allait se prolonger mais la moue que fit l'homme signifia le contraire.

La porte de l'ascenseur se referma. Elle se dirigea vers son bureau. Le patron était bien tel qu'on le lui avait décrit, d'une froide familiarité. Elle travaillait ici depuis bientôt un an mais c'était leur première rencontre. Elle en était troublée car ses vêtements étaient parfaitement adaptés à la saison. La facilité avec laquelle tombaient les habilitations nourrissait sa crainte de l'avoir indisposé, mais son naturel optimiste prit le dessus.

Elle entra sa carte magnétique et composa son code. Son bureau était étroit mais la vue qu'il offrait était assez étendue pour lui éviter de se sentir étouffer. Elle accrocha ses vêtements de pluie et son blouson en cuir sur une patère. Elle s'étira longuement puis elle prit dans son armoire sécurisée un dossier volumineux dont elle avait été saisie par son supérieur, un personnage qui en toute circonstance frisait l'abjection. Par bonheur, elle le voyait peu.

Elle étala les photos sur son bureau. Un joli travail de filature réalisé en amont débouchait sur une centaine de clichés. Elle les observa un par un, en essayant de déceler chez le sujet un trait de caractère qui pourrait lui servir. Elle se nommait Li. Elle était assez grande et les photos révélaient un corps élégant. Son visage était d'une beauté remarquable. Elle devait avoir dans les trente-cinq ans, à peine plus jeune que Lorraine. Elle était photographe, renommée dans son domaine. Un dossier récapitulant une bonne partie de ses œuvres avait été annexé.

Les clichés faisaient référence au travail de Crewdson qui lui-même s'était inspiré de Hopper. La même fixité particulière des personnages, comme si la photo contenait en elle-même son absence de limite, procédé très ancien de narration infinie dans un cadre réduit qui remontait aux primitifs flamands. Cette question de l'infini, parce qu'elle était parfaitement maîtrisée dans son travail, plaçait Li chez les grands, Lorraine en eut immédiatement conscience. Elle passa un long moment à regarder les photos composées par l'artiste, s'offrant ainsi un voyage inespéré dans le monde sujet de sa vaste narration. La fiche mentionnait nombre de collectionneurs fidèles, des banquiers, des aristocrates européens, un ancien ministre de la Culture français qui s'était donné beaucoup de mal pour se faire offrir une de ses œuvres. Mais un acheteur retenait particulièrement l'attention sur la liste, et il était souligné à plusieurs reprises. Le service enquêtes et filatures avait travaillé avec soin, ne laissant aucune information de côté. Elle vivait dans un atelier-studio du Marais, non loin de chez Lorraine, et son immeuble moderne du XIe limitrophe.

Son dossier financier révélait que cette Chinoise disposait de plus d'argent que ses photos ne lui en rapportaient, ce qui suggérait qu'elle avait des revenus annexes. Elle passait beaucoup de temps à travailler. Elle sortait régulièrement le midi et le soir. Elle avait une relation très intime avec son plus gros collectionneur, relation à l'origine de la surveillance. Ils se rencontraient au moins deux fois par semaine. Il passait régulièrement la nuit chez elle. Les autres soirs, il arrivait à Li de se rendre seule dans un lieu essentiellement fréquenté par des femmes cherchant la compagnie d'autres femmes. Il lui arrivait aussi de dîner avec des acheteurs chinois sur lesquels pesaient de fortes présomptions d'appartenance à un réseau de renseignement. Lorraine détailla une nouvelle fois les photos de Li et ressentit un peu de jalousie. Un article de presse d'une revue spécialisée en art faisait état d'« une appropriation du désordre spatial dans un souci de donner à la dissymétrie un ordre propre, expérience qui n'a pas été tentée avec cette fraîcheur depuis longtemps. Si une filiation doit être recherchée, peut-être faut-il s'aventurer du côté de Ben Levinson. Mais avec précaution, car prétendre à toute forme de généalogie entre ces deux artistes pourrait justement ne résulter que de la restitution a posteriori d'un ordre que l'un comme l'autre ont voulu inconsciemment déconstruire ».

Lorraine réfléchit longuement à la méthode qu'elle pourrait employer pour la tamponner, en d'autres termes l'approcher, établir le contact avec elle sans qu'elle se méfie. Elle pouvait se présenter en acheteuse potentielle. Cette solution l'obligeait à avancer à découvert, elle la trouvait risquée. L'alternative était de la rencontrer par hasard, ou presque. Mais elle avait l'inconvénient de l'obliger à travailler tard. Elle n'aimait pas laisser Gaspard seul la nuit. Un fort sentiment de culpabilité l'étreignait alors, la rendant moins efficace.

Alors qu'elle songeait en regardant dehors à travers la grande vitre qui tombait jusqu'au sol, le ciel s'ouvrit et des trombes d'eau s'abattirent sur le quartier avec une telle force qu'elle recula.

Un homme entra après avoir frappé. Letellier travaillait aux enquêtes et filatures. Sa grosse tête virile reposait sur un corps d'enfant. Il aimait bien Lorraine, coucher avec elle ne lui aurait pas déplu. Il voulait savoir si l'enquête menée sur Li la satisfaisait ou s'il fallait poursuivre. Elle lui répondit qu'à ce stade elle disposait d'assez d'éléments pour se mettre en route. Elle se prépara à descendre fumer une cigarette dans la rue lorsque Tranh fit son entrée.

Tranh souffrait de ne pas pouvoir faire autant de mal qu'il l'aurait voulu et cette frustration s'étalait sur son visage sans âge barré de longues rides verticales qui tombaient comme des rideaux. Il portait un costume bleu trop étroit maladroitement ajusté sur un corps décharné. Son parcours était remarquable. Échappé du Vietnam après la signature des accords de paix, il y avait laissé toute sa famille dont une partie avait été massacrée par les Vietcongs. Il était arrivé en France épuisé et ne parlant que quelques mots de français. Trois ans plus tard, il avait obtenu son bac avec mention, tout en intégrant l'équipe de France de badminton malgré un éclat d'obus dans un genou qui le faisait boiter. Il n'aimait pas Lorraine. Elle avait tenté de se l'expliquer avant de comprendre qu'il ne la détestait pas plus qu'un autre. Son regard était celui des chiens battus méthodiquement, sans colère.

Tranh se campait toujours au même endroit, le dos appuyé sur l'arête d'un mur dans une position inconfortable qui devait le faire délicieusement souffrir. Il croisa les bras en regardant les chaussures de Lorraine.

— Vous en êtes où sur l'affaire Deloire ?

Lorraine prit son temps pour répondre.

— Je viens de recevoir le dossier complet et je l'étudie.

— Vous savez que c'est une demande du ministre de l'Industrie ?

— Oui, vous me l'avez dit.

Tranh sembla brusquement perdre tout intérêt pour la conversation. Mais il se força et reprit d'un ton monocorde.

— Il n'est venu à nous qu'en désespoir de cause. Il a demandé il y a six mois au ministre de la Défense que la DGSE ouvre une enquête sur Deloire. La demande a été enterrée par le directeur de cabinet du ministre de la Défense, qui semble-t-il a des liens très anciens avec Deloire. Mécontent, le ministre de l'Industrie s'est adressé directement au Premier ministre qui en a parlé à M. Corti.

— On devrait peut-être enquêter aussi sur le directeur de cabinet du ministre de la Défense, non ?

Tranh trouva la question saugrenue et le manifesta par une grimace.

— Il faut agir vite. Le Premier ministre a déjà assez de mal avec ses ministres, donc, même si les considérations politiques ne nous intéressent pas, il faut avancer. Nuit et jour...

Lorraine, qui savait à quel point un sourire féminin pouvait l'indisposer, en esquissa un, et répliqua, perfide :

— Pas plus ?

7

Launay cita Churchill :

— « Le succès est la capacité d'aller d'échec en échec sans perdre son enthousiasme. » Je ne sais pas comment je le prendrais si je gagnais pour de bon.

Ce genre de pirouette intellectuelle, Lubiak ne le goûtait pas.

— Les sondages te donnent devant moi, c'est sûr. Mais tu sais comme moi que les sondages... Et puis nul n'est à l'abri d'un contretemps, ou d'un évènement imprévu, ce que je ne te souhaite pas, bien sûr.

Launay se tenait droit dans son fauteuil en cuir face à la grande table en verre qui lui servait de bureau. La pièce au plafond mouluré avait été peinte en blanc. Aucune décoration ne maculait les murs. Le parquet en point de Hongrie grinçait chaque fois que l'un ou l'autre bougeait. À cette heure de la matinée, la lumière entrait généreusement dans la pièce. Launay se laissait fasciner par un coin de ciel bleu qui se découpait entre les immeubles anciens.

— Bien sûr, confirma Launay.

— Et je pense que ce ne serait pas correct de notre part, en qualité de responsables du parti, de ne miser que sur une hypothèse. C'est pour cela que je suis en faveur d'une primaire.

Launay laissa résonner les derniers mots dans la pièce vaste et insuffisamment meublée. Puis il répondit, affable :

— Je vois bien ton raisonnement. Je te connais assez.

— C'est-à-dire ?

Lubiak était enfoncé dans son fauteuil. Une énergie compulsive animait son visage, le déformait, le recomposait. On y lisait que son esprit se consacrait peu au présent mais beaucoup à anticiper. Ses yeux étaient rapprochés, à l'image des joueurs de tennis de haut niveau qui emprisonnent la balle dans leur regard avant de la restituer là où ils l'ont décidé.

— Tu te dis que tu n'as, en tout cas je l'espère, aucun moyen d'entamer ma popularité auprès des électeurs. Mais que tu trouveras bien un moyen de me faire perdre la primaire. Comment ? Tu n'en sais encore rien. Et si je perds la primaire, pas d'élection présidentielle pour moi.

Lubiak inspecta soudainement le plafond comme s'il s'y jouait une partie de plus grande importance.

— Tu ne peux pas dire une chose pareille, Philippe.

Launay poursuivit d'un ton neutre.

— Si, si. Je me mets à ta place. Elle n'est certes pas confortable. Si je gagne la présidentielle, j'y suis pour cinq ans. Admettons que mon mandat soit une réussite, j'en reprends pour cinq ans. Après dix ans, les chances sont fortes pour qu'on assiste à une alternance. Pendant cinq ou dix ans. Si je rate mon premier mandat, l'alternance se produira dans cinq ans pour cinq ans au moins. Dans tous les cas, tu devras attendre au minimum dix ans, si ce n'est pas quinze ou vingt. Pour quelqu'un comme toi, dont la patience n'est pas la première qualité, c'est invivable. Je le comprends, sans l'ambition d'être le premier, inutile de s'engager en politique, autant faire gardien de musée. Je connais ton énergie, je connais ta force destructrice, je ne me fais aucune illusion. Je pense que tu es prêt à saborder cette échéance pour avoir une chance d'être à la prochaine. Quand j'ai eu connaissance des sondages qui décollent irrésistiblement, je me suis demandé si j'allais te parler aussi directement, et j'ai décidé de le faire. On se connaît depuis assez longtemps, on ne s'aime pas, mais on a fait plutôt du bon boulot ensemble jusqu'ici. Qu'est-ce que tu proposes ?

Lubiak tourna ses yeux dans leurs orbites comme s'il s'agissait d'une démonstration de souplesse. Puis il sourit d'un sourire enfantin qui en désarmait plus d'un.

— Qu'est-ce que je propose ? Euh... rien de particulier en dehors de la primaire.

— Un engagement de ma part de ne faire qu'un mandat, par exemple ? Est-ce que cela suffirait à me garantir ta loyauté ?

Lubiak leva un coin de sa bouche.

— Mais tu sais bien que ma loyauté t'est acquise.

Launay le fixa sans rien dire et Lubiak, après avoir hésité à éviter son regard, le fixa à son tour. Launay fut le premier à céder.

— Bon, on en reparlera. En revanche, il y a un sujet que nous devons aborder rapidement, c'est celui du financement de la campagne. On est plus que juste. Et je ne ferai rien sans que tu sois impliqué.

Lubiak se leva et, en se retournant, marmonna :

— On en parle quand tu veux, je suis pressé, je m'envole pour les Émirats dans deux heures.

— J'imagine que c'est pour les convaincre de nous aider ?

Lubiak ne répondit rien et sortit, absorbé.

8

Launay n'eut pas le temps d'ouvrir un dossier. Aurore entra lentement et lui sourit comme si elle était ailleurs, avant de s'installer dans le fauteuil que Lubiak venait de quitter.

— Le cuir est encore tout chaud. Jc ne m'imaginais pas cela d'un animal à sang froid. Alors ?

— Il veut des primaires.

— Ben tiens… Tu as accepté ?

— Je lui ai parlé franchement, en lui disant que je lis dans son jeu et que je m'attends à un guet-apens.

— Qu'est-ce qu'il a répondu ?

— Il a clamé sa loyauté sur le ton de quelqu'un qui cherche l'endroit où il va planter son couteau.

— Qu'est-ce qu'on fait ?

— Connaissant sa violence, j'ai ouvert une porte : je m'engage à ne faire qu'un mandat. Et je vais le mouiller dans le financement de la campagne, comme ça, au moins, de ce côté-là…

Launay recula son fauteuil, se tourna, mit ses pieds sur un meuble bas en époussetant le pantalon de son costume et soupira longuement.

Tandis qu'il s'affaissait, Aurore redressa son buste.

— Ce n'est pas ton seul problème.

— Je m'en doute. Qui d'autre ? Dans l'entourage, je suppose. J'ai remarqué que la trahison est une force qui perd de son intensité quand on s'éloigne de moi.

— Ta femme.

Launay regarda ailleurs, semblant fuir le sujet.

— C'est la maîtresse ou la conseillère en communication qui parle ?

— La conseillère en communication.

Un long silence s'ensuivit, comme si aucun des deux ne voulait prendre l'initiative de poursuivre.

— Elle ne pourra pas assumer le rôle de première dame.

Aurore inspira longuement avant de reprendre.

— Hier...

— Quoi, hier ?

— Elle est restée assise dans un coin de la salle où l'on exposait la photographe chinoise, tu sais...

— Je me souviens.

— La dernière salle. Tu parlais avec Volone, Deloire et le commissaire de l'exposition devant une photo. Elle représentait des ouvriers chinois dans une usine immense, et un seul ouvrier ne regardait pas sa machine. Il regardait ailleurs. Et il était nu. Une photo d'une force incroyable. Je t'ai même dit pendant la visite officielle : « Je me demande comment elle a eu l'autorisation de faire ça. » Ensuite on a continué et ta femme s'est retirée du cortège pour s'asseoir devant cette photo. Villemme l'a vue et il lui a demandé si tout allait bien. Et...

Aurore s'interrompit comme si un bruit l'avait dérangée. Mais elle était simplement incapable d'aller plus loin.

— Et ?

— Et elle lui a dit en regardant le tableau : « Tous ces gens qui vont voter pour mon mari, je ne comprends pas qu'ils lui accordent leur confiance, il ne la mérite pas. S'ils savaient l'homme qu'il est. »

Launay resta impavide.

— Je sais... je sais.

— Villemme, ce n'est pas grave, mais tu imagines...

— J'imagine très bien. Mais je n'ai pas de solution. Et je voudrais qu'on parle d'autre chose. Ou qu'on fasse autre chose.

Cette dernière phrase sonna comme un signal. Launay prit son téléphone et demanda à son assistante de ne pas le déranger. Il alla ensuite fermer la porte. L'étreinte fut aussi rapide qu'inconfortable, avec comme tout support le bureau en verre qui réfléchissait une lumière verdâtre. N'ayant libéré qu'une partie de leur corps et n'osant plus respirer, l'asphyxie sur leur visage ne laissa place à aucune autre expression. Au plus, peut-être une sorte de soulagement intérieur mais de nature différente pour chacun d'entre eux.

Ils s'accordaient rarement cette parenthèse. La plupart du temps, ils partageaient des nuits lors de déplacements en province où ils ne prenaient aucune précaution particulière pour cacher leur relation. Launay finit de se rajuster le premier et attendit qu'Aurore fît de même avant de se remettre à parler.

— Si je quittais Faustine, j'espère que tu ne t'imagines pas la remplacer ?

Aurore était habituée à la cruauté qui concluait régulièrement leurs ébats.

— Certainement pas. D'ailleurs, si c'était le cas, je ne vois pas ce que notre relation pourrait garder d'excitant. Si on se mettait au travail ?

Leur réunion dura une heure et fut aussi fructueuse que de coutume. Aurore avait compris comme tous les communicants que depuis deux bonnes décennies la forme avait pris le pas sur le fond, et que face au phénomène croissant de l'impuissance publique l'image devait se gérer comme les derniers deniers d'une famille frappée d'impécuniosité. Il ne s'agissait pas d'aborder le réel de façon convaincante mais de créer une fiction crédible. Launay aurait pu s'entourer de plusieurs communicants mais il préférait qu'Aurore dirige une équipe et ne se présente devant lui qu'avec un seul avis. Il se laissait guider par elle dans les méandres de la sphère médiatique et ne prenait aucune initiative sans son accord. Les résultats des sondages indiquaient qu'il avait tout lieu de se féliciter de sa stratégie, qui visait à le montrer comme un homme doté d'une vraie pensée et dont la modération dans une période où les extrêmes s'exacerbaient n'excluait pas de fortes convictions. Il avait besoin d'elle pour savoir de quoi il devait avoir l'air, car lui-même n'en avait aucune idée, pas plus qu'il n'avait de véritable conviction, si ce n'était de persévérer dans une ambition qui lui était indispensable. Pourquoi lui était-elle indispensable ? La réponse était enfouie au plus profond de lui-même, et si Launay avait l'intelligence nécessaire pour y accéder, il craignait qu'elle ne se détruise à la lumière.

Il était conscient qu'une fois au sommet de l'État il ne pourrait rien changer en profondeur. Le pouvoir était désormais ailleurs, partiellement insaisissable, et le reprendre exigeait des sacrifices qu'on ne pouvait demander à personne dans le pays. Il se voyait au mieux l'arbitre pondéré entre des égoïsmes contradictoires et antagonistes dissimulant leur véritable nature sous des contours généreux. Une sorte de chef de gare zélé, un jour de grève, distribuant des mots aimables aux passagers harassés autant qu'aux grévistes, lesdits grévistes n'ayant arrêté le travail selon eux que pour défendre les intérêts desdits passagers, alors qu'au fond personne n'y croyait vraiment. Il était modérément hostile à la mondialisation et au tournant qu'elle prenait, mais il ne se voyait pas s'y opposer, d'ailleurs personne dans ses rangs n'encourageait une pareille utopie. Contrairement à Lubiak qui tentait de le déborder sur son aile droite, Launay n'aimait ni ne croyait à l'argent au-delà du confort qu'on peut raisonnablement en attendre. Le grand capitalisme et son avidité lui inspiraient un mépris comparable à celui qu'il avait pour les illusions collectivistes qui pariaient sur un être humain illusoire pour finalement ne servir qu'une minorité de psychopathes.

En vue de l'élection, il venait de recruter un nouveau conseiller politique, l'ancien patron d'un institut de sondage, une de ces sociétés qui, à travers des modèles statistiques complexes, parviennent à connaître l'opinion de chacun sans qu'il ait eu à l'exprimer, ni même la penser, donnant à l'individu le sentiment de n'être qu'une particule dans un flot irrésistible. Ce procédé de vote permanent avait d'ailleurs rendu la démocratie particulière, car, à chaque échéance électorale, chacun savait par d'autres pour qui il allait voter, avant même de l'avoir décidé, devenant ainsi le spectateur de lui-même, ce qui contribuait significativement à un sentiment diffus d'impuissance.

9

Launay retrouva Marquet, son nouveau conseiller politique, dans un restaurant de la rue Monsieur-le-Prince qui servait une cuisine française riche faite maison. Launay choisissait les plats les plus légers de la carte mais il s'autorisait parfois une exception. Le trajet entre son bureau et le restaurant était sa seule occasion de croiser les gens, et ce n'est pas chose facile quand votre taux de notoriété dépasse 85 %. 8,5 personnes sur 10 étaient capables de le reconnaître dans la rue, de le nommer, ce qui suscitait en réaction une palette très large de sentiments contradictoires. Ils allaient de l'admiration béate, le plus souvent des simples d'esprit, à une haine viscérale vomie par des paranoïaques en mal de sujet. L'opposition à l'homme et à ses idées s'exprimait plutôt par des invectives courtes, généralement mal assumées, lancées en l'air. Il n'était pas rare qu'on l'arrête pour le féliciter. Des dames au seuil du grand âge le plus souvent, à la voix incertaine, procédaient à de longs encouragements avant de poser quelques questions auxquelles elles n'espéraient pas de réponse, grisées qu'elles étaient de leur subite importance. Launay se montrait affable et coupait court avec une pression de la main sur le bras flétri de la dame qu'il remerciait de son intérêt pour lui.

Marquet avait un physique assez quelconque qu'il essayait de rehausser par des costumes de prix, toujours sombres. Ses lèvres pincées se fondaient en un coup de crayon qui excluait de son visage toute sensualité. Il paraissait essentiellement cérébral et toujours modéré dans ses analyses. Il se caractérisait lui-même d'extrême centre, pensant que la vérité ne pouvait résulter que d'un compromis. Il aurait pu être de droite s'il n'avait pas trouvé la droite trop affairiste et préoccupée des privilèges de son électorat. Il aurait pu être de gauche si celle-ci avait montré plus de courage politique et ne passait pas son temps à couver un électorat qui soignait sa dépression chronique par un conservatisme viscéral. De plus, en émule de Kafka, il se méfiait de l'État dont, pour lui, le but était souvent moins de servir le public que d'organiser le confort et l'irresponsabilité de ses agents et de ses élus.

Il n'abordait jamais idéologiquement le thème de la mondialisation, considérant que les idéologies sont à l'homme ce que sa corbeille est au chien. Il définissait la mondialisation comme une perte de contrôle des gens sur leur propre vie en contrepartie de l'opportunité de consommer moins cher. La mondialisation était selon lui peu ou prou la continuation du modèle colonial. Les nations développées continuaient à se procurer des matières premières et de la main-d'œuvre à bas prix. Le consommateur final y trouvait son compte même s'il rechignait à l'avouer. Les biens de consommation étaient à moitié prix de leur vraie valeur, celle qui résulterait d'un salaire juste. Pas celui perçu par des hommes et des femmes entassés dans des usines insalubres du Bengladesh ou alignés comme des pions dans d'interminables usines chinoises sous le regard implacable des membres du parti qui garantissaient l'ordre social aux manufacturiers étrangers. Chaque chose ayant son revers, ce qu'on gagnait au niveau des prix, on le perdait au niveau de l'emploi, et la cohorte des chômeurs était grossie par une immigration à laquelle on parvenait difficilement à offrir une qualification. Et pour maintenir une paix sociale rendue déjà très artificielle par un niveau de prix anormalement bas, on subventionnait les oubliés de la mondialisation en pompant largement dans la richesse d'entreprises d'avenir, pendant que celles du passé, celles qui vivaient exclusivement du différentiel de coût du travail, rechignaient à rapatrier leurs bénéfices dans leur pays d'origine, profitant allègrement de la mondialisation des capitaux et de la nature apatride de ces bénéfices. Et pendant ce temps déjà long à l'échelle d'une nation déclinante, l'endettement enflait inexorablement, menace vidant de leur substance tous les discours apaisants qui exhortaient à une croissance attendue avec la sérénité des défenseurs de la ligne Maginot. Notre système de production et de consommation, basé sur l'accumulation de biens plus ou moins utiles, était pour Marquet à l'évidence obsolète, mais on n'en connaissait pas d'autre qui soit réaliste. L'idée communiste ruinée par la mégalomanie paranoïaque des dirigeants s'était évanouie et les nations qui l'avaient endurée s'étaient précipitées dans le seul modèle qui régissait désormais la planète : l'avidité. Ce qui, pour Marquet, rendait l'avenir encore plus sombre, c'était que la Chine, en contrepartie de la mise à disposition de masses laborieuses à bas prix, avait négocié des transferts de technologies qui, à un terme plus ou moins long, ruineraient nos secteurs économiques les plus pointus. Il y voyait pour le pays une menace bien plus considérable que celle des islamistes sur les nations « civilisées ». Celle-ci monopolisait les débats et l'attention de nos services secrets. Et il se plaisait à répéter à Launay : « L'islamisme est une problématique de pauvres, qui ont vécu sur le pétrole pendant un siècle et qui se préparent à retourner violemment dans l'obscurantisme que La Mecque déguisée en derrick avait fait un peu oublier. Certes, nos musulmans pauvres et sans éducation sont dangereux. Mais ils ne menacent pas notre richesse. Les Chinois, eux, menacent nos équilibres fondamentaux, jusqu'à notre âme si particulière faite d'un mélange de cupidité et de surprenant désintéressement. »

L'addiction aux sondages de la classe politique et des médias avait fini par lui donner le sentiment d'appartenir à un monde virtuel aussi ridicule qu'un monde où, indifféremment, malades et bien portants vivraient en prenant leur température. Ou alors, et c'était une option pour le futur, il fallait changer le système d'expression politique en permettant au citoyen de voter directement sur chaque sujet, ce qui peu ou prou conduirait à la disparition de la classe politique. On en était loin, même si celle-ci paraissait de plus en plus obsolète et décrochée d'une réalité complexe. Par le jeu des institutions, elle se trouvait de moins en moins représentative. Les partis dominants représentaient chacun moins de trente pour cent de l'électorat. Marquet avait également averti Launay sur le danger du clivage grandissant entre la jeunesse et les générations plus mûres. Les anciens s'étaient tout octroyé, à crédit, s'imaginant qu'ils n'auraient jamais de comptes à rendre aux plus jeunes, moins politisés qu'ils ne l'avaient été, et passablement anesthésiés par des habitudes de consommation aliénantes. Les jeunes s'étaient retrouvés précarisés un peu à la manière des immigrés de la première génération, sous-payés, sous-éduqués, sous-employés, quand ils avaient la chance de l'être, aguerris très tôt à arpenter les couloirs de l'assistanat, lésant pour longtemps leur honneur et leur fierté, victimes innocentes du passage d'une économie de production à une économie de transfert, état qu'ils finissaient de consacrer pour certains par une léthargie déroutante. Les plus privilégiés d'entre eux grossissaient désormais les bataillons de cadres dynamiques des pays réellement libéraux au mépris de l'investissement coûteux que la nation avait consenti pour rendre gratuites leurs brillantes études.

— C'est ce qu'a fait ma fille.

— Désolé, je ne savais pas.

— Pas de mal. Elle a passé son diplôme, trois jours après, elle a quitté la France.

— Pour où ?

Marquet vit sur le visage de Launay qu'il avait posé la mauvaise question. D'ailleurs, Launay ne répondit pas.

— Ça ne doit pas être très confortable non plus d'être la fille d'un homme politique de premier plan.

— Je crois que cela lui pesait. Alors, par quoi commence-t-on ?

— Savez-vous quel est le mot qui revient le plus souvent dans le langage politique ?

— Non.

— Rassemblement, rassembler... Et le mot qui revient le moins souvent alors qu'il est le plus représentatif de l'état d'esprit et de l'état de fait ?

— Non.

— Impuissance. Le lien entre les deux est évident. L'impuissance publique dans laquelle nous nous enfonçons nous force aux incantations. « Rassembler » est une incantation. L'enjeu de votre campagne, c'est de convaincre de votre puissance par des abus de langage.

— Qu'est-ce que vous prenez comme entrée ? Je vous recommande le poireau vinaigrette.

Marquet acquiesça.

— Il y a un autre sujet que nous devons mettre en perspective. Voyez-vous, les plus grosses difficultés que vous rencontrerez, une fois élu, viendront des promesses que vous aurez tenues et non pas du contraire. Il faut le savoir.

Launay resservit du vin à Marquet. Celui-ci prit son verre d'eau, y trempa les lèvres avant de les essuyer.

— Je ne serai pas à vos côtés pour vous aider à penser. Aujourd'hui, vous bénéficiez d'un capital sympathie en creux. Les électeurs savent ce qu'ils détestent chez vos concurrents, mais aussi ce qui leur plaît. Vous, c'est différent, vous représentez l'image paternelle rassurante. Vous avez eu le bon goût de rester évasif sur beaucoup de questions. Noyés dans le flot de l'information, les électeurs ne s'en sont pas rendu compte et vous donnez l'image d'un homme de convictions. Maintenant, on va devoir dire quelque chose, qui ne froisse pas cette image. À moi de construire un discours.

Launay sourit en regardant entrer une belle femme dans le restaurant.

— Des convictions ? Le mieux, c'est de ne pas en avoir trop parce qu'à un moment ou à un autre elles vous placent en porte-à-faux. Bien sûr, il faut un cadre. Vous le connaissez, c'est celui d'un démocrate modéré dans une démocratie où, pour reprendre une expression de Tocqueville, les gens sont par nature mous et énervés. J'ajouterais qu'ils pensent toujours avoir plus à perdre qu'à gagner. À l'intérieur de ce cadre, je vous laisse tisser la toile.

« La grande question, toujours la même, c'est l'emploi. Ce qui n'a pas de sens. La vraie question est celle de la redistribution. On crée de la valeur, comment la partage-t-on ? Selon quels critères ? Dans ce pays, tout est posé en termes idéologiques, jamais pragmatiques, il faut s'en souvenir. On entretient le clivage entre le capital et le travail comme si chacun y trouvait son compte.

— C'est votre boulot, Marquet. On ne demande plus à un homme politique de penser le monde. Moi, je suis là pour gagner, pour faire gagner ceux qui me font confiance, et apparemment, ils sont nombreux. Ma conviction, c'est qu'il faut se tenir loin de l'extrême droite mais marcher sur ses plates-bandes quand c'est nécessaire. Il faut restaurer l'autorité en général et celle de l'État en particulier. Il faut se réjouir des naissances et tout faire pour limiter l'expansion démographique. On doit être intraitables sur l'immigration, y compris en contestant le droit du sol, et montrer qu'on sera fermes en matière de sécurité. Nous devons être radicaux sur l'écologie sauf sur la question du nucléaire. La voiture électrique, c'est la fin de l'effet de serre et l'avènement du silence dans les villes. À vous d'emballer tout cela. N'oubliez pas la formation, à tous les niveaux, et la recherche. Occupez-vous du programme, sachant qu'on ne risque pas de perdre sur le programme. Moi, je dois me protéger contre les menaces de meurtre symbolique. Qui viennent toujours en priorité, vous l'aurez remarqué, de ceux qui sont censés partager vos convictions.

10

La tour Montparnasse se dresse comme le garde-chiourme d'une colonie d'enfants muets. On est très vite frappé par le caractère oppressant de ce dispositif spatial phallique où des milliers de gens s'agglomèrent par nécessité. Les locaux d'Arlena en occupaient les derniers étages. De tout temps, les lieux investis par le pouvoir ont été conçus pour être imposants et parfois même péremptoires. L'individu doit avoir le sentiment de s'y dissoudre. C'était le cas.

Le comité d'entreprise devait se réunir en B 219, une salle trop grande dont la vue était obstruée par une autre tour. Les délégués s'étaient installés en arc de cercle au bout de la table. Ils échangeaient peu. Sternfall salua ses collègues silencieusement et remarqua que l'un d'entre eux exhalait une forte odeur de cigarette, comme s'il en avait fumé plusieurs, coup sur coup, pour prendre de l'avance sur la longue privation qui l'attendait. Un délégué qui avait absolument besoin de parler s'adressa à Sternfall, l'entretenant de tout et de rien pendant deux minutes qui lui parurent longues et inutiles. À 16 heures précises, le directeur des ressources humaines du groupe entra, accompagné de deux collaborateurs et d'une troisième personne qui s'avéra être le nouveau directeur de la sécurité. La réunion s'engagea sur les sujets habituels à une entreprise de cette taille. Les échanges froids et courtois se prolongèrent sur des questions d'indices, de salaires, d'interprétation de la convention collective. Puis le délégué CFDT évoqua un évènement survenu entre le dernier comité d'entreprise et celui-ci et qui concernait le suicide d'une technicienne du centre de retraitement des déchets nucléaires. Elle avait laissé sa fille qu'elle élevait seule dans son appartement et s'était pendue. Le délégué fit remarquer à la petite assemblée que cette femme rentrait d'un congé maladie qui avait conduit à son internement pour dépression grave. Celle-ci, toujours selon le délégué, aurait été le résultat d'un harcèlement de sa hiérarchie qui la soupçonnait d'indiscrétion. Ces révélations auraient été faites à une de ses amies appartenant à une organisation écologiste internationale.

Herbelon, le DRH, l'avait écouté sans ciller, la tête légèrement inclinée sur le côté.

— Vous comprendrez, monsieur Larché, que, étant donné la fonction de Mme Laclos, nous nous soyons émus de ses confidences qui d'ailleurs auraient pu lui valoir un licenciement immédiat. Vous n'êtes pas sans savoir que ces organisations n'ont d'international que la façade, et il n'est pas rare — M. Larbot, le directeur de la sécurité ici présent, pourra en témoigner — qu'elles soient à la solde d'un État qui s'en sert de couverture pour ses activités de renseignement. Il n'y a pas eu à ma connaissance de harcèlement de Mme Laclos. Simplement, l'enquête a été approfondie pour savoir si elle n'en avait pas dit plus que ce que révélaient des médias alimentés par son interlocutrice. Le suicide de Mme Laclos est une tragédie. À laquelle l'entreprise n'a pas pris part. Nous sommes dans un secteur sensible au plus haut point. Que diriez-vous d'une direction qui ne se préoccupe pas de la confidentialité des informations qui circulent ? On ne vend pas du bois en gros. Notre groupe est aux confins du secret-défense et de la sûreté de l'État. Vous remarquerez que nous aurions pu faire interroger Mme Laclos par la Direction centrale du renseignement intérieur. Nous n'en avons rien fait pour ne pas la brutaliser. Nous nous sommes contentés d'une enquête interne.

— Mais vous lui avez notifié oralement que des sanctions à son encontre étaient à l'étude.

— C'est vrai. Mais comment aurait-il pu en être autrement ? On aurait dû laisser impunis des manquements graves aux obligations déontologiques d'une employée au prétexte qu'elle élève seule sa fille ?

— Vous avez vu les conséquences.

— Si chaque fois qu'on devait sanctionner un collaborateur pour des faits graves on s'en empêchait au prétexte qu'il risque de se suicider...

— Mais l'humain doit rester au centre des préoccupations d'un groupe quel qu'il soit...

— C'est le cas ici. Cependant, « l'humain », comme vous dites, n'a pas que des droits. Il a aussi des obligations. Nous avons eu sept suicides dans le groupe depuis la fusion. Ce n'est ni plus ni moins que ce que vivent les entreprises de notre taille lors d'une fusion. Nous sommes dans les normes et même un peu en dessous. Sachez, malgré tout, que nous allons tout faire pour la fille de Mme Laclos, vous vous en doutez. On peut continuer ? Car il reste quelques sujets importants.

Sternfall observa longuement Herbelon, pour conclure que c'était un arriviste qui avait atteint le point le plus élevé auquel il pouvait prétendre dans sa carrière. Son problème n'était plus de progresser, il en avait certainement conscience, mais de se maintenir. Son poste généreusement rémunéré était forcément convoité. D'autant plus qu'il était affaibli, on le voyait à ses cernes. Il avait donné beaucoup de lui-même pour fusionner le statut des personnels de deux entreprises qui vivaient chacune dans un dédale de grilles salariales, d'avantages acquis, de traitements de faveur dérogatoires au droit commun, lâchés assez facilement aux syndicats tout en leur donnant le sentiment de les avoir arrachés de haute lutte.

Sternfall voyait sur le visage d'Herbelon l'expression du vide sidéral qui s'ouvre devant les ambitieux. Il était prêt à parier que cet homme n'atteindrait pas l'âge de la retraite, probablement dévoré bien avant par le cancer que la tension quotidienne et un mode de vie inadapté depuis des décennies allaient certainement favoriser. Il ne resterait alors plus rien d'Herbelon, l'homme qui avait réussi l'impossible fusion de deux conventions collectives apparemment inconciliables. Ce qu'on savait moins, c'est que l'ajustement s'était fait en choisissant dans chacun des deux statuts les conditions les plus favorables pour les généraliser à l'ensemble des salariés. Les syndicats s'étaient étonnés du peu de résistance opposée par la direction mais ils savaient que le grand patron du nouvel ensemble, Volone, avait voulu une fusion rapide quitte à céder sur les salaires. Il considérait qu'il serait toujours temps d'amortir ces surcoûts. Herbelon était pressé de clore le comité d'entreprise et il le montrait à sa façon de pianoter sur sa table.

— Avant que je vous présente le nouveau directeur de la sécurité du groupe, d'autres questions ?

Sternfall leva la main. Herbelon avança la sienne, ferma le dossier qu'il tenait devant lui et attendit en soupirant. Sternfall se mit à parler d'une voix neutre.

— Il est parvenu à ma connaissance qu'un contrat a été signé avec des partenaires chinois sous le nom de « Mandarin » et je pense qu'il appartiendrait aux représentants des salariés d'en savoir un peu plus sur ce dossier. Apparemment, il a été signé à l'origine par la division électricité. Ses conséquences étant à proprement parler plus nucléaires, l'articulation qui en résulte au final nous intéresse, en particulier dans le calcul rétroactif de l'intéressement des personnels du nucléaire au regard de l'ordonnance de 1967. Que pouvez-vous en dire ?

Avant même qu'Herbelon pût formuler une réponse, Larbot se racla la gorge, signe qu'il allait parler.

— La fusion nous oblige à reconsidérer toute la sécurité du groupe et surtout la circulation des informations. C'est un chantier en cours qui va nous permettre de savoir ne serait-ce qu'en interne sur quoi on peut communiquer et sur quoi on ne peut pas. Je pense que nous allons vers une classification plus stricte des dossiers et sur une habilitation des personnels comme on le fait dans la défense. La réflexion est en cours...

— Et, continua Herbelon pour n'être pas en reste, le dossier Mandarin est un de ces dossiers sensibles dont on saura, dans les prochains mois, comment on les traite au regard de ces nouvelles normes.

— Mais nous n'avons pas l'intention d'attendre des mois avant que l'on nous communique les éléments de ce dossier. On frise le délit d'entrave, vous le savez.

— On le sait, et on va essayer d'éviter d'aller jusque-là. Mais dans le même temps, on a des responsabilités en matière de secret. Et il ne serait pas bon de précipiter les choses. La sécurité de notre entreprise, la sécurité de notre défense et de notre État sont en jeu. On doit consulter d'abord les ministres concernés et cela risque de prendre du temps, vous vous en doutez.

Présenter Larbot n'était plus nécessaire. Il était assez imposant et la conscience qu'il en avait était lisible sur son visage massif qui rendait surprenante sa voix fluette, haut perchée, finalement plus dérangeante que son physique menaçant. Mais il n'impressionnait pas Sternfall et ce dernier avait réitéré ses menaces de procédure judiciaire en usant du même ton faussement apaisant que Larbot. Herbelon en avait pris acte d'une grimace suivie d'un sourire forcé alors qu'il remettait un stylo de valeur dans sa poche intérieure.

La réunion avait duré quatre heures, plus qu'il ne l'avait prévu. La plupart des délégués ne rejoignaient leur site que le lendemain. Sternfall avait annoncé à sa femme qu'il ne rentrerait que le jour suivant, mais il hésitait.

En retournant à Saint-Lazare dans un métro bondé, il se félicita de ne jamais avoir habité la capitale. Les gens laissaient filer beaucoup de leur âme dans ces flux impératifs du matin et du soir. Cette promiscuité obligée ne faisait que renforcer le sentiment déjà à la mode que l'autre n'est au mieux qu'un encombrement. Son esprit s'arrêta un moment sur cette contradiction des sociétés modernes qui créent un degré étonnant de dépendance entre les êtres tout en les éloignant les uns des autres, comme s'ils se reprochaient de se devoir quelque chose. Puis il s'imagina dans son train pour la Normandie se vidant gare après gare de ses voyageurs exténués, et cette vision plaisante le décida à rentrer chez lui.

11

À la fin de la nuit, le poste de commandement opérationnel brillait de tous les feux des écrans et témoins. Rien ne permettait d'affirmer qu'on était la nuit, de même que depuis soixante-dix jours rien n'indiquait jamais qu'on était le jour. Les heures s'étaient égrenées indistinctement dans une lumière fade.

Saban était assis légèrement en retrait de Lance, qui, casque audio sur les oreilles, scrutait la mer. Il faisait partie de cette élite plus que restreinte capable de distinguer le bruit des mandibules d'une crevette de celui du bâillement d'une huître égarée en mer profonde, même si là-haut les hélices d'énormes bateaux assourdissaient la surface. Les porte-containers se succédaient en approche des grands ports d'Europe du Nord où se déversaient leurs lourdes cargaisons, des centaines de milliers de tonnes d'objets manufacturés à bas prix.

— Sacrée tempête !

Saban était plongé dans ses pensées qui, pour dire la vérité, convergeaient toutes vers sa femme et le désir qu'il en avait après une si longue séparation, et il ne réagit pas tout de suite.

— Des creux de combien, d'après toi ?

— Dans les six mètres.

Par gros temps, les hélices des navires quittaient le contact de l'eau et leur bruit s'éloignait avant qu'elles ne s'engouffrent à nouveau dans la mer. Ce court instant de décrochage permettait de calculer la profondeur des creux.

L'oreille d'or reprit sa quête du moindre décibel perdu dans l'immensité. Saban s'étira en croisant ses mains derrière sa tête puis reprit les songes qui alimentaient son cerveau d'une douce perspective. La remontée était prévue dans moins de trois heures. Ensuite, le navire croiserait sous escorte en surface au-dessus du plateau continental jusqu'à l'Île Longue. Saban calcula que si tout se passait normalement, ce qui était la plus forte probabilité, il serait chez lui une bonne heure avant la fin de la classe de son fils. Ce qui lui laisserait assez de temps pour faire l'amour à sa femme avant de se rendre à la sortie de la maternelle pour profiter des grands yeux ébahis de son garçon devant l'apparition de son père. Pour lui éviter de trouver le temps long, il ne lui disait jamais ni quand il partait ni quand il revenait. Son cerveau, baigné par l'atmosphère ouatée de la pièce, se fixa ensuite sur Christelle, sa femme, qu'il avait aimée dès leur première rencontre. Depuis qu'il l'avait épousée, cinq ans plus tôt, il n'en connaissait pas beaucoup plus sur elle. Elle était aussi belle qu'énigmatique. Elle ne se plaignait jamais des longues séparations que leur imposait sa fonction de commandant en second sur l'*Effrayant*. Mais elle ne montrait pas non plus d'enthousiasme particulier quand il rentrait, et elle subissait ses assauts répétés avec flegme. Au bout de trois ou quatre jours, la vie normale reprenait. Du repos, puis le bureau à l'Île Longue ou dans la rade avant une nouvelle absence de plus de deux mois sans communication possible, pour ne pas rompre la loi du silence du monde sous-marin. Quand il avait rencontré Christelle, ses camarades et leurs femmes lui avaient déconseillé de l'épouser, car elle n'était pas du sérail. Seules les filles d'officiers de marine pouvaient comprendre leurs maris. C'était une règle qui ne souffrait que de rares exceptions réussies. D'ailleurs, Christelle ne se mêlait pas aux femmes d'officiers, qui l'avaient rejetée d'emblée à cause du trouble qu'elle provoquait chez leurs maris. Dans les soirées, elle s'enivrait jusqu'à s'affranchir des autres, de la bienséance, des codes, en embrassant furieusement son mari devant ses supérieurs. Ce qui la rendait plus inconvenante encore, c'était cette façon qu'elle avait de quitter les conversations en cours, de s'en désintéresser subitement, soulignant ainsi ce qu'elles pouvaient avoir de convenu, de trivial. Pour autant, elle n'essayait pas de hisser les échanges à un niveau plus acceptable à ses yeux, si bien que certains la soupçonnaient plutôt d'être incapable de soutenir, de nourrir une conversation sérieuse par manque de dispositions intellectuelles. La fille de marchands ambulants n'avait pas son baccalauréat et personne, pas même son mari, n'avait remarqué qu'elle était paniquée à l'idée d'être prise en défaut de culture, de connaissance ou même de bon sens, et ses interlocuteurs ne réalisaient pas non plus à quel point ils l'écrasaient sans le vouloir en abordant des sujets sur lesquels elle n'avait pas la moindre opinion.

Lance sortit Saban de sa réflexion en baissant ses écouteurs sur son cou.

— Je viens d'entendre un choc en surface.

Saban se redressa, intrigué.

— C'est quoi, d'après toi ?

— Difficile à dire. Comme une boîte à chaussures qu'on enfonce. Mais aucun des navires qui croisaient n'a ralenti l'allure.

— Donc ?

— Donc, mystère. Cela ne peut pas être la collision entre deux cargos ou deux porte-containers, ça n'aurait pas fait ce bruit étouffé.

Lance consigna ce qu'il avait entendu et se remit à écouter la mer.

Saban se leva et fit un tour du poste de commandement, puis revint voir Lance, qui avait fini son quart. Les deux hommes discutèrent de kitesurf, leur passion commune, et des opportunités qu'offrait la côte bretonne à ceux qui bravaient les courants.

La force de dissuasion qu'incarnait l'*Effrayant* fut accueillie comme à l'accoutumée en vue de Brest par des hélicoptères, des nageurs de combat, et le commandant de la flotte sous-marine lui-même. Chaque retour de mission de ces sous-marins nucléaires lanceurs d'engins était dûment célébré, une façon de rappeler l'attachement de la nation à sa force de frappe qui jusqu'ici l'avait protégée de la guerre sur son sol. Avec la capacité de trois cents Hiroshima dans ses soutes, le lanceur d'engins affichait dans une mer démontée la sérénité d'un monstre marin qui fait corps avec elle.

Une fois les cent cinquante hommes d'équipage débarqués, Saban quitta le navire à son tour. Il fit une halte à son casier puis rejoignit sa voiture, qui était une des dernières stationnées sur le parking, et il prit la direction du centre de Brest. Sous un ciel chargé de nuages amers, la cité reconstruite ressemblait aux villes ouvrières staliniennes bâties au cordeau, dans la même architecture fonctionnelle où la nécessité et le mauvais goût cohabitent hébétés.

Saban s'arrêta en double file devant un fleuriste, à l'angle d'une rue près de chez lui. Il s'y fit composer un gros bouquet de roses blanches. Il remonta dans sa voiture au moment où un couple de contractuelles se décidaient à le verbaliser. Le sourire qu'il leur offrit donna un peu de lumière aux deux femmes mal fagotées et elles renoncèrent en rangeant leur carnet de contre-danses dans l'étui prévu à cet effet.

L'immeuble où vivait la famille Saban ne dépareillait pas : une construction anthracite érigée à la hâte après la fin des bombardements. Un parking souterrain en était la seule commodité. Saban gara sa voiture contre un poteau en béton et s'empressa d'en sortir, son bouquet d'une main, sa valise de l'autre, un énorme sac sur l'épaule. Il se sentait extraordinairement vivant comme si chaque molécule de son être se rappelait à lui. Arrivé au troisième étage, il chercha ses clés dans ses poches, eut la tentation de sonner mais n'en fit rien, fouilla dans sa valise et trouva enfin le trousseau libérateur.

La porte était fermée à simple tour. Il déposa ses bagages dans l'entrée et poursuivit, bouquet en main, vers le grand salon-cuisine. Il s'arrêta, interdit : l'appartement était vide. Pas de table, ni chaises, ni fauteuils. Les tableaux sans valeur qu'ils avaient achetés ensemble découpaient sur les murs deux rectangles sales. Il laissa tomber le bouquet par terre. Il marcha assommé jusqu'à la chambre de son fils. Elle était vide aussi, la poussière accumulée sous les meubles exceptée. Il se rendit ensuite dans la chambre parentale. Le sol était jonché de ses propres affaires, entassées sans ordre. Il retourna dans le salon pour y découvrir qu'un canapé-lit subsistait, blotti dans un coin comme l'ultime survivant d'un massacre. Il resta un moment planté au milieu de la pièce, les bras ballants, ne sachant où poser son regard, en proie à un profond chagrin. Il se décida finalement à appeler sa femme, pensant qu'elle ne répondrait pas. Pourtant elle le fit, parlant d'une voix que dicte une pulsion irrépressible. Elle évoqua brièvement la solitude qu'elle ne supportait plus avant d'en venir à la vraie raison de son départ. Elle avait rencontré, six mois auparavant, un homme qui, dit-elle, lui correspondait, propriétaire de deux concessions automobiles à Brest, un de ces types qui roulent en belle voiture et qui ne manquent pas un dîner du Rotary. Il comprit qu'il s'agissait de quelqu'un qui ne menaçait pas d'entamer le vernis de son ignorance. Elle lui apprit que cet homme ne supportait plus Brest et qu'ils allaient déménager à Antibes où il reprendrait une concession de voitures de luxe. Saban prit acte qu'elle le trompait depuis six mois, pendant lesquels son corps lui avait menti. Puis il réalisa la gravité de la situation et le départ prochain de son fils pour cette portion de côte où la vacuité règne en maître. Il se laissa porter par ses jambes flageolantes jusqu'au canapé et s'y assit, empêché de réfléchir par l'afflux de pensées contradictoires.

12

— Elles ne vous plaisent pas, les aubergines ? Vous savez, c'est fait à l'huile d'olive. Je sais que les Parisiennes sont obsédées par leur ligne mais... D'un autre côté, c'est vrai qu'il ne faut pas en abuser. C'est bon pour les artères à condition qu'on n'en inonde pas les plats.

Corti se servit en laissant égoutter les aubergines, l'une après l'autre, suspendues à sa fourchette. Tout en procédant ainsi, il fixait son interlocutrice qui ne savait plus où regarder. Il enfourna la première aubergine égouttée et se mit à parler la bouche pleine.

— Vous me dites que le chauffeur de ces femmes était un informateur de mes services, c'est ça que vous me dites... Ensuite vous me dites qu'il a été retourné par les services turcs. Qu'il a égorgé les deux femmes kurdes alors qu'on aurait pu l'éviter. Qu'est-ce que vous voulez que je vous réponde ? Quelle leçon vous pourriez en tirer pour vos lecteurs ? Est-ce que ma réponse vous amènera plus de lecteurs qui vous apporteront plus de budget publicitaire pour le bonheur de vos actionnaires ? Dites-moi en quoi me concerne cette logique. Moi, j'ai été nommé pour assurer la sécurité intérieure de ce pays. Ces femmes étaient surveillées par l'antiterrorisme au cas où elles auraient préparé des actions illicites. On les retrouve égorgées. Qu'est-ce que vous voulez que je vous dise ? Votre métier repose sur le bruit, sur le bruit de fond. Le mien sur le silence. À vous croire, le bruit serait du côté du bien, le silence du côté du mal, vous seriez la lumière et nous les ténèbres. Faites une retraite dans un couvent, essayez, vous reviendrez changée. Et emmenez vos confrères, qui délivrent trente fois la même information dans l'heure sur les chaînes en continu… Moi, je n'informe pas, c'est vrai, mais je protège… du terrorisme par exemple, et pardon de vous dire ça, mais sur mon échelle de valeurs c'est… très, très au-dessus. Vous ne mangez pas ?

La journaliste lui adressa un sourire timide et piqua dans les légumes confits.

Corti, satisfait, reprit :

— Le renseignement, c'est quoi au fond ? S'informer et agir. Je n'ai rien contre vous, je comprends que les gens aient besoin d'être informés, mais pas contre leur bien. Quand vous divulguez une information qu'on essaye de garder secrète, c'est une stratégie, des agents que vous mettez en danger. Moi, je fais le boulot dont les gens ne veulent pas entendre parler. Tout ce qu'ils me demandent, c'est que j'agisse dans leur intérêt. Et c'est ce que je fais. Et leur intérêt n'est pas de savoir ce que je fais. Si vous écrivez que le tueur des deux Kurdes bossait pour nous, ça n'avancera personne, moi ça peut me gêner, surtout si c'est pas vrai. Si vous me gênez, vous allez m'avoir sur le dos, et à côté de ça le cancer c'est le Club Med, si vous voyez ce que je veux dire.

La jeune femme se redressa brusquement sur sa chaise.

— Vous me menacez ?

Corti posa sa fourchette et rit, mais pas long-temps.

— Si j'avais décidé de vous faire du mal, je ne vous préviendrais pas, non ?

Son téléphone se mit à sonner. Il prit son temps pour vérifier l'auteur de l'appel et, en gardant un œil sur son invitée, il répondit :

— Oui... oui... À 15 heures au même endroit que d'habitude. Un quart d'heure, pas plus... je suis occupé.

La serveuse posa les cafés devant eux. Corti commença à fixer la journaliste sans rien dire et saisit un cure-dent qu'il manipula dans sa bouche en l'abritant derrière une main qui portait une lourde chevalière. Puis il regarda ailleurs, dans ce restaurant corse dont il connaissait chaque particule. Son regard finit par redescendre pour échouer sur la soucoupe de la tasse à café de la journaliste.

— Vous ne mangez pas votre chocolat ?

Sans attendre la réponse, il le prit, défit le papier et le mangea en une bouchée. Puis il dit en regardant par-dessus l'épaule de la jeune femme :

— Je ne vous ai pas froissée, au moins ?

13

Le taxi se dirigeait lentement vers le Palais-Royal. Au volant, un chauffeur asiatique très énervé contre les scooters qui débouchaient de partout, dans des manœuvres insensées, sans respect pour les passants, dans un individualisme exacerbé. Larbot écoutait la radio qui diffusait une émission politique dont l'invité était Philippe Launay. Les quatre journalistes se montraient plutôt respectueux.

« La mondialisation, pour moi, n'est ni une émanation diabolique, ni un dogme. Je ne pense pas que l'on puisse en sortir, sans nous appauvrir considérablement. N'oubliez pas que le pouvoir d'achat des plus défavorisés tient essentiellement à l'importation de produits manufacturés à moindre coût. À quoi cela sert-il, me direz-vous, si cela détruit leur emploi ? C'est bien ce qu'il nous faut résoudre en rendant notre main-d'œuvre moins coûteuse dans les secteurs où nous pouvons redevenir compétitifs. Mais le grand chantier, c'est de permettre aux Français de se réapproprier leur destin. On ne peut superposer éternellement des étages d'impuissance. Les salariés doivent se réapproprier leurs entreprises par un système de participation réel. Les administrés doivent se réapproprier leurs villes et leurs régions par une décentralisation réelle. L'État doit se renforcer dans ses missions régaliennes mais s'alléger du reste. Et l'Europe doit être élue et dirigée démocratiquement. Le clivage capital/travail est un clivage qui perdure depuis plus de deux siècles. S'il perdure, c'est parce qu'il est confortable pour tout le monde même s'il est injuste. Qu'on en réduise la portée et vous verrez que la société se modifiera considérablement.

— Et sur la question de l'islam radical... »

Le chauffeur coupa la radio, ralentit et annonça le prix de la course. Larbot lui paya le prix exact sans laisser de pourboire et demanda une facture. Puis il sortit de la voiture sans saluer.

Il tourna un bon moment dans les jardins du Palais-Royal avant d'apercevoir la silhouette d'Ange Corti, qui vint à sa rencontre sans regarder dans sa direction. Les deux hommes s'accostèrent sans rien dire et reprirent leur marche. Puis, quand ils furent installés dans un rythme de croisière, Corti lui demanda :

— Alors ?

— Alors, j'ai un gros souci avec un syndicaliste. Mais vraiment un gros souci.

— C'est-à-dire ?

— J'ai des indices selon lesquels c'est une taupe de Blandine Habber.

— Et alors ?

— Ils se renseignent sur un contrat qu'Arlena a signé avec les Chinois.

— Et il y a quoi dans ce contrat ?

— Des centrales nucléaires de moyenne dimension qu'on doit développer avec les Chinois et vendre avec eux en Asie.

— Qu'est-ce qui la gêne ?

— Je n'en sais rien. Les transferts de technologie, j'imagine.

— Et c'est le cas ?

— J'en sais rien, je suis le chef de la sécurité, on ne me dit rien sur le contenu des contrats.

— Et ton patron, il dit quoi ?

— Qu'il faut impérativement les débrancher de ce contrat. On a signé une première tranche. Mais le plus gros reste à venir. Habber aimerait pouvoir donner des billes au gouvernement pour nous empêcher de poursuivre. Si le contrat est remis en question, les Chinois vont nous en vouloir et ils iront voir ailleurs. On ne peut pas se permettre de les décevoir.

— Qu'est-ce que vous attendez de moi ?

— Volone pense qu'il faut se débarrasser de ce syndicaliste, Sternfall.

— Tu as essayé de le raisonner ?

— Pas encore. J'attendais de vous parler.

— Tu voudrais quoi au juste ?

— Le faire sauter pour espionnage. Pour les Russes, les Iraniens, qui on veut. Mais il faudrait monter cela sur mesure. Et sans l'aide de la DCRI, ça va être difficile. Vous pourriez nous aider ?

Corti marcha un bon moment en silence et puis se mit à parler d'autre chose : à quel point il se sentait bien dans ces jardins, comme il aimait les façades, comme il méprisait Buren, ses colonnes en pyjama et ceux qui l'avaient laissé commettre cet outrage. Et soudain, il dit :

— Non, je ne vais pas vous aider.

Larbot tomba des nues.

— Le problème de Volone, ton patron, c'est qu'il a une drôle de façon de renvoyer l'ascenseur. Soit il te le renvoie trop vite et il passe à ton étage sans s'arrêter, soit il garde la porte ouverte à l'étage supérieur pendant des heures avant de la refermer parce que tu frappes au carreau comme un enragé. Faire passer pour espion quelqu'un qui ne l'est pas, c'est grave, tu le sais aussi bien que moi, toi qui as travaillé à mes côtés. Débrouillez-vous. Tout ce que tu peux dire à Volone, c'est que je vous couvrirai si nécessaire. Après tout, c'est un ami. Et on ne laisse pas ses amis dans les ennuis. Tant qu'il n'est pas dedans, vous n'avez pas besoin de moi.

Corti regarda sa montre dont l'or capta le seul rayon de soleil embusqué dans le ciel parisien.

— Je dois y aller.

Il saisit l'épaule de Larbot et, regardant ailleurs :

— Vous êtes un des premiers groupes mondiaux dans le domaine de l'énergie maintenant, il faut apprendre à vous débrouiller seuls. Je t'ai formé pendant dix ans, tu sauras faire. Si la DGSE découvre que je persécute de faux espions, ils s'en serviront forcément contre moi, et cela me contrarierait.

14

L'appartement de Launay donnait sur la place Saint-Sulpice, dont il aimait entendre les cloches. Launay ne cachait pas sa fierté d'avoir pu l'acquérir avec son seul héritage. Il n'était pas le premier homme politique à n'avoir que condescendance pour l'argent. Launay aimait le confort, et son pendant naturel, la facilité. Mais il considérait que le luxe résultait d'une confiscation, pour ne pas dire d'un vol. Il ne s'ouvrait jamais sur ce sujet, pour ne pas écorner un des fleurons de l'industrie française. Dans le domaine de l'argent, qui suscitait de lourdes suspicions souvent justifiées, Launay était parfaitement en accord avec lui-même. Ses besoins étaient couverts par ses ressources. Aucune maîtresse coûteuse, aucune manie de collectionneur, aucun goût pour les voyages ne menaçait son équilibre bourgeois qu'il considérait comme raisonnable et à la portée de tout homme travailleur doté d'intelligence, de volonté et de courage. L'appartement occupait tout le dernier étage. Seules quelques chambres de bonne comblaient la soupente du toit, accessibles par un escalier de service, moins solennel.

Si son père n'avait pas eu l'idée géniale de lui transmettre une grande partie de son patrimoine à une époque où les prix de l'immobilier parisien ne frisaient pas encore l'indécence, Launay n'aurait jamais eu les moyens de s'offrir un tel bien dans un quartier aussi convoité, près du jardin du Luxembourg où il lui arrivait d'aller marcher longuement, le matin à l'ouverture, méconnaissable dans une tenue dans laquelle nul ne s'attendait à le voir. Il ne suivait pas le parcours des habitués qui couraient le long des grilles, dans le sens des aiguilles d'une montre, formant une étrange procession d'hommes et de femmes qui s'épuisaient dans leur lutte contre le vieillissement biologique. Il croisait entre parterres et bosquets sans trajet précis et s'arrêtait souvent devant les statues de ces femmes célèbres d'une autre époque. La brièveté de leur vie l'interpellait, et il lui arrivait de réfléchir longuement sur la nature de l'existence quand la précarité était la règle, comment cette dernière avait influé sur les mentalités et le rapport à Dieu. Ce Dieu revenu depuis la chute du mur de Berlin comme seule force remarquable de contestation, qui lui faisait penser parfois que la bonne définition du paradis était un monde sans Dieu, pensée politiquement incorrecte qu'il s'abstenait bien sûr de livrer en public.

Quand il ouvrit la lourde porte de l'appartement, il ne vit que le nuage de fumée suspendu dans la lumière déversée par les grandes fenêtres du salon. Faustine, assise dans un cabriolet recouvert de velours brun, fumait. Absorbée par un magazine de décoration, elle ne leva pas plus la tête pour son mari qu'elle ne l'aurait fait pour la bonne, une Macédonienne déclarée afin de prévenir toute critique. Launay accrocha son manteau au perroquet et pénétra dans le salon, souriant. Il remarqua que les rideaux avaient changé. La couleur, nettement plus sombre, lui déplaisait mais il n'en dit rien. Faustine leva nonchalamment la tête pour inspecter sa mise et, ne trouvant rien à redire, elle replongea dans sa revue après avoir longuement tiré sur une cigarette qu'elle reposa sur un immense cendrier plein de mégots à demi fumés.

— Te plaisent, les rideaux ? demanda-t-elle d'une voix enrouée.

— Très bien.

Il marcha vers le bar.

— Très bien. C'est tout ce que tu trouves à dire ?

— Euh, oui... quoi d'autre ?

Elle referma bruyamment sa revue.

— C'est désespérant de faire autant d'efforts pour rien.

— Non, non, je trouve le dessin et la teinte... comment dire... très adaptés à la pièce.

— Bon... tant mieux. Il faut qu'on se parle, Philippe.

Launay se servit un fond de whisky et s'en humecta les lèvres.

— Parlons-nous.

— Tu crois vraiment que tu vas gagner la présidentielle ?

Il s'approcha du balcon et regarda le manège des touristes sortant de l'église Saint-Sulpice, poussés dehors par sa fermeture prochaine.

— C'est une éventualité, mais ce n'est qu'une éventualité, pourquoi ?

— Parce que si cela devait être le cas, je voudrais être claire sur un point. Je ne déménagerai pas à l'Élysée. Je resterai ici. Je ne ferai aucune apparition en public ni aucun voyage officiel. On est d'accord ?

— On est d'accord.

— Je vais même aller plus loin. Si cela risque de te gêner, on peut divorcer.

Launay se retourna et scruta sa femme, comme pour s'assurer que les mots prononcés sortaient bien de sa bouche.

— J'ai changé. Tu ne t'en rends pas compte parce que tu ne t'intéresses pas à moi. Je ne veux plus vivre dans la discorde avec toi. J'ai besoin d'harmonie. Pourvu que je puisse rester dans cet appartement que j'ai beaucoup contribué à modeler, tu n'en disconviendras pas, et que tu me verses une pension raisonnable, je peux m'éclipser. À l'Élysée tu auras toute la place qui te sera nécessaire. Si tu ne t'y plais pas, tu trouveras bien un moyen de te faire offrir un appartement par la République ou par un donateur étranger, d'autres ne se sont pas gênés...

— Je ne marche pas dans ces combines.

— Alors prends-toi un studio. Cela attendrira les gens de savoir que leur président a fait vœu de pauvreté. J'ai beaucoup parlé avec mon confesseur, tu sais. Il m'a convaincue de te pardonner.

Launay devint subitement écarlate.

— Il ferait mieux de te convaincre que je ne porte aucune responsabilité, que Dieu l'a voulu, qu'il en est ainsi.

— Ne te fâche pas. Je veux la paix. Je veux vivre en paix.

Faustine resta un moment abattue, le regard vide. Puis elle murmura :

— Si on se sépare et que tu veux éviter des dépenses inutiles, tu peux toujours prendre la chambre de bonne en haut. Tu m'as coupée de mes deux filles mais je ne désire pas te chasser pour autant.

Launay se versa un autre verre. Puis il regarda Faustine, cette femme devant laquelle il se trouvait désarmé, impuissant. Et curieusement, pensa-t-il, cette impuissance croissait à mesure qu'il se rapprochait de la consécration de sa carrière politique. Depuis six ans que le drame avait eu lieu, elle se fanait inexorablement. Rien ni personne ne pouvait la convaincre qu'il ne portait pas la responsabilité de la tragédie qui les avait frappés. Et elle lui en voulait encore plus de ne se sentir coupable de rien. Il la voyait là, prostrée dans ce fauteuil cent fois refait, fumant comme si ses poumons ne supportaient plus l'air. Elle était devenue son chemin de croix, la route du calvaire, et, parfois, il aurait voulu que son père ait encore toute sa tête pour solliciter son conseil.

— Tu sais, Philippe, en réalité, je ne crois pas en Dieu. Mais j'ai besoin d'y croire. Il m'aide à survivre. J'ai besoin de vivre, pour Viviane. Si je ne te détruis pas, c'est parce que tu es son père. Elle ne le mérite pas. Tu as toutes les qualités requises pour cette fonction.

Son ton se durcit soudainement comme si sa voix jaillissait d'outre-tombe.

— Tu ne penses qu'à toi, tu n'aimes que toi, tu es incapable d'amour ou même d'empathie pour les autres. Et au fond — cela n'est pas contradictoire —, tu te détestes. Et cette détestation que tu as pour toi-même t'exonère de beaucoup de choses. D'ailleurs, la preuve de ce que je dis, c'est que cette horreur que nous avons vécue ne t'a pas dévasté. Moi si. Moi, j'en meurs. Toi, tu caracoles. Moi seule déciderai si tu peux aller jusqu'au bout, tu m'entends, moi seule. Tu sais ce que tu es, Philippe ? Tu sais ce que tu es ? Tu sais qui tous ces gens vont installer à l'Élysée ? Un petit garçon.

Launay eut pour toute réponse un sourire condescendant qu'il rectifia aussitôt, mais il ne parvint pas à exprimer autre chose que de la pitié.

15

Par trois fois, Lorraine s'était rendue dans ce lieu que Li fréquentait assidûment, selon le service enquêtes et filatures. Lorraine s'était attendue à un lieu sombre, où tout était agencé pour ne rien voir ni entendre et où la préférence pour les femmes était vécue comme une conspiration. Dans le monde du renseignement, l'homosexualité était considérée soit sous l'angle d'une faiblesse, soit sous celui de l'appartenance à un réseau, aussi puissant que pouvait l'être celui des francs-maçons. Les dernières analyses internes des renseignements généraux, qui ne circulaient que dans un cercle restreint, montraient qu'avec la pratique du coming out et la légalisation du mariage gay, la « faiblesse » sur laquelle avaient tablé des générations d'agents disparaissait progressivement, se limitant désormais à quelques personnes en vue, embarrassées d'accepter leur vraie nature. Quant aux réseaux, ils n'étaient pas formatés à l'image des loges. Il s'agissait plutôt d'une solidarité de fait entre membres d'une communauté minoritaire longtemps persécutée.

Lorraine devait s'attendre inconsciemment à croiser des femmes coiffées en brosse, habillées de cuir et portant des bracelets cloutés, mais il n'en fut rien. La seule chose qui changeait par rapport à un bar classique était l'insistance des regards. Rien de commun avec cette façon qu'ont d'ordinaire les femmes de se jauger, l'air admiratif, envieux ou condescendant. Ni avec la concupiscence qui inspire les hommes. Mais au contraire un désir profond et sophistiqué, bien au-delà de la satisfaction immédiate d'une pulsion. Lorraine, habituée au regard des hommes sur elle, s'était sentie gênée, comme si on cherchait à lire en elle. Deux femmes, la voyant seule, avaient engagé la conversation et, à mesure que celle-ci avançait, Lorraine s'était sentie étouffée par une sorte de claustrophobie qui ressemblait à s'y méprendre à la peur du large.

Chacun de ces soirs, elle avait quitté son fils avec inquiétude. Lorraine comprenait difficilement les ressorts de la joie et de la souffrance chez Gaspard. Il jubilait pour un bout de film qu'il se repassait en boucle une vingtaine de fois, comme cette scène d'*Entrée des artistes* où Jouvet invective les parents blanchisseurs d'une de ses élèves, et s'attristait douloureusement dès qu'il surprenait une conversation où ses différences s'étalaient dans la froideur d'un compte rendu d'autopsie, comme si la normalité était enviable. Elle ne l'était que parce qu'elle permettait de passer inaperçu, de se glisser confortablement dans le ventre d'une courbe de Gauss. Mais pour le reste, qu'est-ce que l'homme normal pouvait revendiquer ? Gaspard ne pensait pas ainsi, mais il en avait une sorte de pressentiment.

Le quatrième soir, Lorraine avait laissé Gaspard devant *Quai des brumes*. Il était assis droit, la tête prolongeant parfaitement son dos légèrement cambré, les avant-bras bien à plat sur les accoudoirs d'un fauteuil en velours mauve. Son cou paraissait long comme celui des femmes de Modigliani. Sa tête était ovale et son visage fixe mais de minuscules tics exprimaient des émotions contradictoires.

Le vide relatif de l'établissement ne pouvait s'expliquer que par la pluie. Elle n'avait pas cessé depuis trois jours et les Parisiens réagissaient en chats mouillés à ce déferlement monotone.

Une quinzaine de femmes peuplaient le bar. La patronne, derrière le comptoir, essuyait des verres. Ses yeux à demi recouverts par des paupières tombantes lui donnaient un regard ensommeillé, qu'elle promenait vaguement sur la salle. Chaque fois qu'elle posait un verre, les pans en cuir de son décolleté se refermaient, la privant d'un atout majeur.

Le bar lui-même était en chêne massif, comme les parquets irréguliers. Le reste du décor, construit en fer, semblait provenir d'un ancien atelier et conférait à l'ensemble une étonnante sobriété. La salle était agencée en plusieurs salons composés de tables basses et de profonds fauteuils en cuir usé. La devanture en treillis métallique laissait entrer une lumière jaune qui rebondissait sur les tables.

Lorraine commanda une vodka et, avant même qu'elle ne fût servie, sortit fumer une cigarette dehors. Un auvent incertain abritait les fumeuses de la pluie oblique, les obligeant à se serrer les unes contre les autres. Entre deux bouffées, les filles se détaillaient l'air de rien. Deux d'entre elles, qui tenaient leur cigarette entre le pouce et l'index, avaient des manières d'homme, bombant le torse sur des poitrines maigres, se passant la main dans les cheveux pour les tirer en arrière. Leur travail vestimentaire pour gommer des hanches détestées en les noyant dans des vêtements trop larges n'avait servi à rien.

C'est à travers cette fumée doublée d'une buée humide que Li apparut sortant d'un taxi, tête baissée. Quand elle la releva, Lorraine la reconnut. Elle la trouva plus belle et plus jeune que sur les clichés hâtifs du service enquêtes, exécutés dans des lumières inopportunes. Li s'installa au bar à côté du verre de Lorraine laissé en déshérence. Lorraine attendit que Li soit servie pour rentrer à son tour et reprendre sa place. Elle ignora la jeune Chinoise, qui la regarda brièvement, sans curiosité ni intérêt particulier. Li jeta un regard circulaire sur la salle et, n'ayant trouvé personne sur qui s'attarder, fixa les yeux droit devant elle, visiblement préoccupée. Lorraine, voyant qu'elle ne suscitait pas le moindre intérêt chez la Chinoise, se sentit vexée. Les deux femmes restèrent ainsi côte à côte un bon moment sans s'adresser la parole. Lorraine mit un point d'honneur à ne pas être la première. Quand Li lui parla finalement, la crainte de finir la soirée seule l'avait emporté sur son attrait mitigé pour Lorraine.

— Première fois ici ?

Lorraine prit son temps pour répondre.

— Non, la quatrième.

— Pourquoi ?

— Pourquoi pas ?

— Une expérience nouvelle ?

— Qu'est-ce que tu en sais ?

— Ça se voit. Déçue par les hommes ? Intriguée par les femmes ?

Lorraine, qui avait compris qu'elle n'était pour Li qu'un deuxième choix, pensa que la perspective de la débaucher pourrait exciter la Chinoise.

— La tentation expérimentale. Pourquoi limiter son horizon ? Je ne sais même pas encore si j'en ai vraiment envie. Pour l'instant, je crois plutôt que non.

— Mariée ?

Lorraine pensait qu'une des règles de son métier, semblables sous bien des aspects à celles d'un mari qui trompe sa femme, était de s'éloigner le moins possible de la réalité et de ne mentir que quand c'était devenu inévitable.

— Je l'ai été.

— Enfants ?

— Un grand fils.

— Grand comment ?

Lorraine désigna une plante qui grimpait timidement le long d'un tuteur.

— Grand comme ça.

Li la fixa ensuite longuement sans rien dire, en buvant à petites gorgées.

Lorraine relança la conversation.

— Tu es en train de te dire : « Cette fille ne me plaît pas, mais si je ne la baise pas ce soir, je vais finir seule et j'en ai encore moins envie. » Je me trompe ?

— Pas complètement.

— Sauf que moi je n'en ai pas envie.

— Pourquoi ?

— Parce que tu n'es pas mon genre.

— Parce que tu connais ton genre ?

— Je crois.

— Pas moi.

Quand Li jugea que la partie avait assez duré, elle posa son bras autour du cou de Lorraine et la serra assez pour lui faire comprendre qui allait décider désormais. Lorraine la repoussa avec douceur mais fermement. Puis son esprit considéra la prochaine étape. Li allait certainement essayer de l'embrasser. Curieusement, cette étape lui parut plus difficile à surmonter que ce qui devrait suivre. Pour Lorraine, la bouche était le lieu de l'amour par essence.

— Je ne te plais vraiment pas ? demanda Li.

— Je ne me suis pas vraiment posé la question, en fait. Je suis venue ici parce que l'idée du lieu me plaisait, sans a priori ni calcul.

Lorraine paya son verre puis sortit pour fumer une cigarette. Elle se sentait troublée. Elle ne pouvait pas dire si la cause en était Li ou ce qu'elle projetait sur elle. Elle s'interrogea brutalement sur elle-même, se demandant dans quelle construction imaginaire elle s'était mise au nom du service qui n'en était peut-être au fond que le prétexte. Elle n'eut pas le temps de remettre de l'ordre dans ses idées avant que Li sortît à son tour. Dans la lumière du lampadaire qui l'éclairait de face, ses traits prirent toute leur puissance sans perdre leur perfection. La dureté qui rebutait Lorraine l'avait quittée. Tout ce qui en elle pouvait desservir son pouvoir de séduction s'était effacé. Elle semblait flotter, portée par un charme inaltérable. Quand le taxi que Li avait commandé arriva, on aurait pu penser que rien n'était encore décidé. Li se glissa à l'intérieur en laissant la portière ouverte. Lorraine écrasa sa cigarette et monta. Il ne restait plus rien des mots qui s'étaient échangés, volatilisés avec les postures qu'ils accompagnaient. Li posa doucement sa main sur celle de Lorraine en regardant par la vitre défiler les rues du Marais, désertes à cette heure.

L'envie, la jalousie ne naissent ni de l'argent, ni de la beauté, ni du pouvoir mais de la liberté, le plus insupportable des privilèges. L'impression de liberté, de facilité qui se dégageait de la maison de Li pouvait déconcerter à première vue. Une longue impasse pavée creusée entre deux immeubles insalubres conduisait à une maison moderne en bon état qui, sans être luxueuse, révélait une surface surprenante. Tout le rez-de-chaussée, qui donnait sur un petit jardin, de l'autre côté, était aménagé en studio photographique. Un escalier droit menait à une grande chambre vitrée. Il fallait redescendre l'autre versant pour accéder à un vaste salon-cuisine orienté sur la rue. La décoration était inspirée par la légèreté, qui avait prévalu dans le choix du mobilier moderne épuré. L'ensemble était entretenu méticuleusement. Il flottait des odeurs de cire et de plantes orientales. Li ne demanda rien à Lorraine sur elle. Ou très peu, comme si elle n'avait pas encore commencé à exister à ses yeux, autrement que par son corps et l'opportunité d'y noyer une contrariété obscure.

De ce qui se passa ensuite, Lorraine ne garda pas grand souvenir. Grâce aux nombreux verres qu'elle avait bus précédemment, les choses allèrent presque naturellement. Sans doute parce que aucun homme ne l'avait tenue dans ses bras depuis plusieurs années, ceux d'une femme lui parurent presque familiers. La distance entre les deux sexualités lui sembla infime et elle reprocha à son esprit de l'avoir surestimée. Elle en fut même déçue, s'attendant à un plus fort bouleversement des sens. Pourtant, au milieu de la nuit, alors que leurs ébats les laissaient loin l'une de l'autre, aux deux bouts du grand lit dans des positions inhabituelles, elle éprouva le besoin de se rapprocher de Li, de poser délicatement sa tête contre son flanc, face au plafond. Alors que Li s'était effondrée d'un coup comme un homme repu, Lorraine se laissait aller à des pensées aux contours incertains mais rendues audacieuses par la fatigue. Elle prenait cet intermède comme un immense soulagement. Elle s'était réapproprié son propre corps en se laissant posséder par une autre. Li l'avait complimentée sur sa fermeté, ses courbes engageantes et surtout sa douceur. Mais l'essentiel n'était pas là. Elle se sentait vivre, loin de ses devoirs et de l'ordre qu'elle s'imposait.

Au matin, vers 6 heures, Li se réveilla et s'assit au bord du lit, la tête dans les mains, affectée d'un léger tremblement où se mêlaient froid et fatigue. Lorraine se leva sans bruit et s'habilla avec les vêtements de la veille. Puis elle fila retrouver son fils. Elle rentra à pied dans le petit matin hésitant d'une journée parisienne qui promettait encore de libérer le ciel de beaucoup d'eau. Les premières gouttes la surprirent à quelques mètres de l'entrée de son immeuble. Une locataire qui en sortait pour se rendre à son travail lui jeta un regard oblique.

Elle ouvrit la porte de l'appartement sans faire de bruit puis ôta ses chaussures. Elle entrebâilla la porte de la chambre de Gaspard qui dormait profondément. Elle se déshabilla pour enfiler un peignoir puis se fit un café, heureuse de commencer cette journée aussi tôt, encore pleine de l'énergie de la nuit. Elle alluma le poste de radio, une copie des anciennes TSF qui avaient diffusé l'Appel du 18 juin. Le président et son Premier ministre avaient perdu 3 points dans les sondages, au plus bas depuis le début du quinquennat. Lorraine ne se sentit pas concernée. La deuxième information faisait état de l'arrestation d'un franchisé d'Al-Qaida qui préparait un attentat. Un Français d'origine algérienne qui s'était confectionné méticuleusement un engin meurtrier et qui s'apprêtait selon ses aveux à le faire exploser dans le métro. Même si le ministre de l'Intérieur se félicitait de son arrestation, le mérite en revenait à la sœur du terroriste, qui s'était émue de voir son frère, qui ne s'occupait jamais de cuisine, s'acharner sur une cocotte-minute de petite taille volée à leur mère. La troisième information submergea les autres le reste de la journée et les deux jours suivants aussi avant de céder à son tour devant des nouvelles plus fraîches. Un skippeur parti de Brest pour un tour du monde en solitaire avait sombré corps et biens dans la nuit sans laisser la moindre trace. Les recherches entreprises pour le retrouver n'avaient rien donné.

Gaspard se leva et vint retrouver sa mère à la cuisine, à demi réveillé mais souriant au monde entier comme à son habitude. Il ne posa aucune question à l'auteur de ses jours sur sa nuit. Elle en fut soulagée. Mentir à Gaspard lui était impossible. Cette sincérité sans tache s'était instituée comme une règle entre eux, au fil des années, naturellement. Gaspard lui-même ne mentait jamais. Ce principe ne relevait pas d'une attitude morale. Il ne comprenait pas le bénéfice du mensonge, et encore moins ses mécanismes.

16

— Je lui ai proposé de m'engager à ne faire qu'un seul mandat.

— Je serais lui, je ne marcherais pas.

— Pourquoi ?

— Le pays s'enfonce, lentement et durablement. Les conservatismes sont si puissants que personne ne peut le redresser en cinq ans. Donc, même si vous faites du bon boulot, les électeurs vous jetteront à la fin du quinquennat. Et si Lubiak est dans votre sillage, il sera sanctionné comme vous. Il n'a aucune raison de vous laisser gagner cette élection. Franchement, je pense que d'une façon ou d'une autre il va déclencher les hostilités. Il va chercher à vous abattre sans causer de tort au parti. Le principe de la bombe à neutrons.

— Je ne vois pas bien comment. Je n'ai ni casseroles, ni magouilles, ni quoi que ce soit qui lui permette de m'atteindre.

— Sur le financement du parti ?

— Non. Et de toute façon, il est aussi concerné que moi. Pas d'argent, pas de primaire, pas de campagne présidentielle. On doit partir de loin et c'est cher. Aurore m'a fait un budget et on est très au-delà de ce qu'on peut espérer par la voie officielle. En plus, on n'est pas aux commandes. Les autres, au gouvernement, ils savent où se servir et ils peuvent le faire. Nous, non.

Launay s'interrompit en se demandant s'il devait aller plus loin.

Marquet pinça les lèvres jusqu'à les faire disparaître en regardant droit devant lui.

— Et nous, qu'est-ce qu'on pourrait avoir contre lui, à titre préventif ?

— Il faudrait réfléchir. Sur le plan privé, tout le monde sait qu'il collectionne les femmes comme d'autres les papillons, le genre qui rend sympathique auprès du grand public : les femmes parce qu'elles aiment l'idée qu'on veuille les conquérir, les hommes parce que cela leur donne de l'espoir. Par ailleurs, il a touché sur tout, dans sa ville et dans son département. Mais pas de preuves. Je connais quelques arrosoirs notoires mais il se méfie et il n'a jamais traité avec aucun d'eux. Son truc, c'est surtout l'étranger. Je sais qu'il a pris le contrôle d'une lessiveuse dans le Maghreb sur intervention de ses amis des Émirats.

— Une lessiveuse ?

— Oui, la société des eaux et électricité d'une grande ville. Les utilisateurs payent leurs factures en liquide auprès du gardien de l'immeuble. Une partie de cet argent disparaît en comptabilité sous forme de faux impayés. Il est ensuite transmis aux Émirats qui le tiennent à la disposition de Lubiak, qui est en quelque sorte leur représentant en France. Ces gens-là, qui ont maintenu leurs peuples dans l'ignorance et l'esclavage avec l'aide de Dieu, réalisent que la manne pétrolière tire à sa fin. Ils investissent donc massivement en Occident. Enfin, vous connaissez l'histoire. En France, ils sont conseillés par Lubiak, il est rémunéré pour cela. Évidemment, il leur a fait miroiter de plus grandes opportunités encore s'il est élu président. Pour moi, c'est ce qu'on appelle du « trafic d'influence ». Il est très organisé, tout est étanche. Il est cul et chemise avec le cheik Al Jawad, vous avez dû entendre parler de lui. Sa femme, pour ne pas se sentir dépaysée quand elle voyage, s'est fait construire la même maison que celle qu'ils possèdent ici dans les Émirats, à Marbella, à Miami, à Los Angeles et à Singapour. Intérieur identique aussi jusqu'aux boutons de porte. Ces gens-là ont l'âme engluée. Bref, tout est organisé hors de France pour Lubiak. La Société des eaux et électricité du Maghreb est une filiale de la Globale des eaux, elle-même filiale de Futur Environnement. Cette manne est longtemps revenue à notre parti et à ses dirigeants. Le dernier président de notre bord en a bien profité. Puis, quand Volone a quitté la tête de ce groupe, son successeur a redistribué les cartes, au prétexte d'arrêter la machine. Mais la machine continue.

— On aurait éventuellement les moyens de le prouver ?

— Sans altérer l'image du parti qui s'est servi dans cette lessiveuse pendant une bonne vingtaine d'années ? Difficile.

Launay resta un long moment sans rien dire, comme s'il cherchait au fond de sa mémoire un détail minuscule.

— On a autre chose sous la main. Lubiak a pris en location un appartement de trois cents mètres carrés près de l'Étoile. Il paye un loyer dérisoire à une holding immobilière des Émirats. En fait, il serait le vrai propriétaire de cet appartement. La holding le détiendrait pour son compte moyennant un dépôt miroir dans une société offshore aux Bahamas.

— Ça, c'est plus intéressant.

— Il est déjà arrivé qu'un président soit logé à Paris dans un appartement qui serait la propriété d'un chef d'État étranger et cela n'a choqué personne. En tout cas, nous avons là un fil que nous pourrions tirer en cas de besoin. Mais si on y réfléchit bien, c'est léger. Pardon de cette métaphore un peu lourde, mais à la chasse quand vous tirez sur un sanglier avec un petit calibre, il peut ne mourir que plusieurs jours après, sans que jamais vous ne le retrouviez. On est un peu dans le même cas, il faudrait quelque chose de foudroyant s'il ouvre les hostilités.

— Et il n'a rien de foudroyant contre nous non plus, je suppose.

— Pas à ma connaissance.

17

Ce matin-là, Sternfall aurait bien aimé se concentrer sur son travail mais un détail le chagrinait, au début tout au moins, car ledit détail en était très vite venu à l'obséder. Cette obsession l'inquiétait car elle devenait incontrôlable. Tous ses efforts pour la chasser étaient restés vains et elle s'étalait telle une tache d'encre sur un buvard, dessinant dans son esprit des contours illogiques, s'élargissant comme une marée montante. En rentrant de Paris quelques jours plus tôt, il avait vu sortir un homme de chez lui, une silhouette qui lui rappelait quelqu'un de la société, sans pouvoir mettre un nom sur cette ombre pressée. Il n'avait pas osé interroger sa femme sur ce visiteur, pensant qu'elle s'en ouvrirait d'elle-même. Il n'en fut rien et, au contraire, il observa dans les heures suivantes qu'elle le regardait comme quelqu'un qui cherche à savoir si l'autre sait. Comme d'habitude donc, ils ne se parlèrent de rien. Il n'était pas dans la nature de sa femme de communiquer. Elle était pareille à un chat craintif, fuyant les caresses. Elle et son mari avaient en commun d'aimer Bach, et d'écouter son œuvre inlassablement, en silence. Après douze ans de mariage, Sternfall n'en savait pas plus sur sa femme qu'au début. Sans créer d'amour, ce mystère consolidait leur lien. Découvrir au bout de tout ce temps qu'elle n'était au mieux qu'une « Bovary » le tracassait plus que sa possible infidélité. Il se demandait souvent ce qu'il serait advenu de leur couple si un enfant inadaptable n'était pas né de leur union. Il leur arrivait de faire l'amour parfois, quand ils ne pouvaient l'éviter. Ensuite, ils se comportaient comme s'il ne s'était rien passé, jusqu'à la prochaine fois. Rien ne laissait soupçonner qu'elle fût insatisfaite. Il se résolut finalement à prendre la découverte de cet homme comme un fait qui ne le concernait pas. Il était sujet à des crises épisodiques de paranoïa et ne voulait pas que cette histoire soit l'occasion d'en déclencher une.

Sternfall occupait depuis des années un bureau sans fenêtre donnant sur un long couloir qui aboutissait dans une zone d'expérimentation radioactive. Son travail consistait à modéliser en probabilités certaines réactions physiques expérimentées dans cette zone où s'étudiaient, à l'échelle miniature, les effets géologiques de la dégénérescence des déchets nucléaires.

On frappa assez vigoureusement à sa porte pour lui faire lever la tête, lui qui était absorbé par ses calculs. Il aperçut son visiteur à travers le seul pan de vitre transparente laissé dans la cloison pour rendre la pièce aveugle plus vivable. Sternfall vit d'abord Larbot, le directeur de la sécurité du groupe, qu'il n'avait rencontré qu'une seule fois. Mais ce qui provoqua un malaise immédiat fut qu'à travers le rectangle de verre il aperçut l'homme qu'il avait vu sortir de chez lui, se tenant en retrait comme une mystérieuse sentinelle, appuyé contre un pilier. Un flot d'adrénaline l'envahit tandis que Larbot entrait, affectant une douceur qui peinait à paraître naturelle.

— On s'est déjà rencontrés, monsieur Sternfall, mais peut-être ne vous souvenez-vous pas de moi ?

— Si, je suis assez physionomiste. On s'est vus au comité d'entreprise. Vous vous occupez...

— De sécurité, à l'échelle du groupe. Pas de la sécurité fonctionnelle des installations, mais de toute la sécurité liée aux personnes, à la protection des données, au respect de la confidentialité, aux risques de fuite. Notre groupe a une telle place en France et dans le monde dans un domaine tellement stratégique qu'on peut imaginer les convoitises qu'il suscite.

— Je sais tout cela. En quoi cela me concerne-t-il ?

— Vous permettez ?

— Faites.

Sternfall lui désigna le siège en face de lui tout en se faisant la remarque qu'il était assez rarement occupé. Larbot s'approcha et son visage imparfait lui fit l'effet d'une composition inachevée. S'il avait dû en désigner les deux traits principaux, il aurait indiqué la violence et la veulerie, cachées sous un vernis politique qui n'était pas sa vraie nature.

— Je ne vais pas vous faire de grands discours. Je vais même être laconique. Votre intérêt pour l'affaire Mandarin, qui est sans doute justifié d'un point de vue syndical, nous gêne beaucoup car il s'agit d'un dossier très sensible, avec des enjeux internationaux dont vous ne mesurez pas la portée. Si vous insistez, on sera obligés de savoir pourquoi et on sera contraints de découvrir pour qui vous travaillez. Nous savons que votre moteur n'est pas purement syndical. Bien sûr, vous avez le droit pour vous. Mais si vous ne laissez pas tomber, nous ferons en sorte de renverser le cours des choses. Pour y arriver, il nous faudra frapper très fort, et vous faire passer pour ce que vous n'êtes peut-être pas, un agent au service d'intérêts étrangers par exemple. Notre travail, c'est d'écrire une histoire. C'est à vous de choisir : les ennuis ou la tranquillité.

Sternfall le regarda fixement sans laisser filtrer le moindre indice concernant sa réponse. Puis il sourit :

— J'ai choisi.

— Quoi ?

— Les ennuis.

Larbot se redressa dans son fauteuil.

— Pourquoi ?

— Parce que les ennuis, je n'ai connu que cela dans mon existence, mais toujours un peu les mêmes. Vous m'offrez l'opportunité d'en changer.

— Je crains que vous ne le regrettiez.

— Je crains que non. Au fait, qui est le type qui vous attend ?

— Un homme de ma direction.

— Son nom ?

— Weslas, pourquoi ?

— Juste pour mettre un nom sur un visage connu.

Après le départ de Larbot, Sternfall respira largement. Il se sentait plein et entier.

18

Charles Volone conduisait les yeux protégés par de grosses lunettes de soleil cerclées d'or fin. Le parfum d'ambiance se mélangeait à l'odeur délicate du cuir neuf de grande qualité. L'eau de toilette de Sonia parvenait pourtant à prendre parfois le dessus. Elle exhalait un fort caractère citronné et poivré. Ses cheveux noirs tranchaient sur le cuir crème des sièges. Elle se pencha en avant, ce qui eut pour effet de remonter sa jupe jusqu'au seuil de l'indécence. Volone n'en perdit rien tout en cherchant l'entrée du parking souterrain. Sonia s'était avancée pour changer la musique.

— On est arrivés dans une minute !

La remarque de Volone ne la dissuada en rien et aussitôt une musique hip-hop éclata dans l'habitacle. Sonia se mit en mouvement en claquant des doigts. La voiture s'engouffra dans le parking et s'arrêta à la barrière. Volone, en ouvrant sa vitre pour prendre un ticket, libéra une bouffée de musique dans l'espace bétonné devant le regard médusé du gardien, un grand homme noir au visage avenant. Après plusieurs lacets, la voiture s'immobilisa à l'étage le plus bas, une allée quasiment vide ponctuée de quelques voitures de collection sous bâche ou couvertes de poussière.

Comme s'il s'agissait d'un acte rituel, Sonia défit la fermeture du pantalon de Volone puis vint s'asseoir sur lui en lui tournant le dos, les coudes sur le volant. L'assemblage dura une poignée de secondes. Puis Sonia reprit sa place, s'arrangea un peu dans le miroir de courtoisie et descendit, radieuse. Le chemin vers la surface les amena à passer devant le gardien, qui les regarda, muet d'indignation, ses yeux allant du couple aux écrans de surveillance, sur l'un desquels on apercevait la grosse limousine, de face.

Volone se décida enfin à ôter ses lunettes.

— Tu n'as pas peur qu'il balance le film sur Internet ?

— Ce serait tellement de mauvaise qualité qu'on ne me reconnaîtrait pas. Ça casse le rituel, tu ne trouves pas ? Toujours le dîner et ensuite l'amour. Comme cela, si je te demande quelque chose à table, tu n'auras pas le sentiment que je te fais du chantage au lit.

— Et puis ça ne nous empêche pas de recommencer, n'est-ce pas ?

— Exactement.

Le restaurant était à une vingtaine de mètres de la sortie du parking. En arrivant, Sonia sourit au voiturier puis le couple entra, aussitôt pris en charge par un maître d'hôtel obséquieux. Sonia eut droit à autant d'égards que son mari. Il fallut prendre un ascenseur pour rejoindre la salle de restaurant panoramique qui surplombait Paris non loin de la tour Eiffel

enguirlandée. Volone aimait cette vue impre-
nable, le contraste entre le décor glacial et la
finesse des plats, et il y organisait bon nombre
de ses déjeuners d'affaires. Leur façon de cui-
siner le poisson, d'une délicieuse simplicité, lui
paraissait unique autant que la disposition des
tables, très espacées, qui autorisait les conversations les plus privées.

Le maître d'hôtel s'effaça pour laisser deux
serveurs reculer les chaises puis les avancer au
couple, et s'incliner vers eux pour leur présenter
la carte. Ils écoutèrent d'une oreille attentive les
suggestions du jour puis passèrent commande
d'une bouteille de bourgogne grand cru. Sonia
savait qu'une fois la quarantaine passée, même
légèrement, la nature était sans pitié pour les
femmes qui mêlaient vin blanc et cigarette. Elle
avait donc cessé de fumer et s'était mise au vin
rouge en quantité limitée, mais elle était intraitable sur la qualité. Elle avait d'ailleurs un beau
teint. Sa peau naturellement hâlée — elle était
d'origine cambodgienne — n'était que très superficiellement ridée autour de ses yeux d'un noir
absolu où brillait une ambition viscérale et inex-
tinguible. Son sourire était assorti à ce regard
résolu, pondéré d'une pointe d'humanité feinte.
Sa façon de rejeter en arrière ses abondants cheveux longs lui donnait une allure altière, même si
elle n'en avait pas les manières.

Charles Volone avait tendance à se voûter mais
il ne ménageait pas ses efforts pour se rehausser
en carrant les épaules dans un mouvement très
artificiel qui laissait croire qu'il se préparait au
combat. Son regard faisait penser à deux lampes
de poche fouillant la nuit à la recherche d'un dis-

105

paru. Il posa la carte et regarda droit devant lui, absorbé par des pensées sérieuses.

— Ils ont changé l'agencement des tables, ou c'est moi ?

Volone ne se donna pas la peine de répondre.

— J'ai l'impression que tu as plus d'ennuis que tu ne peux en traiter en ce moment, je me trompe ?

— Tu te trompes. Ma capacité à traiter les ennuis est infinie. C'est ce qui fait ma force. Les gens ordinaires rapetissent sous les problèmes. Moi, ça me grandit.

Il reprit la carte.

— Je vais prendre la sole, grillée.

— Moi aussi.

Le maître d'hôtel, qui les observait attentivement depuis le fond de la salle, bondit dès qu'il comprit que leur choix était arrêté. Ils passèrent commande sans un regard pour lui. Une fois qu'il se fut éloigné, Sonia demanda :

— Habber continue ?

Avant de répondre, Volone contracta trois fois les mâchoires.

— Elle continue.

— Comment ?

— Elle continue, c'est tout.

— Tu ne veux rien me dire ?

— On est mariés, pas associés.

Il changea de sujet.

— Est-ce que tu es d'accord pour dire que dans ce pays il n'y a pas à proprement parler une tradition de violence ?

— Euh, oui, on n'est pas aux États-Unis.

— Donc, dans notre sphère, quand quelque chose de très violent advient, personne ne parvient à croire que c'est vrai.

— Oui. On a connu des assassinats de personnalités politiques et tout le monde était assez rassuré par les thèses de suicide, de noyade ou de balle perdue.

— Je me souviens d'un ancien ministre dont on avait dit qu'il avait été tué en pleine rue par une balle perdue dans un règlement de comptes entre deux truands. Tout le monde a gobé.

— Pourquoi, tu as l'intention d'effacer quelqu'un ?

— Bien sûr que non. Je réfléchissais simplement à l'incidence sur nos pratiques du fait que les gens pensent qu'on ne recourt jamais à la violence physique, ou si rarement.

— Et alors...

— Cela donne parfois un sentiment d'impunité qu'on ne trouve pas de l'autre côté de l'Atlantique, par exemple. On ose... Mais je ne dis pas cela pour Habber. Elle est très vexée, il faut la comprendre. Elle a vu clair dans mon jeu depuis le premier jour et elle n'a rien pu faire pour m'empêcher d'aller jusqu'au bout. Dès le moment où j'ai mis la main sur l'électricité, elle savait que je prendrais le nucléaire. Elle a cru qu'à travers ses réseaux elle arriverait à m'arrêter. Sauf que ses réseaux sont des politiques qui me doivent beaucoup. À l'époque où je dirigeais Futur Environnement, j'ai financé toutes leurs campagnes. Pas un n'a levé le petit doigt contre moi. Elle pensait que le président actuel allait me virer. On en parle depuis le début de son quinquennat et rien ne se passe. Pas de chance. Moi, je comprends sa colère mais je vais devoir, tôt ou tard, réagir. La mouche s'agite mais ne dure pas. Elle devrait le savoir. Et pour le prochain quinquennat c'est mal parti pour elle, Launay est au plus haut dans les sondages.

— À propos de Launay, tu pourrais lui demander un service ?

— Quoi ?

— Qu'il me mette dans une circonscription gagnée d'avance pour les législatives.

— Tu n'as jamais couché avec lui ?

— Non.

— Pourquoi ?

— Je ne suis pas son genre.

— Il est le tien ?

— Tu sais bien que je n'ai pas de genre.

— Si, par déduction. N'est pas ton genre celui qui ne peut rien t'apporter.

— C'est vrai, cependant il y a des exceptions. J'ai passé deux nuits avec un écrivain, puis il m'a fatiguée. Toutes ces questions sur le monde, on aurait dit un enfant. Launay, non, sérieux, rien. D'ailleurs il n'exprime pas grand-chose, sexuellement. Tu veux que je te dise ? Je l'imagine avec un machin assez long, jamais complètement dur.

Volone eut une esquisse de sourire pour ce compliment en creux.

Un aréopage en tenue blanche vint les servir. Ils mangèrent en silence, jetant un œil sur la ville illuminée après chaque bouchée.

Ils avaient en commun des origines lointaines et une frénésie de réussir servie par une pugnacité extraordinaire, renforcée chez Volone par son appartenance à une minorité autrefois exterminée par les Turcs. Il lui était arrivé de penser à reprendre son vrai nom, Volonian, mais son père avait déployé tant d'efforts pour en changer...

Une sexualité puissante les liait aussi. Volone tolérait les aventures de Sonia à condition d'en être informé et qu'à l'occasion elles puissent être utiles. Il lui arrivait toutefois d'être jaloux même s'il reconnaissait que l'idée qu'elle soit possédée par d'autres hommes pouvait jouer positivement à la marge sur sa propre libido selon le principe de la triangulation du désir. Volone trompait Sonia effrontément. Elle le savait et ne s'en offusquait pas, pourvu qu'il ne s'agisse pas de femmes de tête ou jouant un rôle social conséquent. Il avait ainsi carte libre sur les employées et les stagiaires du groupe qu'il usait à un rythme impressionnant pour peu qu'elles ne fussent pas blanches car il avait pour le teint de porcelaine et ses dérivés un dégoût inexpliqué.

Une fois les desserts servis et goûtés, le chef s'avança pour s'enquérir de leur satisfaction. Ils échangèrent avec lui force sourires et compliments. Puis, quand il se fut éloigné, Sonia laissa tomber :

— Ça a pas mal baissé, tu ne trouves pas ?

Volone ne trouvait pas. Elle ajouta :

— Pour ce prix, quand même ?

Il se leva.

— Le jour où on payera de notre poche, on aura le droit de se plaindre.

— C'est vrai, mais...

19

Quand Lubiak entra dans son bureau, Launay remarqua une fois de plus le formidable décalage entre l'être qu'il affichait et celui qu'il était. Lubiak illuminait puis très vite la lumière s'éteignait. Le hiatus entre ses gestes et ses paroles était considérable, comme si son corps et sa voix jouaient deux partitions inconciliables. Il était difficile de parler de trahison mais plutôt d'une forme de dissociation.

Launay désigna le siège en face de lui, mais Lubiak resta debout. Launay comprit que Lubiak préférait la table de réunion dont la disposition les mettait à égalité. Il se leva et vint s'asseoir face à la fenêtre qui donnait sur une rue sombre. Lubiak s'installa en prenant un air de fin stratège.

— Tu as pensé à ma proposition ?

— Honnêtement, je n'ai pas eu le temps.

Le mot « honnêtement » était de trop mais l'utilisation abusive du mot entre deux personnes de ce type était une convention de langage communément admise.

— Mais tu en penses quoi ?

Lubiak fit mine de prendre le temps d'une réflexion qu'il avait amorcée plusieurs jours auparavant.

— J'en pense que je suis d'accord.

Launay le regarda, suspicieux. Lubiak poursuivit sans se troubler.

— Tu es très en avance dans les sondages. Ta stratégie centriste paye mieux pour l'instant que ma stratégie droitiste même si à terme elle est incontournable. Que veux-tu que je te dise ? Je retiens ta proposition qui est de ne faire qu'un seul mandat et de l'affirmer bien fort pour qu'il n'y ait pas de malentendu. Au cas où tu serais élu, je veux le ministère de l'Intérieur avec engagement écrit de ta part de m'y laisser durant tout le mandat. Je veux quand même que nous organisions des primaires. Il faut donner l'image d'un parti qui ne désigne pas son candidat à la présidentielle par les sondages mais par un vrai vote démocratique des militants.

Connaissant Lubiak, Launay n'imaginait pas une seconde que ses propos ne contenaient pas, comme on dit au théâtre, « un sous-texte ». Il acquiesça à titre conservatoire et rebondit sur le point qui lui en laissait l'occasion.

— Je veux bien qu'on organise des primaires, mais tu sais ce que ça coûte. Les finances du parti sont à marée basse et la mer s'est retirée très loin.

Lubiak ne dit rien et laissa Launay s'engager sur un terrain qu'il savait instable.

— Je suis prêt à faire deux tiers, et un tiers pour toi.

— Mais comment ? se défendit Lubiak.

111

— Comment ? Il n'y a que toi qui le sais. À part la Société des eaux et électricité du Maghreb dont tu as repris le contrôle personnel alors qu'il revenait au parti, pour le reste je ne sais pas et je ne veux pas savoir. On s'accorde sur un budget, et tu mets un tiers. Sinon, pas de primaire.

— Et comment on blanchit l'argent ?

— On va établir une liste des grands donateurs du parti, tous ceux qui ont intérêt à notre victoire et qui en attendent de sérieuses retombées. On leur donne en liquide le montant de leurs donations, ils nous le restituent par chèque. Comme ils sont tous mouillés, personne ne bouge. On est d'accord ? Si tu ne l'es pas, on peut remettre cette discussion, je dois déjeuner avec Volone et je suis en retard.

— Volone ? Je comprends mieux ton aisance financière.

— Ça n'a rien à voir. S'il était encore président de Futur Environnement, la holding des Eaux et électricité du Maghreb, cette dernière serait peut-être toujours dans le giron du parti et elle servirait à son bien plutôt qu'à des intérêts privés.

— Tu vas me faire croire que tes montages ne servent qu'au financement politique.

— Je pourrais te le jurer sur la Bible, si tu me le demandais. Donc réfléchis, deux tiers, un tiers, jusqu'aux primaires.

— Et celui qui gagne les primaires fait son affaire de financer le reste de la campagne jusqu'à l'élection ?

— On est bien d'accord.

20

À cette heure matinale, on lisait l'angoisse sur le visage des hommes et des femmes qui hantaient le Palais. La machine judiciaire s'ébrouait dans l'écho des couloirs trop vastes. L'avocate d'Arnaud de Saban s'affairait, du greffe à son client qui ne disait rien, assis le dos droit sur un banc sculpté aux extrémités. Sa femme était assise plus loin, elle aussi assistée de son avocat, un homme de grande taille qui gardait la bouche ouverte, prête à plaider. L'avocate de Saban était plus anodine. Ses bas flottaient sur des jambes maigres, ses traits s'affaissaient, vaincus par l'oxydation. Pour autant, dès qu'elle souriait, elle enchantait le monde et lui insufflait un regain d'optimisme. Plusieurs audiences de conciliation étaient au programme de la matinée.

La femme de Saban faisait en sorte de ne jamais croiser son regard. Ils ne s'étaient pas parlé directement depuis son débarquement, ce jour funeste où il avait retrouvé l'appartement vide. Elle ne l'avait pas vidé comme quelqu'un qui reprend ses affaires. Elle lui avait volontairement ôté toute vie, jusqu'aux traces de leur fils.

La juge les fit entrer dans son cabinet. Elle tenait moins son pouvoir du droit que de son expérience répétée des couples en fin de vie. Eux étaient intimidés de mettre leur intimité entre les mains d'une personne étrangère. Leurs futurs rapports allaient désormais se trouver aliénés par cette femme chargée de leur tutelle et de celle de leur enfant. Leur couple était entré en gériatrie. La juge était horripilante tant elle s'empressait de régler une situation qui demandait du temps. La tragédie flottait, pour l'un plus que pour l'autre.

— Vous faites quoi dans la vie, monsieur ?

Elle chercha la réponse dans son dossier, consultation qu'elle entrecoupa de regards assassins comme si elle cherchait un responsable au désordre qui l'encombrait.

Mais il était déjà en train de répondre :

— Officier sous-marinier.

D'un geste, elle fit celle qui savait. Elle baissa ses lunettes et joignit les mains.

— Ça veut dire que vous êtes tout le temps absent ?

— Pas tout le temps, je pars soixante-dix jours, je suis ensuite à la maison deux mois.

— Les dates où vous êtes à terre ne correspondent pas forcément aux périodes de vacances scolaires ?

— Pas forcément.

— Bon...

C'était un peu compliqué pour elle.

— Vu l'âge de l'enfant, je le confie à la garde de sa mère.

Puis, regardant Saban :

— Vous pourrez l'avoir un week-end sur deux. Si ça tombe quand vous êtes là, tant mieux, sinon tant pis. Idem pour les vacances scolaires. Moitié des grandes vacances chacun, les petites vacances chacun son tour, à vous de voir dans quel ordre. Si vous ne parvenez pas à un accord, je déciderai. Vu son âge, il ne peut pas faire les voyages seul. Vous habitez à Antibes, madame ? Donc, monsieur, vous irez le chercher. Madame, vous êtes prête à l'amener une fois sur deux ?

— C'est un long voyage. Je dois rester une nuit sur place à Brest avant de repartir. Je peux le faire à condition qu'il me paye l'hôtel sur place. Enfin, la question se posera plus tard, parce que pour l'instant je suis enceinte.

— Enceinte ? De… ?

— De la personne avec qui je vis à Antibes.

La juge décida soudain d'alléger l'atmosphère.

— Je ne plaisante pas, les divorces de femmes enceintes de leur mari sont légion. Donc là, vous m'affirmez que ce n'est pas le cas.

— Non, c'est certain.

Saban n'écoutait plus. Il regardait cette femme qu'il avait aimée. Il comprit à quel point il s'était trompé. Il se mit à la haïr discrètement. Elle avait joué le jeu, un temps, puis, unilatéralement, elle avait changé les règles. Ensuite il réalisa ce qui était, pour lui, le plus monstrueux de la situation : il ne la sécurisait pas. Lui qui était chargé de sécuriser une nation, il ne parvenait pas à sécuriser sa femme, qui le quittait pour un gérant de concession automobile de voitures haut de gamme. Il sourit en lui-même, de lui-même. Un sourire aussitôt effacé par la perspective de cette nouvelle vie. Il pensa aux prochains mois, aux longues immersions silencieuses. Au retour à terre, seul, dans cet appartement humide, aux

115

trajets entre Brest et Antibes, à son fils à qui il ne saurait rien expliquer.

Alors lui revint ce rêve récurrent qui s'invitait plusieurs fois par mois sans qu'il sache ce qui le déclenchait. Au retour d'une mission, le sous-marin remonte en surface et le kiosque s'ouvre sur une mer désertée. Personne ne vient à leur rencontre. La mer est grosse. Le squale sans quille balance jusqu'à la nausée sur le plateau continental. Arrivé à l'Île Longue, ce que l'équipage redoute finit par se préciser. Il n'y a plus âme qui vive. Alors se met à monter en lui l'effroi de découvrir des cadavres par milliers avant de tomber sur la dépouille des siens. Mais la base est vide. Plus aucun être humain, nulle part. Quand il parvient chez lui, sa femme et son fils ont aussi disparu. Il se réveille toujours là, immanquablement, sans connaître la cause de cette évaporation massive.

Tandis que la juge le fixait, il réalisa soudain que ce rêve, qu'il avait longtemps cru lié à l'appréhension de la destruction totale, était simplement prémonitoire de sa vie personnelle. Il resta un long moment à se demander pourquoi, lorsqu'il avait pénétré dans l'appartement vide, son rêve ne lui était pas revenu.

21

Lorraine pensait souvent à ce marin parti pour un tour du monde, naufragé après quelques heures, en pleine nuit, dans une mer noire. « Il rêvait d'exploit, s'était dit Lorraine, et c'est réussi. » On ne parlait que de lui dans le flot des informations en continu. Il se disait que l'homme n'avait ni femme ni enfants. On pleurait l'individu mais moins que l'espoir qu'il représentait dans la course au large. La cause de sa disparition restait mystérieuse. Son catamaran, une merveille technologique, sortait du cerveau des plus grands architectes navals et les moyens alloués à sa construction étaient considérables, grâce au support d'Arlena. Il se disait aussi et donc il se répétait que le skippeur aurait refusé que son navire porte le nom de son principal mécène après en avoir accepté l'argent. Il ne voulait pas que son image soit liée à celle d'un groupe impliqué dans le nucléaire, alors que le groupe, par cette action de communication, s'appliquait justement à restaurer la sienne. La filiale du groupe chargée de développer un programme d'éoliennes en pleine mer, Arléole, avait finalement été sollicitée pour accoler son nom à ce projet qui s'avérait un concentré de technologie française. Les recherches conduites par l'*Abeille Normandie*, sans espoir de retrouver le marin en vie, se poursuivaient par gros temps. Mais Lorraine n'aurait pas pensé plusieurs fois à ce pauvre homme si cette tragédie n'avait pas curieusement recoupé son principal centre d'intérêt.

Lorraine s'était longuement demandé si elle devait conduire elle-même les filatures de sa cible ou s'en remettre au service idoine, avant de conclure que, malgré le risque d'être identifiée, il était de loin préférable qu'elle s'en charge.

Pour se transporter, elle avait abandonné sa moto trop reconnaissable pour un scooter. Selon ses renseignements, Humbert Deloire agissait hors hiérarchie dans le groupe Arlena. Dans l'organigramme, il était directement rattaché à Charles Volone, le président, en charge des grands marchés et opérations spéciales. En réalité, il était le numéro deux. Il avait d'ailleurs fait l'essentiel de sa carrière aux côtés de Volone, qu'il suivait depuis Futur Environnement, le plus grand groupe européen de distribution d'eau, de transports urbains privés, et de retraitement des ordures ménagères.

Humbert Deloire avait la passion de l'Asie, de ses coutumes, de ses langues et de ses femmes. Il se vantait d'être un des premiers collectionneurs d'art moderne de cette région du monde, titre que personne ne lui contestait. Selon les informations transmises à Lorraine, il entretenait une liaison suivie avec Li depuis bientôt trois ans. Si elle n'était pas sa seule maîtresse, elle était de loin la plus constante et en dehors de ses périodes de déplacement en Asie, ils ne passaient pas une semaine sans se voir. Apparemment, Deloire ne cachait pas grand-chose de ses escapades à sa femme, qui, selon des écoutes téléphoniques récentes, s'en désintéressait pour autant qu'elles ne remettaient pas en cause la stabilité de son couple, euphémisme pour désigner un confort porté à un niveau rare par un salarié d'un groupe semi-public. L'enquête financière révélait d'ailleurs que Deloire, comme Li, vivait sur un pied bien supérieur à celui que ses appointements lui autorisaient. Il justifiait cet écart auprès du fisc par des plus-values sur des ventes d'œuvres d'art qui représentaient trois fois son salaire. Les photos de Deloire montraient un homme en pleine santé, correspondant à la brève description de sa psychologie versée au dossier. L'approche de la soixantaine n'était pas parvenue à sanctionner ses traits, soutenus par une énergie facilement décelable dans son regard. Son visage large était agrémenté de beaux yeux d'un bleu franc mais, à les regarder de plus près, ils recelaient une infime touche de perversité venue de trop loin pour être perceptible à la première observation. Le reste de son visage semblait s'en excuser, un peu comme un enfant s'excuserait auprès de son père de ne pas être celui en qui il a cru. L'épouse de Deloire apparaissait bien différente de son mari. Ses photos la montraient creusée, aspirée de l'intérieur, fatiguée par un mode de vie impropre à la longévité.

Li ne quitta son domicile qu'en milieu de matinée. Lorraine avait fait le pari qu'elle n'était pas le genre de femme à se déplacer en métro et

119

elle l'attendait sur son scooter banal. Quand elle apparut dans la rue, la jeune Asiatique lui sembla une tout autre personne, comme Lorraine elle-même avait pu l'être la nuit précédente. Apprêtée pour une autre société, vêtue plus classiquement, elle paraissait plus âgée. Sa grâce naturelle s'était estompée au profit d'une allure de commande. Lorraine la suivit jusqu'à une galerie rue de Seine, où elle resta un long moment avant que Deloire n'arrive. Elle le vit descendre d'une luxueuse voiture de société aux vitres fumées, conduite par un chauffeur tiré à quatre épingles qui jugeait son patron assez important pour encombrer le passage dans la rue étroite.

Quand Lorraine vit le couple sortir un peu plus tard, elle ressentit un léger pincement qu'elle ne put définir et une antipathie spontanée pour Deloire. Sa filature se poursuivit jusqu'à un restaurant du quartier de l'Opéra situé en bas d'un grand hôtel. À travers la vitre qui donnait sur une avenue fréquentée, Lorraine eut tout le loisir d'observer le jeu qui régissait leurs rapports. Deloire était tactile. Il ne passait pas cinq minutes sans saisir la main de Li, pour la porter à ses lèvres en s'aplatissant sur la table, son autre main collée contre sa cravate pour lui éviter le contact avec son assiette. Lorraine le trouva ridicule, car son attitude trahissait son impatience à satisfaire son désir, ce qui lui fut confirmé par la façon qu'il avait de mener le déjeuner tambour battant en hélant le serveur au moindre temps mort. Li semblait souvent absente de la conversation et les regards qu'elle jetait autour d'elle étaient le signe d'un certain ennui ; elle ne manifestait aucune complicité.

Quand le couple se leva, Lorraine s'attendit à les voir sortir. Mais il n'en fut rien. Elle s'avança dans le hall de l'hôtel pour s'assurer qu'il n'y avait pas d'autre issue, même si la voiture de Deloire stationnait toujours au même endroit. Si la mode du néo-Napoléon III gangrenait la décoration des hôtels parisiens, celui-ci en était resté à l'original et sa pesanteur n'en était que renforcée par des velours et des passementeries pourpres. Lorraine ressortit et attendit moins d'une heure avant de voir apparaître le couple. Le visage de Deloire n'était pas différent de celui des autres hommes dans des circonstances identiques. Il s'y mêlait l'apaisement et l'amertume due à la conscience de son propre asservissement à un désir exacerbé par son mode d'existence. Le couple se sépara sans effusion. Li s'engouffra dans un taxi où elle sembla trouver refuge. Lorraine reprit sa filature. Apparemment, celle-ci ne faisait que confirmer ce qu'elle savait déjà. Li se prêtait à ce jeu sans enthousiasme et sans autre but que de contrôler sa cible. Quand Li arriva chez elle, Lorraine s'arrêta un peu plus loin devant un café qui faisait un angle, îlot de résistance à une disparition programmée de la modestie dans ce quartier dont les prix flambaient. Elle s'assit à la terrasse en posant avec précaution son casque près d'elle. La situation lui paraissait limpide. Deloire travaillait pour les Chinois. Li était-elle la cause de cette défection ou simplement un agent chargé de le prendre en main ? Était-elle une vraie artiste ou simplement le vecteur d'une opération de blanchiment d'argent destiné à Deloire en contrepartie de sa collaboration ? Il était concevable que les œuvres de Li achetées par Deloire lui soient ensuite rachetées plusieurs fois le prix par des acquéreurs étrangers à la solde des Chinois. D'où la flambée récente des œuvres de Li sur le marché international. Lorraine ne pouvait pas non plus exclure que Li ne fût qu'une construction, une fausse artiste dont les œuvres étaient fabriquées par un ou plusieurs autres photographes pour le compte des services chinois. Son café terminé, elle le paya à une femme indienne souriante aux contours généreux et s'en retourna au siège de la DCRI.

Elle roula doucement, occupée à penser. Elle se demanda ce qu'elle faisait dans ce métier, si ce n'était d'y jouir de ce qu'elle observait chez les autres, un goût prononcé pour la dissimulation et la transformation. Elle remarqua à quel point elle se connaissait mal et s'en attrista. Elle se demanda si elle ne faisait pas tout cela dans le seul but de remettre un peu d'ordre dans une nature désordonnée, mais elle n'en fut pas convaincue.

Il était déjà tard et la nuit commençait à tomber sur Paris quand elle s'installa derrière son bureau. Elle s'interrogea sur ce qu'elle était venue y faire et regretta de ne pas utiliser ce temps pour rester avec son fils.

Tranh fit son entrée au moment où elle s'apprêtait à partir. Il portait un volumineux dossier, signe qu'il sortait de réunion. Il ne dit rien, tourna un peu dans la pièce, se mit à la fenêtre pour regarder la rue et ses rares passants. Puis il informa Lorraine que les recherches sur Deloire étaient suspendues sur ordre venu d'en haut. Il lui demanda ensuite sans tact de lui fournir toutes les pièces afférentes à ce dossier, de n'en garder aucune. Lorraine s'exécuta sans un mot. Tranh ne savait pas lui-même pourquoi l'enquête était interrompue mais il mit beaucoup de soin à faire croire qu'il était dans le secret. Il contrôlait minutieusement que Lorraine n'avait rien omis de lui remettre, en l'observant du coin de l'œil, ravi de la frustration de la jeune femme qui, elle y excellait, ne manifesta aucune émotion.

22

« Voyez-vous, il me semble que la guerre est une forme d'existentialisme dans laquelle tous les doutes et toutes les questions douloureuses qui sont l'essence de l'espèce humaine se fondent pour ne recevoir qu'une réponse incroyablement reposante pour l'esprit, qui est la désignation d'un ennemi commun. Dans la guerre, on a tendance à ne voir que les hommes qui s'affrontent. On oublie qu'elle s'appuie au départ sur des hommes qui s'accordent, sur des hommes qui ont enfin quelque chose — qu'ils pensent supérieur — à partager. Et je pense que si on ne prend pas en compte cette frénésie existentialiste, on ne comprend rien à la guerre et à ce qu'elle scelle chez l'individu et, bien entendu, dans une communauté. C'est en cela que la défaite est terriblement violente, bien plus violente que le simple fait d'avoir perdu la partie. C'est une destruction de la foi commune qui, ajoutée aux sévices endurés, prédispose les hommes à une forme de nihilisme destructeur, que l'on retrouve chez les dirigeants nazis. D'ailleurs, si vous y regardez bien... »

Launay éteignit le poste par une pression sur la commande depuis le canapé où il s'était enfoncé deux heures plus tôt, cherchant d'une chaîne à l'autre un sujet d'intérêt. Il avait fini par trouver. Launay aimait les longues digressions sur le réel par des hommes experts comme ce philosophe qui à sa façon rendait le monde intelligible. Il aimait cet effort de cohérence même si parfois, entraînés par la médiatisation et un ego par trop enflé, certains intellectuels parvenaient à modéliser des phénomènes en tronquant la réalité.

Lorsque la vie politique ne le forçait pas à se déplacer, Launay n'allait jamais au lit avant d'être certain que sa femme dormait. Se coucher lui prenait un certain temps. D'abord dans sa salle de bains où elle défaisait longuement ce qu'elle avait construit le matin. Elle lisait ensuite, des romans uniquement, avant de prendre un cocktail de médicaments où se mélangeaient pêle-mêle anxiolytiques, antidépresseurs et somnifères. Elle résistait généralement moins de dix minutes à cette alchimie. Mais elle s'endormait rarement avant 1 heure du matin, ce qui obligeait Launay à patienter dans le salon, à la recherche d'une émission intéressante. Il lisait peu de romans, ne voyant dans la fiction qu'une caricature de la réalité. Il lui préférait des essais, des revues, et des documentaires.

Il se leva, regarda sa montre, s'approcha de la chambre pour vérifier que la lumière était éteinte. Il entra sans faire de bruit même s'il savait que, abrutie par les drogues, sa femme ne se réveillait jamais. Il se surprit à rêver à la prochaine campagne qui allait l'éloigner d'elle des semaines entières. Il posa sa robe de chambre sur un cabriolet dont le tissu venait de changer pour la septième fois en trois ans. Il souleva délicatement le drap et se glissa dans le lit. Il resta un moment les yeux ouverts dans le noir, pensant pour la première fois qu'il vivait un enfer. Cette révélation le dérangea, avant qu'il ne se raisonne en se disant que chacun devait, d'une façon ou d'une autre, porter sa croix. Le poids de celle-ci n'était supportable que si sa vie politique en était l'exact contrepoids par la masse de satisfactions qu'elle était censée lui apporter. Il en vint d'ailleurs à se demander si cette fameuse vie politique n'était qu'un dérivatif à ses malheurs privés mais il n'était pas homme à adhérer spontanément à ce genre de thèse psychologisante. Il se sentit toutefois un peu déprimé, mais pas assez pour empêcher le sommeil. Au moment où il commençait à s'endormir, il réalisa que le souffle de sa femme était anormal, heurté. Il songea qu'elle pourrait mourir, là, maintenant, et qu'il n'en ressentirait pas la moindre tristesse. Il ne lui en voulait pas, mais leur vie commune était devenue à ce point pénible que l'idée de sa mort lui parut apaisante. Faustine n'avait jamais pu surmonter la tragédie qu'ils avaient vécue. Elle s'était progressivement décomposée, et il lui semblait logique et inéluctable que ce lent processus de la souffrance dans ses manifestations les plus anarchiques finisse par s'arrêter, un peu comme si les lois de la sélection naturelle reprenaient le dessus. Elle n'avait pas eu la force de faire face. On ne pouvait pas le lui reprocher. Un court instant, il envisagea l'impact qu'aurait auprès des médias et du public l'annonce de la mort de sa femme. Il ne voyait pas en quoi elle aurait pu être autre chose que positive. Elle devrait lui attirer

126

une bienveillance générale, pendant un temps au moins. Il en était là de ses digressions quand une voix profondément rauque le fit sursauter :

— Tu ne dors pas ?

— Non, pas encore.

— À quoi tu penses ?

— Rien de particulier.

— Tu penses à elle ?

— Oui... non. Même quand je ne pense pas à elle, elle est toujours là.

— Tu ne te sens pas responsable ?

— De quoi ?

— De sa mort.

— On en a déjà parlé. Non, je ne me sens pas responsable. Car je ne le suis pas.

— C'est très bien. Cultive ta bonne conscience. Sais-tu le nombre de fois où elle m'a demandé pourquoi tu ne l'aimais pas, pourquoi tu la regardais avec mépris, pourquoi elle se sentait toujours laide dans tes yeux ?

Il n'osa pas répondre.

— On devrait dormir maintenant.

— Un moment, Philippe. Tu crois vraiment que je vais laisser un homme comme toi être adulé par le peuple ?

— Je te rassure, le peuple n'aime pas ses dirigeants.

— Peut-être. Mais je ne voudrais pas qu'il y ait de malentendu.

— Une élection est toujours un malentendu.

— Je ne te laisserai pas devenir président sans que ce pays sache à qui il a affaire.

— Tu me menaces ?

— Non, je ne te menace pas. Je te demande simplement de renoncer.

— Renoncer ?

— Oui. Ce ne serait pas bien. Renonce, Philippe. Au moins pour que notre fille revienne.

— Elle ne reviendra pas pour autant, tu le sais bien.

— Oui, mais ce serait un signe fort que tu lui enverrais là où elle est. Imagine qu'elle lise la nouvelle que son père a renoncé à la présidentielle pour sa fille et sa femme, pour leur offrir le plaisir de l'anonymat et d'une vie normale, sans exposition médiatique. Réfléchis, réfléchis bien, Philippe, je ne te laisserai pas devenir président. Tu ne le mérites pas. Encore moins que les autres. Alors renonce, tant qu'il est temps.

— Tu me laisses combien de temps ?

— Jusqu'aux primaires.

— Très bien. C'est noté. Bonne nuit.

23

Volone détestait cette cantine corse plantée au milieu du XIIe, un quartier qu'il méprisait. La cuisine y était lourde, les vins capiteux, l'ambiance sépulcrale. Les serveurs et les serveuses, tous corses, étaient facilement reconnaissables à cette tension qui les rendait incapables de toute plaisanterie sur eux-mêmes. Corti mangeait rarement seul dans ce restaurant où il organisait tous ses déjeuners d'affaires. Il ne se déplaçait jamais ailleurs, quel que fût son interlocuteur et son rang dans l'État, et personne ne le contrariait sur ce sujet, douloureux pour certains car Corti, non content d'imposer son restaurant, choisissait les plats, souvent les plus lourds, ne faisant pas mystère d'aimer la cuisine grasse. Le lien entre les deux hommes tenait au traitement commun que leur réservaient les politiques. À chaque changement de majorité, on annonçait leur éviction, presque comme une priorité. Après chaque élection, cette éviction prenait l'allure d'une impossibilité majeure sans qu'on puisse en connaître la cause. Corti parlait la bouche ouverte, avec ce léger accent corse qui venait poignarder chaque fin de phrase.

— Finalement, on est les deux insubmersibles de la République.

Volone acquiesça. Il n'était pas très à l'aise avec Corti car, si à l'évidence ils avaient tous deux un poids incontestable, leur détachement des questions morales ne les rendait pas amis pour autant, même si chacun prenait soin de le prétendre.

— Elle continue à t'importuner, Habber, à ce qu'on m'a dit ?

— Mon succès lui est resté en travers de la gorge.

— Et elle t'a mis un syndicaliste dans les pattes. C'est pas très chrétien de sa part pour le pauvre type. Elle sait forcément qu'il va avoir des ennuis. Vous l'avez prévenu ?

— Qui ?

— Le pauvre type.

— Oui, c'est le boulot de Larbot. J'ai mieux à faire, tu t'en doutes.

— Je lui ai dit que je pouvais vous aider. Mais pas en le faisant passer pour un agent étranger, c'est un peu gros. Si la DGSE était plus conciliante à mon endroit, j'aurais volontiers tenté le coup, mais ce n'est pas le cas.

Corti prit deux tranches de saucisson de sanglier qu'il enfourna sans enlever la peau, suivies d'une tartine de pain beurré.

— Qu'est-ce que vous allez faire ?

— Je n'en sais rien, je paye Larbot pour ça, cela ne m'intéresse pas.

— Et qu'est-ce qu'il y a dans ce dossier chinois ?

Volone fronça les sourcils devant l'indiscrétion de la question.

— Rien de particulier. Habber fantasme sur les transferts de technologie, c'est tout.

— À propos, j'ai débranché l'enquête sur ton « conseiller spécial » Deloire. Ça me met dans une drôle de position vis-à-vis du Premier ministre.

— Pourquoi ?

— Parce que je vais devoir lui dire que ton conseiller n'a aucun lien avec les services chinois, et que c'est pas vrai. Toi, tu sais qu'ils le payent ?

— Oui, enfin… c'est plus compliqué que ça. Disons que c'est un arrangement. Mais je peux te garantir qu'il travaille pour moi et pas pour eux.

— Si on se réfère strictement au dossier, c'est une taupe chinoise. Je dis pas ça pour te tracasser, je fais mon affaire du Premier ministre. En contrepartie, tu peux peut-être me faire une confidence et, c'est promis, je t'en ferai une autre après.

— Vas-y !

Corti s'arrêta net et regarda l'assiette de Volone.

— Mais tu manges pas ? Qu'est-ce qui se passe ?

— Non, non, ça va, je t'en prie.

— Oui. J'ai appris que tu avais financé le bateau de ce malheureux skippeur qui est parti au fond de la mer.

— Oui, à travers ma filiale Arléole.

— Exactement. Ce que je ne comprends pas, c'est pourquoi tu fais filtrer dans les médias le bruit selon lequel un sous-marin nucléaire serait à l'origine du drame. D'habitude, c'est plutôt le contraire, quand un sous-marin bute un chalutier on fait le maximum pour détourner l'attention. Alors je me dis, connaissant mon Volone qui n'est pas né de la dernière pluie, s'il a poussé quelques types à lancer la rumeur, c'est qu'il croit aux vertus du secret-défense pour engluer l'enquête. Et comme de l'autre côté j'ai la défense qui me demande des explications, tout en laissant courir juste ce qu'il faut de rumeur parce que le directeur de cabinet du ministre est un de vos amis, je me dis, mon Charles doit avoir une explication à me donner.

Visage figé, Volone répondit :

— Non, rien, je ne vois pas de quoi tu parles. Je n'en sais pas plus que toi.

— Bon, je ne suis pas convaincu mais l'urgence n'est pas là. On va être sérieux maintenant. Est-ce qu'on est d'accord tous les deux pour dire qu'on est a priori plutôt pour Launay à la prochaine élection ?

— Plutôt oui.

— C'est plutôt oui ou c'est oui ?

— Non, c'est oui.

— Donc si c'est oui, je vois de gros nuages noirs se former en orage.

— C'est-à-dire ?

— Lubiak s'apprête à sortir du bois et ça va être violent. Très violent. Et pour vous deux. J'ai préféré t'en parler avant d'en parler à Launay. Il va falloir être réactif.

Volone n'exprimait rien. Au contraire de nombre de personnes, ce genre de nouvelle ne créait aucune anxiété chez lui mais plutôt une production d'adrénaline qui le préparait au combat.

— Il a attaqué par où ?

— Par les incinérateurs. Les incinérateurs de deuxième génération que Futur Environnement a installés sur le territoire quand tu en étais le président et Launay ministre de la Santé. Il se trouve que pour une autre affaire on a mis un journaliste d'investigation sur écoute. Pas un journaliste d'investigation incorruptible comme il en existe quelques-uns, plutôt un type qui travaille sur ordre. Il bosse pour un journal dans lequel a investi une financière des Émirats derrière laquelle on retrouve un ami de Lubiak. Ce journaliste a eu vent par un confrère italien qu'il y avait eu des cas de leucémie en Italie suite à l'installation du premier incinérateur deuxième génération mais que l'affaire avait été plus ou moins étouffée. Donc le fouille-merde lance une enquête sur les conséquences sanitaires de l'installation des seize incinérateurs en France. Et qu'est-ce qu'il déniche ? Que dans une ville du Sud-Est un incinérateur d'ordures ménagères a été installé à côté d'un stade qui accueille essentiellement un club d'athlétisme et un club de foot. Pas des pros, mais de bons petits gars qui jouent à leur niveau. Et là, pas de chance, il s'avère que dix ans après l'installation de cet incinérateur, on a quatre cas de leucémie chez ces anciens sportifs, deux dans le club d'athlétisme, deux dans le club de foot, plus cinq autres types atteints de troubles neurologiques inquiétants, de même nature. Personne n'a fait le lien, sauf le journaliste. Si cette affaire sort, on a un scandale sanitaire qui ressemble à l'affaire du sang contaminé. Cette fois, ça ne concernerait pas des gens à pratiques sexuelles douteuses, mais des gens sains, des footballeurs, des athlètes, des sportifs quoi. Launay a donné le feu vert à l'époque, sur la base d'expertises fournies par son ministère. Ils seraient sur la voie de démontrer que ces experts ont été arrosés. Arrosés par qui ? Je ne te ferai pas l'affront de te le dire. Ça va prendre encore un peu de temps avant d'exploser. J'ai compris que Lubiak aimerait donner les billes à la Présidence pour que l'offensive n'ait pas l'air de venir de lui. Un dossier complet avec les preuves irréfutables de la corruption. Ce qui nous laisse un peu de temps. Tu en penses quoi ?

Charles Volone eut un rire sardonique.

— Mon père disait : « Quand tu es échec et mat, il te reste encore une possibilité : renverser le jeu d'un revers de main en t'excusant de ta maladresse. » On n'en est pas là, mais il ne faut pas perdre de temps. Qu'est-ce que tu as sur Lubiak ?

— Je sais qu'il est cul et chemise avec les Émirats. Mais contrairement à d'autres, il a toujours tout monté à l'étranger, sans faire transiter quoi que ce soit par la France. Avec de la patience et de la bonne volonté, on pourrait le chatouiller, mais ça prendra du temps. Surtout qu'il a de bonnes protections à la DGSE. Sinon, on pourrait monter un coup avec une femme, une professionnelle, parce qu'il aime les jeux un peu compliqués, mais bon... De toute façon, il va se méfier.

24

Launay aurait voulu annuler son déplacement en province pour se concentrer sur le seul sujet qui le préoccupait vraiment. Mais il se devait d'être là, pour réunir les barons du parti dans une région plutôt favorable à Lubiak, les convaincre que rester au centre était la seule façon de gagner l'élection.

— L'extrême droite est trop structurée pour qu'on aille chasser sur ses terres. Les sondages, vous l'aurez remarqué, me donnent vainqueur dans les deux cas, que je me retrouve face au président sortant au second tour ou que je me retrouve face à l'extrême droite. Je suis le seul à prendre des voix, beaucoup de voix, au président sortant. Lubiak en prendrait à l'extrême droite, c'est sûr, mais pas au président, qui se retrouverait de ce fait au second tour. Donc les choses sont très simples. Si Lubiak gagne la primaire, notre parti n'est pas au second tour. Si je gagne la primaire, non seulement je suis au second tour mais tous les sondages concordent pour prévoir que je gagne l'élection.

Launay fit une pause pour permettre à son auditoire de digérer son raisonnement. Tous n'avaient visiblement pas le niveau intellectuel pour le faire dans un temps record. Puis il reprit :

— Ce que je note aujourd'hui, c'est que l'extrême droite serait une sorte d'étalon idéologique à partir duquel il faudrait se déterminer. La première des choses à faire est de ramener les problèmes qui sont soulevés à leur juste proportion. Je vais prendre le cas des Roms. Ils sont moins importants que le trouble qu'ils créent dans les esprits. Et ce qui affecte les populations qui sont en contact avec eux, c'est moins les rapines dont elles sont victimes que l'image de précarité du nomade qu'ils infligent au sédentaire déstabilisé par la crise économique qui voit s'ouvrir un abîme devant lui, à travers eux. Penser le problème ainsi ne nous exonère pas d'agir contre les nuisances...

Les délégués régionaux regardaient Launay, le regard torve, avachis sur leur chaise, dans une pièce inondée par un soleil rasant. Launay était de ces hommes capables de discourir sur un sujet tout en pensant à autre chose. Il méditait parallèlement à son exposé cette phrase de Jung qui disait ne pas croire aux coïncidences. S'il n'y avait pas de coïncidence, le hasard voulait tout de même que ce déplacement en province, décidé de longue date, se faisait dans l'agglomération même où dix ans plus tôt avait été installé le premier incinérateur de deuxième génération, celui dont les effets sanitaires désastreux, s'ils étaient prouvés, pouvaient politiquement l'abattre. Volone l'avait appelé la veille au soir pour l'entretenir brièvement de la situation. Corti, appelé dans la foulée, avait confirmé, laconique, sans s'étendre. Il écoutait suffisamment de monde pour savoir comme il était aisé d'être écouté soi-même.

À l'annonce de cette nouvelle, Launay était déjà dans le Sud-Est, installé dans une chambre cossue d'une auberge rurale de standing, cherchant dans des ébats répétés avec Aurore, sa conseillère en communication, à se maintenir dans le désir quand la perspective d'être chef de l'État semblait soudainement s'éloigner.

La dépression le quittait épisodiquement, longuement parfois, pour revenir sans s'annoncer tel l'invité permanent d'une grande maison. Il n'en avait jamais parlé à personne, non pas qu'il en eût honte, simplement elle lui semblait contraire à l'idée qu'il se faisait de lui-même, un homme capable de tout surmonter par sa seule volonté. Il s'était d'ailleurs créé un jeu entre lui et ce dérapage de l'âme. Quand elle se présentait, elle le terrassait, il en reconnaissait volontiers l'évidence, le jetant dans un désespoir d'une violence terrifiante. Une deuxième phase intervenait ensuite où il s'en accommodait. Ne plus croire en rien le régénérait. Ensuite, il retrouvait petit à petit le goût du combat. La dépression finissait par céder pour un temps plus ou moins long avant qu'elle ne réapparaisse, dopée par la perspective d'un échec. Pris en étau entre l'affaire des incinérateurs et les menaces de sa femme, jamais il n'avait été aussi près de l'anéantissement politique. Mais il se dégageait de ce vertige une jouissance alimentée par la possibilité de surmonter l'insurmontable.

Le jardin de l'hôtel éclairé la nuit traçait un dessin symétrique qu'Aurore regardait en réfléchissant, une cigarette à la main, l'autre retenant son peignoir de bain contre elle.

— Ta femme m'inquiète plus que Lubiak.

Launay, allongé dans le lit, suivait au plafond le ballet de quelques insectes égarés par la lumière.

— Parce que tu ne sais pas tout.

La jeune femme tira sur sa cigarette.

— Qu'est-ce que je ne sais pas ?

— Pour que je donne l'autorisation sanitaire, Volone a soudoyé les experts de mon ministère.

— Qui t'a dit cela ?

— Corti. Imagine : des jeunes sportifs atteints de maladie mortelle, suite à l'incurie d'un ministère corrompu.

— Tu peux te démarquer de Volone, non ?

Launay prit son temps pour répondre, comme s'il réfléchissait, alors qu'il n'en avait aucun besoin.

— Je ne peux pas me démarquer de Volone.

— Pourquoi ?

— Parce que c'est ainsi.

— Tu n'as vraiment rien contre Lubiak ?

— Rien d'exploitable. Il est de la nouvelle génération qui arrange tout à l'étranger dans des compartiments étanches.

— Comment tu vas faire ?

— Je n'en sais encore rien. Mais il est évident que si le scandale éclate je ne peux pas me présenter à la primaire, et c'est ce qu'il visait.

— Tu ne peux pas lui parler ?

— Pour lui dire quoi ? Que je suis au courant et que je renonce à mes ambitions présidentielles à condition qu'il arrête le processus ? Je ne sais même pas s'il peut encore l'arrêter.

— Il faut que tu lui dises que tu sais.

— Ça ne servira à rien, rien du tout. Je dois trouver la parade.

— Et pour ta femme ?

— Chaque chose en son temps.

— Pourquoi tu ne la fais pas soumettre à une expertise psychiatrique ?

— Pour me mettre tout l'électorat féminin à dos ? Et puis c'est personnel.

Aurore éteignit sa cigarette sur le rebord de la fenêtre et jeta le mégot dans le parc.

— Si je considérais que c'est personnel, je ne t'en parlerais pas. Je ne m'immisce jamais dans ta vie personnelle. Mais là il se trouve que cela touche à la politique et la politique c'est mon domaine, sauf si tu veux qu'il en aille différemment.

La dépression pas plus que les ennuis n'était chez Launay une cause d'insomnie : elle déclenchait chez lui une irrépressible envie de dormir. Ce qu'il fit sans attendre qu'Aurore ait rejoint le lit. Elle le regarda longuement avant de se coucher, comme si elle cherchait dans ce grand corps endormi une réponse à une question fondamentale.

25

On n'entendait que la caresse du vent sur les volets en bois. Les premières lueurs du jour s'invitaient dans la chambre, sous la forme d'un filet oblique échoué sur les draps. Corti, les yeux grands ouverts, était appuyé contre les deux oreillers sans lesquels il ne pouvait pas dormir, une inclinaison insuffisante provoquant chez lui des reflux gastriques indésirables qui le condamnaient à dormir en pente. Sa femme ouvrit les yeux à son tour, et le voyant ainsi réveillé s'en inquiéta.

— Quelque chose te tracasse ? Dans ton travail ?

— Enfin, tu sais bien que jamais rien ne me tracasse dans mon travail. Non, je pense aux enfants.

Le couple avait deux enfants, de vingt-quatre et vingt-six ans. Deux garçons.

— Qu'est-ce qui se passe avec nos fils ?

Jugeant la situation assez sérieuse, elle s'était redressée dans le lit. Ils étaient maintenant au même niveau.

— Je ne les trouve pas très capables.

— Capables de quoi ?

— Capables, c'est tout. Je me demande si on ne les a pas trop protégés.

— Tu crois que c'est important ?

La conversation se termina ainsi. Corti se leva et se dirigea vers la cuisine. Il ouvrit la porte qui conduisait à la terrasse et resta un moment à contempler la mer. Philosophe à ses heures, il se fit la réflexion que seule la conjonction d'un climat, d'une nature aussi somptueuse et d'une terre aussi pauvre pouvait être à l'origine du tempérament corse si particulier. Un peu comme si Dieu avait repris d'une main ce qu'il avait donné de l'autre, en créant une amertume qui se vidait lentement, très lentement.

Un quart d'heure plus tard, restauré et lavé, Corti alla dans son garage, un musée à échelle réduite où s'alignaient plusieurs motos recouvertes d'une bâche. Il souleva la première puis la laissa tomber, s'assurant que l'étanchéité de la couverture n'avait pas été altérée. Il procéda ainsi pour trois motos, comme une femme en robe longue dévoilerait ses genoux. Il se fixa sur la quatrième qu'il déshabilla complètement. Il s'agissait d'une magnifique Matchless G50 de 1957. Corti ne collectionnait que les motos fabriquées l'année de sa naissance. Il les entretenait soigneusement et les maintenait dans un état de collection irréprochable. Il n'enfourchait pas ses motos sans un minimum de cérémonial préalable. Il revêtait d'abord une combinaison en cuir de cheval, datée de la même époque que ses motos. Les années passant, l'embonpoint s'accentuait, rendant la fermeture de ladite combinaison compliquée mais toujours possible, ce dont il se réjouissait. Puis il chaussait des bottines anglaises. Il enfonçait ensuite son casque sur sa tête, un Cromwell en forme de bol qui ne protégeait que le haut du crâne. Il démarrait sa moto, ajustait ses lunettes d'aviateur et prenait la direction d'une route de montagne qui s'avérait particulièrement fraîche aux heures de grosse chaleur. Il se délectait des bruits émis par l'engin, en particulier le claquement franc des vitesses. Corti avait fait de ses motos son meilleur lieu pour penser.

Il s'était mis à réfléchir dès son réveil et en était venu à la conclusion que ses deux fils n'avaient pas de grande capacité, conclusion courageuse mais qui lui coûtait. Il ne savait pas encore quoi en déduire et laissait ce cheminement pour plus tard. C'est alors que le sujet de Launay lui revint à l'esprit sous une forme très habituelle chez lui. Avait-il raison ou non de le soutenir ? Corti ne se connaissait pas de fidélité inconditionnelle, considérant que c'était armer la main de quelqu'un qui finirait forcément par le tuer. Launay lui était assez indifférent, sauf qu'il représentait le genre d'homme politique dont il pouvait s'arranger. Dans le panel républicain, c'était un homme de parole autant qu'il pouvait l'être et il trouvait ses idées assez insipides pour ne le heurter en rien. Son raisonnement était d'une grande simplicité. Si le président était réélu, il pourrait nommer un ministre de l'Intérieur moins conciliant que l'actuel, qui risquerait de le menacer même s'il avait des arguments pour l'en dissuader. L'extrême droite ne l'intéressait pas tant qu'elle n'avait pas de vraie chance d'accéder au pouvoir et il ne se voyait pas, lui, le fils de résistant, soutenir une idéologie radicale qui plongeait ses racines dans la Collaboration. Restait le choix entre Lubiak et Launay. La ligne modérée de Launay lui assurait apparemment la victoire. Celle plus radicale de Lubiak lui interdisait a priori un second tour. Soutenir Lubiak, c'était risquer de reconduire l'actuel président qui avait fourni beaucoup d'efforts pour le déboulonner au début de son quinquennat. Si Launay, comme on l'a dit, lui était indifférent, Lubiak lui était antipathique. Il ne le voyait pas comme un homme d'État mais comme un simple chef de clan, mâle dominant d'une petite meute de politiques peu scrupuleux qui pratiquaient une confusion soutenue entre leur intérêt personnel et celui des circonscriptions où ils avaient été élus, multipliant les prébendes pour n'agir au final que dans une perspective plus lointaine, bien au-delà de l'échéance électorale. La présidentielle n'était pour eux qu'une étape avant de se positionner très haut dans la baronnie des prédateurs de dimension internationale évoluant dans la mondialisation avec l'aisance du flamant rose dans les marais africains.

Corti, qui faute d'être cultivé était un peu érudit, prononça plusieurs fois les mêmes mots dans sa tête : *El sheikh mat,* ce qui voulait dire à l'origine en arabe « le roi est mort » pour donner plus tard « échec et mat ». Si Launay l'était, échec et mat, il lui fallait, lui Corti, changer immédiatement de stratégie.

Il fit une halte sur une place de village où il s'arrêtait tous les dimanches matin par beau temps, à peu près à la même heure. Le ronflement de son bicylindre résonnait entre les murs des mai-

143

sons timidement fendues de hautes fenêtres pour repousser les grosses chaleurs de l'été. La place se limitait à une fontaine et à un bar familial dont trois ou quatre tables métalliques pliantes avaient été sorties.

À cette heure matinale, il était le seul client. Le patron du bar, ayant reconnu le bruit de la moto, accourut aussitôt au-devant de Corti, qui lui serra la main sans rien dire. Il n'eut pas à commander. Le tenancier lui apporta deux cafés et du sucre. Corti resta un moment à humer le vent et à admirer les lignes délicates de sa moto. La fille du patron sortit à son tour, dans une robe noire que les courbes de ses hanches chassaient sur les côtés. Elle salua Corti, qui répondit d'un signe de tête et la suivit du regard en se félicitant de n'avoir jamais été obsédé par les femmes, contrairement à bien des hommes de pouvoir qu'il avait croisés. Il aperçut un type un peu courbé avec un drôle de visage en lame de couteau qui remontait la rue en direction du bar. Il salua bien bas Corti puis entra dans le bar dont il ressortit un café à la main, une soucoupe dans l'autre.

— Monsieur Corti, je ne voudrais pas vous déranger mais il se trouve que ma grand-mère est une cousine de la vôtre.

— Où ?

— À Santa Lucia. On s'est même croisés une fois quand on était jeunes.

Corti maugréa et regarda ailleurs.

— C'est que j'ai un problème avec la compagnie d'électricité. Je me suis dit que vous pourriez peut-être m'aider.

Corti soupira.

144

— Qu'est-ce qui t'arrive ?

— Ils veulent faire passer une ligne haute tension dans mes oliviers et ils ne veulent même pas l'enterrer.

Corti se dit que ce type devait être bien isolé et bien faible pour avoir un problème pareil. L'homme décela du mépris dans le regard de Corti, alors il ajouta :

— C'est que mon frère a connu la même mésaventure et il a tué l'employé de l'électricité et le gendarme qui l'accompagnait.

Corti soupira :

— Il est pas bien plus malin que toi, ton frère.

Puis de guerre lasse il ajouta :

— Dépose ici une enveloppe avec les coordonnées de ta maison, je la prendrai dimanche prochain et je te réglerai ton problème.

L'homme s'approcha pour lui prendre les mains mais déjà Corti mettait ses gants et s'avançait vers sa moto, son casque sous le bras. En redescendant les lacets, il se dit que décidément Volone lui cachait trop de choses et qu'il allait s'employer à faire tomber l'un après l'autre les petits mystères qu'il entretenait comme une maîtresse coûteuse.

26

Volone avait choisi un restaurant luxueux comme si, quelles que fussent les circonstances, il ne pouvait pas condescendre à se montrer dans un endroit plus modeste. Il semblait plus engoncé qu'à l'ordinaire, le col Oxford de sa chemise serrant son cou. Il avait commandé une bouteille hors de prix même s'il savait que lui et son invité n'en boiraient qu'un verre. Il le goûta du bord des lèvres et fit signe au sommelier de s'éloigner. Aucun des deux ne voulait parler en premier, comme s'ils y voyaient un signe de soumission ou d'allégeance à l'autre. Launay prit finalement l'initiative sur un mode qui le mettait en position de supériorité, pensait-il.

— Tu peux m'expliquer comment tu m'as mis dans une situation pareille ?

Volone essuya un petit morceau de foie gras de canard chaud suspendu à la commissure de ses lèvres. Puis, sûr de son fait, il sourit :

— Tu parles de tes experts quand tu étais ministre de la Santé ? Sincèrement, Philippe, tu sais que ça touche à tous les étages. Alors pourquoi je m'en priverais ? J'ai, vois-tu, sur la corruption les idées assez claires. Le problème de la corruption ne concerne que le premier corrompu et le premier à corrompre. Une fois que c'est amorcé, tu n'as plus le choix. Cela devient une partie du prix de revient, comme les autres frais, et on n'en fait pas plus cas que cela. Tu ne vas pas me raconter que pour la mise sur le marché des nouveaux médicaments remboursés par la Sécurité sociale, personne ne touche ? Donc pour les incinérateurs, on les a aidés à prendre une décision favorable. Tu sais, très honnêtement, les montants en jeu étaient dérisoires, on ne parle pas d'une maison sur l'île Moustique mais plutôt d'un voyage à Tahiti avec Madame en pension complète.

— Tu savais que les incinérateurs émettaient de la dioxine ?

— Oui. Mais ce que j'avais comme donnée c'est qu'ils émettaient de la dioxine à un taux raisonnable, disons, dans le pire des cas, à la limite du raisonnable. Je connaissais la mentalité de tes experts. Il y a un dicton qui dit : « Il y a deux façons d'être prudent dans la vie : la première c'est de faire les choses prudemment, la seconde c'est de ne rien faire. » Connaissant les gens de l'administration française, on a pensé, sur des taux d'émission limitcs, ils vont choisir la seconde solution. Alors on les a aidés à faire les choses prudemment. Résultat, des centaines d'emplois créés, le succès de notre opération en France nous a ouvert les portes de l'Italie, de la Russie, et Futur Environnement est devenu un des fleurons de l'industrie française au même titre que l'armement. Seulement, tu auras remarqué qu'en matière d'armement personne ne défile pour les victimes. Alors que là nous sommes dans une situation où les dommages collatéraux interpellent le grand public, parce que cela pourrait être leur fils qui fait du sport pour sa santé avec comme résultat une leucémie. Qui n'est pas démontrée, je me permets de te le préciser. Bon, alors comment on fait ? Simple. Deux fronts. Le front de l'information : on envoie Corti à l'attaque sachant qu'en contrepartie il s'intéresse à nos autres activités...

— C'est-à-dire ?

— Il veut savoir. Tu le connais, il ne peut pas concevoir de ne pas tout savoir.

— Et alors ?

— Alors j'en fais mon affaire. Deuxième front. Le front politique : on va mettre le gouvernement de notre côté et l'Élysée aussi.

— Comment ?

— Je vais te donner les billes. C'est loin d'être gagné, mais je reste confiant... raisonnablement.

— Tu as conscience qu'on joue notre carrière l'un et l'autre dans cette affaire ?

— C'est toujours ce qu'on se dit quand on est dedans. Et quand ce sera fini, on se rendra compte qu'on aura dramatisé avec excès. J'ai remarqué que dans notre monde l'issue d'une partie n'est jamais jouée, mais les gens paniquent aux premiers signes de défaite. Ma position par rapport à ce genre de problèmes est d'ordre métaphysique. Personne ne gagne ou ne perd, tout le monde finit par perdre un jour et on n'y peut rien. Partant du postulat que je ne connaîtrai pas d'autre défaite que ma mort, tant que je suis vivant, je ne me résigne jamais à perdre. Pour en revenir à notre histoire, le journaliste qui a enquêté va être arrêté net par Corti.

Flairant une manœuvre contestable, Launay eut un air circonspect exprimé par un plissement de paupières.

— Ce journaliste est le joueur de Dostoïevski. Poker. De grosses dettes dans un cercle tenu par les Corses. Deux ans de salaire. Soit on lui efface son ardoise, soit il se fait buter. Pour dettes de jeu, personne ne s'offusquera.

— Tu plaisantes ?

— Non. La menace ne viendra pas de nous. Pour l'instant, il a un crédit pour menus services envers les Corses. Le crédit tombe, c'est tout. On ne sera pas impliqués. Sinon, à notre connaissance, pour le moment personne n'a fait le lien entre les maladies et les incinérateurs. Corti va aussi s'occuper des experts qui ont été « remerciés » en faisant disparaître les traces des faveurs qui leur ont été accordées. Il te reste le volet politique.

Les deux hommes s'entretinrent encore un bon moment pendant lequel Volone transmit à Launay toutes les informations utiles. Puis, lorsqu'ils en eurent terminé, pensant qu'il avait largement rééquilibré la balance de leurs rapports en sa faveur, Volone décida d'interférer pour Sonia.

— Tu connais Sonia, si pour une raison ou une autre elle perd, elle sera très contrariée et elle est capable de n'importe quoi en plus de me gâcher mon quotidien. On n'a pas besoin de cela, Philippe. Trouve-lui une circonscription facile.

Launay connaissait Volone et son attachement singulier à cette femme qui régnait en maître sur sa sexualité. Volone était l'homme de plusieurs rapports journaliers, un peu comme Simenon à sa grande époque. Corti, sous le sceau de la confidence, lui avait révélé que cette astreinte compulsive était impérative dans sa fréquence autant que sa répétition. Sonia était toujours la première sollicitée mais, en femme occupée, elle avait un droit de refus dont Volone ne s'offusquait pas, conscient d'être pesant de ce point de vue-là. En cas de défection de Sonia, toujours selon Corti, il entretenait un réseau de maîtresses à l'intérieur du groupe. Si par manque de chance aucune de ces maîtresses n'était disponible, il avait recours à des relations tarifées. « D'ailleurs, ajoutait Corti, il paraît que quand on le voit de mauvaise humeur c'est parce qu'il a dû payer. »

Launay céda à Volone tout en mesurant l'ampleur du mécontentement qu'il allait susciter parmi ses troupes.

27

La maison des Sternfall n'était qu'entrouverte sur la mer. Deux immeubles construits après la guerre devant chez eux n'en laissaient filtrer qu'un ruban dont les facéties contrastaient avec l'austérité des bâtisses conçues par un architecte de renom oublié depuis. La question de faire sauter ces barres avait été évoquée à plusieurs reprises mais jusqu'ici personne n'avait pu s'y résoudre. Quand il les regardait, depuis sa cuisine, le matin au petit déjeuner, Sternfall ne pouvait s'empêcher de penser à ces hommes et à ces femmes qui avaient recouvré une vue quelques jours après le 11-Septembre quand la poussière des deux tours effondrées avait commencé à retomber sur Manhattan endeuillé. Cette frustration au seuil d'un horizon infini ne lui laissait de répit que les jours de brouillard, et par bonheur ils étaient nombreux sur cette côte sans charme.

Astrid, comme tous les samedis, s'était levée la première. Puis elle avait pris soin de leur fils dont la brusquerie à cette heure matinale submergeait Sternfall, qui ne concevait qu'un éveil au monde pacifique et une remise en marche progressive. Pour ce faire, il commençait par inonder la maison de la musique de Bach, le plus grand ostéopathe de l'âme selon lui. Il ne daignait parler qu'après avoir lu au moins une heure. Tard la veille, il s'était convaincu de reprendre la lecture, pour la quatrième fois, du *Voyage au bout de la nuit* de Céline, dont il n'avait jamais pu dépasser les cent premières pages. Se sentant obligé de recommencer depuis le début, il était comme quelqu'un qui reprend son élan pour franchir un guet.

Sternfall et sa femme faisaient chambre à part depuis plusieurs années. Leurs retrouvailles le matin sonnaient donc vrai mais ne duraient jamais longtemps, leur fils ne supportant pas la solitude et Sternfall esquivant ce dernier autant que possible. L'adolescent tourmenté, parfois d'une étonnante violence éruptive, qui ne trouvait le sommeil que harassé comme une bête, le dérangeait plus qu'il ne le peinait. Il n'imaginait pas que cet enfant ait pu sortir de ses gènes. Les regards qu'il jetait à Astrid lors de ses crises étaient assez explicites sur ce déni. Et elle, chargée des causes et de ses conséquences, pliait sans rompre, silencieuse, en femme de devoir. Les médecins avaient pronostiqué à plusieurs reprises que l'enfant ne dépasserait pas un certain âge, au-delà duquel il s'était déjà hissé largement. L'anormalité qui aurait dû le condamner se transformait en une déroutante vitalité. Sternfall pouvait lire sur le visage d'Astrid qu'elle s'en réjouissait. Le mérite en revenait moins selon lui à l'amour qu'elle portait à son fils débile qu'à l'habitude qu'elle avait prise de disparaître derrière ce fardeau pour n'être plus qu'une mère dévouée, sans plaisir ni sexualité. Elle ne s'échappait du foyer que pour son temps partiel dans une bibliothèque de la marine, classant des livres qu'elle ne lisait jamais. L'enfant leur interdisait aussi les amis. Il leur était arrivé de recevoir dans l'espoir d'établir des relations durables. Ces gens n'avaient jamais retourné leur invitation, craignant qu'après la compassion, le dégoût ne s'installe. Plusieurs formules d'internement de l'adolescent leur avaient été proposées par les services médico-sociaux, mais, à chaque fois, Astrid s'y était opposée comme si elle voulait boire le calice jusqu'à la lie ou, pire encore pour Sternfall, comme si elle craignait de le retrouver en tête à tête. Le lien qui l'unissait encore à sa femme était un filet de culpabilité. Du coup, très naturellement, Sternfall était entré dans la légion des gens qui se sentent mieux au travail que chez eux. Les soirées et les fins de semaine s'étiraient longuement, au contraire de la majorité des individus qui y subissent une accélération du temps. Parfois, Sternfall sombrait un court instant dans des pensées très noires. Il s'imaginait mettant fin à cette mascarade, à leurs trois vies minuscules, puis frissonnait à l'idée de s'être autorisé cette pensée, tout en jouissant de l'avoir eue. Il en avait parlé une fois à Astrid sans la regarder, s'abritant derrière un livre ouvert tenu haut. Astrid n'y avait pas senti plus de menace qu'un songe éveillé.

Mais ce matin-là, alors qu'il abordait la vingtième page du *Voyage au bout de la nuit*, la pensée ressurgit avec une force qu'il ne s'expliqua pas. Au malheur habituel s'ajoutait la trahison dont, sans en avoir la preuve, il avait la prémonition. Astrid, d'une façon ou d'une autre, était de mèche avec Arlena. L'idée que l'employé de la sécurité qu'il avait croisé puisse être son amant lui parut si saugrenue qu'il s'en voulut de l'avoir laissée lui traverser l'esprit. Mais ces gens-là la manipulaient, il en avait la certitude. Quand après bien des hésitations il lui demanda des comptes, elle se mit face à la mer qui, assombrie par un ciel bas et gris, ondulait comme un magma.

— Il est venu pour me demander de te raisonner et attirer mon attention sur les ennuis qui se préparent.

— Quels ennuis ? Me faire passer pour un espion ? Pourquoi tu ne m'as rien dit ?

— Parce que cela ne sert à rien. Personne ne peut t'influencer.

— C'est ce que tu leur as dit ?

— Oui.

Astrid s'inclina en avant et posa sa tête sur la vitre comme si elle en cherchait le contact glacé.

— Tu ne crois pas qu'on a assez d'ennuis comme ça, une vie assez difficile ?

— Tu as ton sacerdoce, j'ai le mien. J'irai jusqu'au bout. Je révélerai la vraie nature de ceux qui nous dirigent.

28

Sous la pluie, l'hôtel de Matignon ressemblait à un vieil aristocrate désargenté qui ne veut rien lâcher de sa superbe. Launay y pénétra à pied, un chapeau sur la tête, son col d'imperméable relevé sur ses joues. Rencontrer le chef du gouvernement en terrain neutre, autour d'une table, là où en France tout se joue et se décide, était une perspective trop lointaine au vu de l'agenda du Premier ministre. Les reporters, qui faisaient le pied de grue dans l'attente de nouvelles de première fraîcheur assorties d'un commentaire souvent laconique, ne le remarquèrent pas. Pour la simple raison que Launay, comme Kennedy, auquel il ne ressemblait en rien, n'avait pas une tête à porter un chapeau. L'huissier lui-même en fut étonné. Après qu'on l'eut débarrassé, on l'installa dans un petit salon où il resta un court moment, jambes croisées, à penser. Le Premier ministre interrompit sa réflexion en surgissant avec cet air dynamique qu'il affectait et qui contrastait curieusement avec son visage mou comme une gélatine. Il était de carrure moyenne, même si depuis sa nomination on le voyait pousser en largeur. Les deux hommes s'embrassèrent. L'effusion fut franche, celle de deux députés qui ont partagé les bancs de l'Assemblée à la même époque, qui seraient bien en mal de détailler ce qui les sépare politiquement, si ce n'est qu'à un moment donné une opportunité leur a été offerte par un camp plutôt qu'un autre.

— Ça me fait plaisir de te voir. Tiens ! Assieds-toi.

Il lui désigna un fauteuil Louis XV.

Ils restèrent un moment silencieux comme si chacun cherchait une gentillesse crédible à dire. Le Premier ministre fut le plus prompt à cet exercice.

— J'ai apprécié ton soutien sur la politique étrangère.

— C'est le seul domaine où l'opposition peut soutenir le gouvernement sans qu'on soit suspectés d'entente. Les gens pensent que notre démocratie fonctionne tant qu'on s'étripe. Si on s'accordait sur d'autres sujets d'intérêt national, ils s'imagineraient dans un système totalitaire. Mais pour le reste, je trouve que vous ne montrez pas beaucoup de convictions.

— Les convictions aujourd'hui, c'est quand tu ne peux plus faire autrement, tu le sais bien.

— Mais vous ne pouvez plus faire autrement que de bouger. Sauf si vous vous résignez sur votre sort et que vous acceptez qu'on soit au second tour seuls contre l'extrême droite.

— Les gens s'accrochent à l'idée d'un passé qui n'a jamais existé. On est dépendants d'une croissance sur laquelle on a de moins en moins d'influence, je ne t'apprends rien.

Launay se racla la gorge.

— Je crains qu'on ait un grave incendie de forêt, surtout si l'Élysée souffle dessus.

— De quoi parles-tu ?

Le Premier ministre accompagna sa question d'un regard torve comme pour signifier qu'il dressait un mur opaque contre les ennuis.

— Un journaliste d'investigation à la solde de Lubiak a découvert que les incinérateurs de seconde génération installés par Futur Environnement il y a une dizaine d'années auraient émis des taux de dioxine supérieurs à ce qui est tolérable et qu'on aurait des cas de cancer chez des sportifs qui se seraient entraînés sur un stade jouxtant l'un d'entre eux.

— Pas ailleurs ?

— Ailleurs, les gens ne respirent pas à pleins poumons, ce sera plus long. Le même journaliste est sur le point de démontrer que les experts qui m'ont incité à délivrer les autorisations sanitaires quand j'étais ministre de la Santé ont été... aidés à décider par Futur Environnement.

— Rien de bien étonnant.

— Là où ça se complique, c'est que Lubiak compte sur l'Élysée pour alimenter le scandale, ce qui leur permettrait de faire d'une pierre deux coups — Volone et moi —, sachant que l'Élysée préférerait voir Lubiak remporter la primaire parce qu'ils ont la certitude que s'il est au premier tour contre le président, c'est ce dernier qui gagne. Le crime est jusque-là parfait. Sauf que Volone n'est pas décidé à se laisser faire. Il balancera tous les politiques qui ont touché sur ces contrats, pour leur caisse politique ou à titre personnel. Et Volone m'a dit que le financement de ta campagne pour les avant-dernières municipales a été largement couvert par les « à-côtés » des incinérateurs.

Le visage du Premier ministre s'assombrit comme s'il entrait dans une zone obscure.

— Il t'a dit ça ?

— Oui. Ce qui signifie que tu serais le troisième mort de la même balle. Mais soyons positifs ! Je pense qu'il faut convaincre le président que si son Premier ministre devait démissionner sous la pression d'un scandale, il m'aurait éliminé, c'est sûr, mais il prendrait un coup fatal dans l'opinion publique. Et ça ne va déjà pas très fort pour lui…

Le Premier ministre eut l'air de quelqu'un qui tente de se rassembler, de ramener chaque pièce de lui-même dans une habile composition ne cédant en rien à la panique.

— Ce journaliste est vraiment très avancé dans son enquête ?

— Oui, mais seul Lubiak est dans la confidence.

— Comment vous l'avez su ?

— Par Corti. Le journaliste était sur écoute.

— En plus ?

— En plus quoi ?

— Un journaliste sur écoute ? J'imagine que ce n'était pas autorisé.

— Non, mais heureusement, sinon on aurait su trop tard. Corti s'occupe du journaliste. Il a des dettes de jeu dans un cercle corse.

— Ce n'est pas très élégant.

— Ça ne l'est pas plus d'essayer de nous tuer politiquement. Tu te souviens de l'affaire du sang contaminé ? Comme dit Corti, cette fois ce n'est pas lié à des pratiques sexuelles, transfusions mises à part, cette fois on serait accusés d'avoir tué des sportifs. Et qui jouent au foot.

— On a déjà des morts ?

— Non. Mais les mêmes incinérateurs ont été installés en Italie, dans le Sud en particulier, et le nombre de victimes là-bas est conséquent.

— Si j'arrive à convaincre l'Élysée de ne pas emboîter le pas à Lubiak, il reste Lubiak lui-même. Même si son journaliste est désamorcé, qu'est-ce qui va l'empêcher de continuer ? Qu'est-ce qu'on a sur lui ?

— D'après Corti, pas grand-chose à part une lessiveuse au Maghreb montée par Futur Environnement il y a très longtemps et dont il a repris le bénéfice depuis la nomination du successeur de Volone.

Le Premier ministre, qui après un moment de flottement compréhensible avait repris des poses de chef d'état-major, contracta les mâchoires.

— Je peux lui couper les vivres ?

— Je ne sais pas si cela suffira.

— Je peux aussi demander à la DGSE d'enquêter sur ses activités dans les Émirats et lui faire savoir qu'on ira très loin s'il ne se ravise pas sur l'histoire des incinérateurs.

— Toi seul peux le faire. La DGSE n'aime pas Corti et il ne peut rien leur demander.

— Je vais le faire sans que l'Élysée le sache.

— Corti me dit qu'il ne serait pas difficile de relier Lubiak à un émir qui financerait discrètement un groupe islamiste radical.

— Avant de le prouver, je pense qu'il serait bien de menacer Lubiak en lui disant que la DGSE est sur cette piste et que s'il bouge une oreille on passe le dossier à un média phare. Tu pourrais t'en charger ?

— Corti va me donner des billes et je lui mettrai le marché en main.

— Il est vraiment bon, ce Corti. Je ne sais pas pourquoi, mais il ne nous aime pas. En même temps, il a fait avorter une bonne dizaine d'attentats islamistes et on a la paix en Corse. C'est ce que j'ai dit au président quand il a voulu le virer.

— De toute façon, il ne vous laissera pas le virer. Surtout maintenant.

Le Premier ministre se leva. La mine presque détendue, on n'y voyait que les vestiges de tensions éphémères. Les deux hommes se serrèrent la main en se tenant le bras, heureux de constater qu'une fois de plus les considérations humaines pouvaient l'emporter sur le clivage politique. Launay se félicita d'avoir convaincu le Premier ministre sans devoir outrepasser ses principes d'élégance. Rien ne l'avait obligé à évoquer la construction de sa maison ultra-moderne sur les hauteurs de sa ville par le même entrepreneur de BTP que celui qui avait coulé les murs de l'incinérateur. Mais au fond de lui-même, Launay, qui avait sa part d'honnêteté intellectuelle, savait que cette « gentillesse » n'avait pas été déterminante dans le choix de l'incinérateur. Pas plus que le financement de sa campagne. Les deux étaient simplement les éléments d'un tout.

Avant de fermer la porte derrière Launay, le Premier ministre lança à mi-voix : « Et ne pense pas qu'on te fera le moindre cadeau pour les présidentielles. » Phrase qu'il accompagna aussitôt d'un sourire pour en atténuer la force menaçante.

29

Depuis plusieurs jours, Lorraine traînait la douce mélancolie du désœuvrement. Si elle n'avait pas été accoutumée au fonctionnement de son service, elle aurait pu vivre le débranchement de Deloire comme un avortement forcé. Le sujet de l'espionnage des étudiants chinois sur lequel Tranh l'avait replacée lui paraissait vaste, fade et convenu. Il ne la motivait pas, mais elle n'avait pas le choix.

En ouvrant la porte de son appartement, elle entendit le rire haut perché de son fils qui s'arrêtait net à la façon d'une flamme fauchée par un extincteur avant de reprendre quelques secondes plus tard, car Gaspard n'était pas avare de rires. À la fréquence de ceux-ci elle devina qu'il regardait un film comique. Quand elle eut son fils et l'écran en même temps dans son champ de vision, elle fit une étrange découverte : Gaspard riait légèrement en avance sur les répliques. Sans doute parce qu'il les connaissait par cœur. Il pivota vers sa mère et se laissa embrasser. Lorraine partit se changer. Quand elle revint, le film était terminé et Gaspard s'était replié dans son monde en regardant par la fenêtre.

— Tu as déjeuné avec ton père à midi ?

Il répondit sans se détourner, comme absorbé par le spectacle de la rue.

— Oui.

— Et alors ?

— Il est sur une pièce de théâtre importante.

— Comme metteur en scène ou acteur ?

— Acteur.

— Il ne t'a pas donné un chèque pour moi ?

— Non.

Lorraine soupira puis commença à préparer le repas en attendant le journal de 20 heures. La tête du journaliste pendant le jingle d'ouverture donna à penser qu'il s'apprêtait à annoncer quelque chose de grave.

« C'est par une affaire qui ébranle déjà la France... » Lorraine se demanda comment une affaire pouvait déjà ébranler la France alors qu'apparemment personne n'était au courant. Un délégué syndical d'Arlena venait d'assassiner sa femme et son fils handicapé dans leur maison d'une ville portuaire de Normandie. L'homme avait disparu. L'histoire n'atteignait pas par le nombre des victimes l'horreur de la trop célèbre affaire Dupont de Ligonnès mais l'assassinat d'un enfant handicapé par son propre père dépassait tout ce qu'elle pouvait envisager. Il lui fallut un moment avant que l'émotion provoquée par la nouvelle se calme, pour céder la place à l'analyse. Des analyses, on n'en manquait pas, même si la découverte des crimes ne remontait qu'à l'après-midi. La polémique éclatait déjà chez Arlena, ce groupe industriel récemment constitué où l'on ne comptait pas moins de sept suicides depuis la fusion. Cette tragédie s'était naturellement ins-

162

crite dans la logique des clivages ordinaires. Les syndicats étaient montés au feu les premiers. Un collègue pour lequel Sternfall n'avait jamais eu le moindre respect considérait qu'on ne pouvait pas analyser ce geste en dehors du contexte de la fusion de l'électricité et de l'atome qui avait créé des tensions insupportables parmi le personnel. Un autre syndicaliste se plaignait longuement des nouvelles conditions de productivité imposées par la direction, origine naturelle d'un acte insensé. Aucun des syndicalistes interrogés ne mentionnait le dossier Mandarin. La direction de son côté se défendait, mais mollement, d'avoir mis Sternfall sous pression dans son travail et se permettait d'avancer d'autres hypothèses quant aux causes de son geste dément, comme une nature psychologique très rigide et peut-être l'angoisse provoquée par une enquête, dont il avait connaissance, concernant son non-respect de la clause de confidentialité.

Astrid Sternfall et son fils avaient été tués chacun d'une balle de 22 long rifle tirée à bout portant. C'était l'assistante ménagère que le couple employait quelques heures par semaine qui avait donné l'alerte après avoir découvert ce lundi après-midi le corps d'Astrid affalé dans la cuisine de la maison. Elle n'avait pas poussé plus loin et était ressortie attendre les secours, qui avaient découvert le corps de l'adolescent.

Le sujet fut clos par l'interview d'un expert psychiatrique qui ne fit rien de plus que la synthèse de ce qui avait été dit avant. On ne pouvait selon lui expliquer cet acte de démence meurtrière que par la conjonction de plusieurs facteurs liés à une personnalité rigide, mise sous pression, et au fond d'elle-même désireuse de se libérer du poids d'un enfant anormal. Le journaliste conclut en affirmant que le dispositif policier mis en place pour retrouver Sternfall était d'une ampleur exceptionnelle. Puis il passa « sans transition » au Tour de France.

On sonna à la porte et Lorraine soupira. Elle s'y rendit lentement en tirant sur son tablier qui remontait sur son ventre. Elle ouvrit à son père et sans rien dire retourna à la cuisine. Celui-ci se dirigea vers le salon où Gaspard enchaînait les films. Il était plongé dans *La grande illusion* de Renoir, un de ses films favoris, bien supérieur selon lui à *La règle du jeu*. Son grand-père s'avança jusqu'au seuil et Gaspard réussit l'exploit de venir l'embrasser sans perdre une image du film. Le vieil homme fit demi-tour et entra dans la cuisine. Ils restèrent, lui et sa fille, un bon moment sans s'adresser la parole, chacun se sachant incapable d'initier une conversation sur un mode aimable. Il s'assit en bout de table.

— Tu devrais faire quelque chose.

Lorraine se contenta de hausser les sourcils. Il poursuivit :

— Tu ne peux pas continuer comme ça. Tu ne trouveras jamais un homme dans des conditions pareilles et pour lui cela n'a pas de sens, tu devrais le faire soigner par internement partiel ou... total, provisoire, bien sûr.

Lorraine fit un gros effort sur elle-même pour parler calmement.

— Le problème, vois-tu, c'est que je ne considère pas mon fils comme quelqu'un d'anormal.

— Enfin, tu vois bien comme il vit, déscolarisé, désocialisé.

— Il n'est pas désocialisé, il fait du théâtre. Le système scolaire ne veut pas de lui. Pourtant il est plus « normal » que moi, plus normal que toi, plus normal que la norme elle-même. La société le laisse tomber parce qu'il ne lui ressemble pas, qu'il est incapable de second degré, qu'il ne sait pas mentir, qu'il respecte les règles. Voilà pourquoi il sera toujours marginal et voilà pourquoi je serai toujours à ses côtés pour l'aider à le rester. Et ni toi ni moi ne sommes des exemples pour lui. Toi encore moins que moi. Lui est un exemple pour nous.

Son père n'était pas convaincu mais il savait qu'il ne servait à rien de discuter. Il baissa la tête. Il ne venait chez sa fille que lors de ses passages à Paris, à date fixe, pour les contrôles à l'hôpital de sa maladie de cœur. Il semblait à bout comme si la vie ne résultait plus d'une envie mais d'une pesante habitude. Il s'attendait à être interrogé sur sa santé et les résultats de son contrôle mais Lorraine n'en fit rien, trop occupée à finir de penser ce qu'elle avait commencé à dire et qu'elle aurait voulu crier au monde entier. Il reprit :

— Quand reviendras-tu en Bretagne ?

Elle s'interrompit dans la préparation de la salade pour le regarder en face :

— Pour ton enterrement. Je n'y ai pas mis les pieds depuis celui de maman, je n'y retournerai que pour t'enterrer.

Il réfléchit longuement, joignant ses doigts en cherchant la symétrie parfaite.

— Tu ne fais plus de surf avec... ce cerf-volant ?

165

— Si, parfois, mais pas en Bretagne.

Elle le foudroya du regard et ajouta :

— Pour le moment.

Son père s'écarta comme s'il esquivait une balle.

— Maintenant, je sais pourquoi tu fais ce travail.

Le vieux, qui ne se décidait pas à lâcher, ajouta :

— Je sais que tu ne pleureras pas à mon enterrement. Mais ton fils non plus ne pleurera pas au tien. On dit que les enfants atteints de son syndrome ne ressentent pas de peine.

— Ils en ressentent, et même énormément quand les autres appuient sur leur différence comme on le ferait sur une plaie ouverte.

30

Chacun affichait la décontraction comme un manifeste politique. Un vent constant venu de la mer balayait un ciel immaculé. Le soleil était bonhomme, la température idéale. Les journées d'étude du parti avaient commencé la veille, s'étaient poursuivies le matin pour s'interrompre à l'heure du déjeuner. De la plage, on les voyait tous deux assis dans un restaurant de poisson, de profil, dans une attitude tellement naturelle qu'on flairait la pose. Ils se souriaient chaque fois qu'il était possible de le faire, et comme la discussion sérieuse n'était pas amorcée, ils en profitaient. Les photographes agglomérés en ruche multipliaient les clichés dans une lumière excessive. Ils respectaient la distance convenue, tant bien que mal, et ils en étaient régulièrement remerciés par un verre levé des deux hommes qui allèrent jusqu'à trinquer ensemble. L'idée venait de leurs conseillères en communication respectives. Ces dernières semaines, les médias avaient parlé à plusieurs reprises de fracture entre les deux dirigeants du parti, dissension politique et personnelle. C'était la réalité, il était donc urgent d'organiser la fiction et Aurore avait pris l'initiative de ce déjeuner de bord de mer en short, polo et chaussures bateau. Le procédé cent fois utilisé pouvait paraître un peu éculé, mais elle n'avait pas trouvé mieux. Pendant que les conseillères rédigeaient un document plateforme, les deux hommes commandèrent un plateau de fruits de mer.

— Je peux commencer par un compliment ?

Lubiak acquiesça.

— Bien joué, l'histoire des incinérateurs.

— De quoi tu me parles, Philippe ? dit Lubiak, résolu à conserver la légèreté qu'ils s'étaient accordés à afficher.

— Tu sais que les coïncidences me fascinent. Il se trouve qu'un groupe des Émirats est entré massivement dans le capital d'un hebdomadaire récemment. On se demande pourquoi... Qui peut mettre de l'argent dans la presse aujourd'hui en y cherchant la rentabilité ? Personne. En revanche, politiquement, cela reste intéressant. Et qu'est-ce qu'on apprend ? Qu'un journaliste pas vraiment passionné d'investigation réputé ni pour son courage ni pour son intégrité a lancé une enquête sur une histoire d'incinérateurs à l'époque où j'étais ministre de la Santé.

Lubiak s'était assombri, comme la mer quand le soleil se voile au large. Launay poursuivit :

— Je ne te donne pas plus d'explications. Juste des informations rapides puisqu'on est entre amis politiques. Ton journaliste joue, beaucoup et avec des gens dangereux. Un puits sans fond. Et il a un peu arrangé la succession de ses parents à son profit pour récupérer de l'argent. Il a aussi été maître chanteur en son temps : des investigations scrupuleuses échangées contre de l'argent versé par ceux qui en étaient le sujet pour que ces enquêtes ne soient pas publiées. Et cætera et cætera. Ensuite, je peux t'assurer que, si l'affaire sortait, l'Élysée ne t'apporterait aucun soutien. Enfin, si tu t'obstines dans cette direction, on te fera fermer la lessiveuse maghrébine.

Lubiak inspira longuement et continua à manger nerveusement. Launay avait le sentiment qu'il surveillait le plat de fruits de mer de peur d'être lésé, comportement hérité, assurément, de la famille nombreuse dont il était issu, et cette peur de manquer l'obligeait à calculer des réponses courtes.

— Je n'ai rien à voir avec ce dont tu parles.

— Ce n'est pas fini. La Direction centrale du renseignement intérieur s'inquiète de tes liens avec un prince des Émirats. Ce prince est lié à un groupe islamiste radical dont il finance les « œuvres ». Une coïncidence veut que le dernier attentat préparé à Paris et déjoué par Corti soit l'œuvre d'un franchisé de ce groupe islamiste radical. Cela, bien étayé par un grand journal renseigné par la DCRI, c'est peut-être pas mortel mais c'est pas non plus du petit plomb.

Lubiak continuait de manger en s'efforçant de ne rien laisser paraître.

— Corti serait donc de ton côté ?

— Tu devrais savoir que Corti ne roule que pour lui. Le pouvoir a voulu le chasser. Le temps de comprendre que c'était une erreur, ils se le sont aliéné définitivement, parce qu'il n'a de vraie fidélité que dans la rancune. Corti n'a pas de raison de m'aimer plus que toi. Mais il est joueur. Il parie que je serai au second tour de l'élection et que je gagnerai. Il en sait plus sur les mouvements d'opinion à travers les renseignements généraux que les instituts de sondage. Et à mon avis, il doit être convaincu que si tu m'élimines, tu ne gagneras pas… Bon, écoute, je suis prêt à faire table rase de tout ce qui vient d'être dit. Qu'est-ce que tu veux ?

— Être Premier ministre ?

— Oui, à une condition. C'est que tu arrêtes les hostilités dès maintenant, définitivement. Si tu persévères, soit on explose ensemble, soit je gagne et je passerai mon quinquennat à te ruiner politiquement.

Lubiak se recula et mâcha longuement. Il finit par avaler d'un coup.

— Je ne peux rien te promettre.

— Pourquoi ?

— Ce ne serait pas honnête. Si j'ai une opportunité, je te dégommerai. Sur les incinérateurs, je ne suis pas à l'origine de l'affaire mais je suis d'accord pour laisser tomber sauf si j'entends que Corti met son nez chez mes amis des Émirats. Je voudrais que tu comprennes quelque chose, Philippe. Je ne t'en veux pas personnellement. Je traiterais de la même façon quiconque se mettrait en travers de mon chemin. Depuis que mon père s'est suicidé, quand j'avais sept ans, en se balançant par la fenêtre, le matin de Noël, juste après la remise des cadeaux, j'ai décidé que c'était moi qui traçais la frontière entre le bien et le mal. Fin de l'histoire. Toi, tu veux être président parce que c'est dans ta logique. Moi, c'est dans ma nature et rien ni personne ne m'en empêchera, je serai l'élu, l'homme qui s'est extrait de la masse pour la conduire.

— La conduire où ?

— N'importe où. C'est elle qui décide. Et tu le sais bien. Donc rien ni personne ne m'empêchera d'accéder à la plus haute marche du podium. Je suis derrière toi, pour le moment, je n'ai pas eu ta finesse pour persuader les Français que je veux changer les choses tout en leur assurant que je ne toucherai à rien. Je n'ai pas développé ce talent. Mais si l'opportunité se présente de te réduire en poussière, je te regarde droit dans les yeux et je te dis : je le ferai, Philippe. Je le ferai sans haine. Exemple : j'ai appris que ta femme est prête à tout pour t'empêcher de devenir président. Elle pense que tu n'as pas les qualités morales requises. Pourquoi le pense-t-elle ? Parce qu'elle est convaincue que tu es responsable du suicide de ta fille cadette. Tu ne l'aimais pas, elle n'a jamais compris pourquoi, fin de partie. Moi, je ne me permettrai jamais de dire que tu es responsable du suicide de ta fille. Je n'ai pas cette méchanceté en moi. Parce que je sais de quoi il s'agit en matière de suicide. Mon père nous a souhaité joyeux Noël sincèrement. Dix secondes après c'était fini, dix secondes pour décider qu'il n'y avait pas d'autre issue. Donc pour ta fille, je ne vois pas en quoi tu pourrais être responsable sauf à entretenir cette vieille idée que les vivants ont toujours tort contre les morts. Ta femme en sera-t-elle capable ? Cela me concerne et je vais te dire pourquoi. Admettons qu'on scelle un pacte et que je le respecte. Tu gagnes la primaire, tout va bien, puis subitement ta femme donne un grand entretien dans un journal où elle déclare te considérer responsable de la mort de votre fille. Qu'est-ce qui se passe ? Je bois le bouillon avec

171

toi. Ou, connaissant cette menace, je fais tout pour que tu n'accèdes pas à la primaire. Les politiques sont là pour produire des lois qui rendent la société plus civilisée. Mais ils restent des reptiliens.

— Qui t'a parlé de ma femme ?

— Aurore n'est pas très heureuse dans votre relation. Auprès de qui s'épanche-t-elle ? Je te le donne en mille. Son mari. Lequel, trop content, en parle à sa maîtresse, qui est la sœur de ma conseillère en communication. La boucle est bouclée.

Launay ne broncha pas. Un couple de photographes qui n'avaient pas pris de dessert se remirent au travail. Il leur sourit. Puis il reprit calmement :

— J'ai choisi d'être président et je le serai.

Les deux hommes refusèrent les desserts qu'on leur proposait et se contentèrent d'un café. Au moment de payer, Lubiak demanda si l'addition était pour le parti ou pour eux. Quand il comprit qu'il allait en être de sa poche, il sortit un billet de cinq cents euros neuf. De peur que les photographes n'immortalisent la grosse coupure, Launay lui fit ranger le billet et sortit sa carte. Lubiak ne le remercia pas.

Au soir, alors que le soleil quittait cette journée qu'il avait remarquablement servie, Launay s'esquiva un quart d'heure pour marcher le long de la plage, seul. Quelques photographes étaient présents pour saisir cette carte postale de la solitude des grands destins supposés. Sans savoir que Launay réfléchissait à celui d'Aurore. Il décida de ne pas la licencier brutalement, de lui faire prendre conscience de l'énormité de sa faute puis de la débrancher progressivement, le temps de la remplacer. Et dans l'intervalle, de continuer à coucher avec elle, puisqu'il en avait encore envie.

31

Aurore naviguait sur son téléphone, pendant que Launay se douchait longuement. Quand il eut fini, il vint à la fenêtre, d'où il voyait la mer. Le flot des congressistes était reparti sur Paris, les journalistes aussi.

Ils avaient dîné en tête à tête dans un restaurant désert. Aurore lui avait posé beaucoup de questions auxquelles il avait répondu laconiquement. Elle avait mis sur le compte de la fatigue sa réticence à développer, sans comprendre qu'il se détachait d'elle. De leurs ébats amoureux qui avaient suivi, il avait conclu que son plaisir était stimulé par la perspective de la perdre. Il avait déjà renoncé à rompre.

Sur cette plage où la nuit ne parvenait pas à tomber complètement, un trotteur tirait un sulky, le nez en l'air, naseaux largement ouverts à la brise de mer. Launay pensait que sa relation avec Aurore sortait d'une mauvaise pièce de théâtre à décor unique et à mise en scène pathétique. Quel que soit le lieu en France, elle ou il était à la fenêtre pendant que l'autre reposait sur le lit. Ils échangeaient ensuite sur quelques questions en suspens, faisaient l'amour une seconde fois, ce qui lui occasionnait parfois une terrible douleur dont il ne connaissait pas l'origine, puis ils s'endormaient repus et épuisés sans s'être parlé d'eux-mêmes, comme si l'intimité leur était interdite.

Aurore contrôla les unes des journaux que ses amis journalistes lui envoyaient par mail. La plupart y affichaient une photo du déjeuner, le plus souvent en contre-plongée, et titraient « La réconciliation ».

En suivant ce cheval qui montait les genoux plus qu'il n'aurait fallu, Launay pensa à sa fille. Il ne se souvenait pas de l'avoir aimée mais il n'y pouvait rien, l'amour ne lui était pas naturel. Mais il ne se rappelait pas lui avoir montré qu'il ne l'aimait pas. Il était convaincu que son geste désespéré n'avait rien à voir avec leur relation. Elle s'était pendue dans la chambre de bonne de la place Saint-Sulpice. Cinq minutes avant, elle n'y pensait certainement pas. Elle n'avait laissé aucune lettre, aucun mot d'explication, comme si elle mettait un terme à quelque chose qui n'avait pas commencé. Les survivants pouvaient spéculer sans fin. Elle n'avait laissé aucun indice, aucune confidence. Pas même à sa sœur, avec laquelle elle se chicanait dix minutes auparavant pour une histoire de robe égarée. La cadette était montée pour s'assurer qu'elle n'était pas dans la chambre de bonne qui servait aux deux sœurs à entasser leurs vieilleries. Elle n'en était jamais revenue. L'aînée avait ensuite assisté pendant quelques mois à la décomposition de sa famille désorientée, à l'excès de culpabilité endossé par sa mère alors que son père s'en affranchissait. Suivant un mouvement propre aux jeunes de sa génération et de son milieu social, elle était partie sans prévenir pour une destination inconnue. Launay la sentait prête à trancher le cordon effiloché qui la retenait à eux, pour les oublier complètement. Elle n'était pas douée de plus d'empathie que son père. Le désespoir de sa mère qui ruinait sa vie en alcool et cigarettes la laissait indifférente. Elle savait forcément que sa mère allait faire payer à son père son départ. Mais, en réalité, elle lui faisait surtout payer leur ressemblance.

Le gentleman driver, un petit homme tordu, avait arrêté son cheval après trois longueurs de plage. Il le tenait d'une main par la bride. De l'autre il essayait de lui jeter une couverture sur le dos, mais celle-ci faisait voile avec le vent qui s'était levé en bourrasques grossières.

Aurore posa enfin son téléphone sur la table de chevet, satisfaite. La mascarade médiatique avait pris fin. Quand elle se fut allongée, Launay vint s'asseoir à côté d'elle.

— Qu'est-ce qu'on va faire maintenant ?

— Maintenant que quoi ? répondit-elle en posant sa main sur sa cuisse, à travers son peignoir.

— Maintenant que Lubiak sait que ma femme menace de me discréditer devant la nation assemblée.

— Il le sait comment ?

— Par sa conseillère en communication. Qui le sait par sa sœur. Qui est ? La maîtresse de ton mari. Et ton mari le sait par toi. Que tu te consoles des difficultés de notre relation auprès de ton propre mari, je dois dire que je ne l'avais jamais envisagé. Comme tu n'avais peut-être pas non plus envisagé que ton « confident » avait une maîtresse.

Aurore avait pris la couleur des draps, effarée. Elle commença par ce qui importait le plus à ses yeux.

— Je ne savais pas que mon mari avait une maîtresse. Je vais le quitter. Et toi aussi, tu vas me quitter, je te connais.

— Cela ne presse pas. Je ne veux pas donner l'impression à Lubiak que j'agis sur ses ordres. Tu ne pouvais pas savoir que ton mari te trompait. Comme je ne pouvais pas savoir qu'il était ton confident. Je ne sais s'il est fréquent qu'une femme se plaigne auprès de son mari de sa relation avec son amant. Votre couple a l'air d'un sacré foutoir !

— Je suis désolée, Philippe.

Launay s'enfonça dans les draps et se retourna.

32

Chaque matin, au réveil, Lorraine suivait le même cérémonial. Encore à moitié endormie, elle se donnait du plaisir. Elle puisait dans ses sources d'excitation mentales ordonnées comme une bibliothèque et se caressait jusqu'à l'orgasme. Elle l'avait toujours fait, même quand elle était mariée. Par ce procédé elle s'assurait qu'aucune journée ne pouvait mal commencer. Cette discipline contribuait largement à la force qui était la sienne.

Ce matin-là, elle le fit avec d'autant plus de détermination que la journée précédente avait été désastreuse. Elle avait enterré son père, mort le lendemain de sa dernière visite à Paris. Le jour suivant son dernier dîner en famille, il était rentré dans sa maison de Saint-Lunaire, s'était assis dans son fauteuil en cuir élimé face à la mer avec l'intention de saisir un magazine dans le porte-revues. Cette intention n'avait jamais abouti. L'assistante ménagère venue lui porter des pommes de son jardin l'avait trouvé dans la même position, les deux bras posés sur les accoudoirs, la tête légèrement en arrière, les yeux vitreux grands ouverts. Son cœur s'était apparemment arrêté, en panne. Prévenue immédiatement, Lorraine avait rejoint les lieux dans la soirée, accompagnée de Gaspard. Pendant tout le trajet en train qui les avait menés à Saint-Malo, Gaspard n'avait pas levé la tête de son ordinateur, s'en excusant auprès de sa mère. Il s'était attelé au projet de revoir tous les films de la Nouvelle Vague avec l'ambition d'être en mesure de porter sur le mouvement un avis général.

L'annonce de la mort de son père soulagea Lorraine en même temps que s'insinuait la frustration de ne pas avoir pu s'expliquer avec lui. Elle était sur le point de le faire, une discussion était devenue inévitable. Lui-même le sentait même s'il usait de multiples procédés pour en retarder l'échéance. Depuis une trentaine d'années, il s'était construit comme un autre homme. La dissociation s'était opérée très naturellement. On ne pouvait exclure que sa mort était une façon inconsciente d'échapper à cette mise à plat, alors que tout disait depuis longtemps que sa fille savait.

Les enfants voient la vie à travers une focale courte qui déforme l'espace, lui donne une profondeur exagérée. Même si la dernière fois qu'elle avait quitté les lieux elle était déjà adolescente, la maison lui semblait nettement plus petite que dans son souvenir. Les murs s'étaient rapprochés, le grand escalier avait diminué et les chambres s'étaient réduites. La bâtisse s'élevait sur trois étages qui surplombaient la mer et, depuis que son cœur s'était affaibli, son père n'avait occupé que le rez-de-chaussée. Posée sur un rocher à peine élargi par un jardin de curé, la maison, aussi impressionnante que dans sa mémoire, ressemblait à une sentinelle ivre menaçant de basculer dans l'océan.

Gaspard n'avait pas fait grand cas des lieux ni de la veillée funèbre, pendant laquelle il avait visionné *Conte d'été* de Rohmer, tourné à Saint-Lunaire. La découverte simultanée du film et de son lieu de tournage l'intriguait, et cette mort, sans l'affecter, le perturbait. Les deux nuits précédant l'enterrement, il les avait passées à nourrir et à mettre au propre des statistiques qui comparaient les films déjà visionnés, en distinguant le nombre de scènes, le nombre de plans par scène, le nombre de plans larges, moyens, serrés et ainsi de suite. Lui seul savait à quoi cela lui servirait, et il ne communiquait jamais sur le sujet.

Mme Le Louarn, l'aide ménagère, fut la seule à se joindre à l'enterrement. Pendant quarante-trois ans, le père de Lorraine avait été médecin généraliste à Saint-Lunaire. Un médecin au diagnostic incertain doublé d'un homme peu aimé. Elle égaya la cérémonie en parlant de la mort comme d'une délivrance. Elle était assez âgée pour savoir de quoi elle parlait. Elle disait que, chaque matin, elle faisait le compte de ses douleurs en se demandant ce qui pourrait advenir de bien dans la journée pour que cette souffrance vaille le coup. Jamais rien ne lui était arrivé qui la compense et pourtant, chaque matin, elle se levait avec le même espoir. Après avoir mis son patron en terre, elle reconnut finalement que tout valait mieux que d'être livré aux mouches.

Lorraine profita de ses deux jours de congé pour apprivoiser cette maison qu'elle avait quittée après la mort de sa mère. À cette époque, sa chambre était au rez-de-chaussée. C'est là, la porte entrebâillée, qu'elle avait entendu son père chuchoter avec une belle femme qu'elle ne connaissait pas. Cette femme était devenue sa belle-mère moins de trois mois plus tard. Lorraine datait de cette époque son goût pour écouter aux portes, dont elle avait fait son métier.

Ce matin-là, Lorraine ressentit des vertiges. Elle mit un moment avant de comprendre que la perte de ses parents et le vide qui en résultait pouvaient être à l'origine de ce phénomène. Elle prit quand même sa moto et roula plus vite que d'habitude, de crainte d'être déséquilibrée à basse vitesse. Arrivée au bureau, alors qu'elle était en avance, Tranh la regarda comme si elle était en retard. Il avait vieilli d'un coup. Les gens vieillissent différemment les uns des autres. Pour certains, il s'agit d'un processus linéaire, pour d'autres c'est par paliers. À l'évidence, Tranh avait profité de l'absence de Lorraine pour franchir un palier.

Depuis plusieurs semaines, selon le principe que « le service sait, tôt ou tard », elle s'attendait à être convoquée au sujet de sa relation avec Li. Récemment, un agent de la sous-direction Asie avait perdu son habilitation pour avoir couché avec une cible. Il s'en était défendu en arguant que c'était la meilleure façon de l'infiltrer. On lui avait répondu que c'était la cible qui l'avait infiltré et non pas le contraire. L'éternelle question de la poule et de l'œuf, réglée par une éviction brutale. Elle pensa que Tranh s'avérerait d'autant plus inflexible que, pour lui, la Chine restait une menace communiste, de ce communisme dont il avait souffert dans sa chair.

Mais la question n'était finalement pas là. Le grand patron voulait voir Lorraine et il avait exprimé ce désir depuis plus d'une demi-heure déjà. Si, certes, Lorraine n'était pas en retard, le patron attendait tout de même. Tranh sauta du siège où il se rongeait les sangs et l'accompagna jusqu'au dernier étage comme un livreur qui s'assure que son colis est remis en main propre. Quand ils furent parvenus au seuil du bureau de la secrétaire de Corti, il tourna les talons. Lorraine s'avança, ouvrit la bouche et, avant d'avoir pu produire un son, elle se fit accueillir par un « Je sais, asseyez-vous dans le petit salon ».

La secrétaire de Corti avait incorporé les humeurs de son chef réputé pour en avoir de sévères. Elle ne leva pas les yeux sur Lorraine et continua de classer les papiers placés devant elle. Ce classement se faisait selon l'importance des documents destinés à Corti, notés de A à E. Corti ne lisait que les niveaux A et B. Le reste était distribué à ses collaborateurs les plus proches. Ce rôle de filtre du courrier donnait à Mme Cantor une place majeure dans le dispositif de la DCRI, qui lui autorisait un flirt durable avec le secret d'État.

Lorraine attendit une vingtaine de minutes dans le petit salon prévu à cet effet. Corti passa plusieurs fois devant elle, sans la regarder. Lorraine se demandait ce qu'il pouvait lui vouloir sans trouver l'esquisse d'une réponse. Enfin, Mme Cantor lui fit signe d'entrer d'un doigt pointé au-dessus d'un dossier.

Corti était plongé dans une note et il ne leva pas la tête à son entrée. Elle resta debout devant lui, immobile. Le temps passant, elle inspecta la décoration, des photos de motos anciennes et deux clichés encadrés de Corti avec son chien, les deux souriant à l'objectif. Quand il fut sur le point d'en finir avec sa note, Corti demanda à Lorraine si elle avait l'intention de s'asseoir ou pas.

— C'est comme vous voulez, monsieur.

Il lui montra le siège devant lui, toujours sans la regarder. Pendant qu'elle s'installait, il saisit un dossier posé plus loin sur le bureau et en consulta rapidement les fiches.

— Vous venez d'enterrer votre père, c'est cela ?

— C'est cela.

Corti baissa ses lunettes sur son nez et regarda enfin Lorraine.

— J'ai son dossier des renseignements généraux devant moi. Cela vous ferait peut-être plaisir d'en savoir un peu plus sur lui ?

Sans attendre la réponse de Lorraine, il se replongea dans le dossier.

— Il était médecin à Saint-Lunaire, n'est-ce pas ? J'aime beaucoup cette région de la Bretagne, elle est à la fois authentique et lumineuse. Parfois je me dis que j'aimerais avoir une maison là-bas, mais je n'ai pas les moyens. Nous les fonctionnaires, on vit bien, on ne peut pas le nier, mais on n'a jamais vraiment les moyens. Et je ne peux pas laisser tomber la Corse, ni ma mère. Si cela ne vous intéresse pas, vous m'arrêtez. Des bruits ont couru, je dis bien des bruits, que votre mère était atteinte d'un cancer et que votre père l'aurait convaincue que la médecine traditionnelle ne pouvait rien pour elle, qu'il fallait recourir aux plantes et tout le toutim. Résultat, votre mère est morte par manque de soins. Le dossier dit qu'il aurait fait cela pour épouser une autre femme, plus jeune et, pardon... plus belle.

— Ce n'est pas difficile d'être plus belle qu'une femme qui a un cancer en phase terminale.

Corti releva la tête, étonné.

— Très juste. Étrangeté du sort, cette femme est morte du même cancer cinq ans plus tard. Votre père a tout fait pour l'en guérir, dit-on. Mais rien n'y a fait. Pour ce qui concerne votre mère, il n'a jamais été prouvé qu'il l'avait laissée mourir. Le procureur a été informé, votre père a été interrogé puis l'enquête préliminaire a été recouverte par la marée. Voilà, c'était juste un cadeau de bienvenue.

Il ferma le dossier de son père et le poussa loin de lui. Il en tira un autre, d'une couleur différente.

— Celui-là, c'est le vôtre.

Il lut à haute voix, comme s'il le découvrait.

— Langues orientales. Chinois. Puis, quand on ne s'y attend plus, le concours d'officier de police. De très bons résultats qui sont en contradiction avec l'appréciation de votre chef Tranh. Je cite : « Intelligence moyenne, sans plus. » Il ne vous aime pas.

Lorraine regarda attentivement Corti pendant qu'il continuait à parcourir son dossier. Il lui rappelait ces vieux instituteurs qui se donnent une mine méchante et qui se révèlent tout autres dès que vous leur avez prouvé vos capacités. Sauf que Corti ne changeait jamais. Il referma le dossier, posa ses lunettes.

— Quelle raison aurais-je de vous faire confiance ?

Lorraine répondit spontanément.

— Aucune.

— Ça me va. Je ne crois pas à l'appréciation de votre chef, pour moi, vous ne pouvez pas être d'une intelligence moyenne. Soit vous êtes très au-dessous de la moyenne, soit vous êtes au-dessus. Dans les deux cas, je le saurai. Je crois aux coïncidences. Vous venez d'hériter d'une belle maison en Bretagne et j'ai besoin de vous là-bas. Pas précisément à Saint-Lunaire mais vous pourrez en faire l'épicentre de votre rayonnement. Deux affaires m'intéressent. La première, c'est ce syndicaliste d'Arlena qui a exécuté sa femme et son fils mongolien. Je ne comprends pas qu'on ne l'ait pas encore trouvé. La seconde, c'est l'histoire du voilier qui a coulé. Quelqu'un essaye d'orienter l'affaire vers une collision avec un sous-marin. D'habitude, c'est le contraire : on s'efforce d'exonérer les sous-marins impliqués dans le naufrage de chalutiers. Vous seule. Reliée à moi seul. Pas un mot à votre bridé de patron. Pour lui, je vous ai demandé d'enquêter sur la présence chinoise dans les ports de l'Atlantique et de la Manche.

— Et si cela me remet sur la piste de Deloire ?

Corti eut l'air embarrassé. Il resta songeur un moment.

— Eh bien, ça vous remet sur sa piste. À une seule condition : que cela reste entre vous et moi. Officiellement, on a conclu qu'il était au-dessus de tout soupçon et cela ne changera pas, d'accord ?

Lorraine acquiesça.

— Il paraît que vous faites de la moto ? Moi aussi. Une dernière question. Pourquoi vos parents vous ont-ils appelée Lorraine ?

— J'imagine qu'ils ont réalisé qu'Alsace c'est un peu dur à porter pour une fille.

— Et votre nom de famille, K, ça vient d'où ?

— Je ne sais pas. Un nom breton qui a perdu ses lettres.

— Bon, voilà. J'aurais préféré vous envoyer sous des latitudes plus clémentes, en Corse par exemple, mais là-bas il ne se passe jamais rien.

Puis il fit pivoter son siège vers la fenêtre. Lorraine comprit que l'entretien était terminé. Elle partit sans ajouter un mot.

33

La plage lui rappelait celle où l'on avait pris les derniers clichés de De Gaulle, sa haute silhouette froissée contre le vent, canne en main, foulant le sable à grandes enjambées. Elle ne parvenait pas à puiser assez loin dans sa mémoire pour se souvenir si Yvonne, la femme du général, était à ses côtés sur cette photo de la résignation.

Ils étaient arrivés la veille en Irlande, elle et son mari. Le grand air et le calme les avaient assommés tous les deux. Cette déconnexion lui semblait irréelle. Les vacances lui paraissaient un mode convenu, réservé à ceux que le travail fatigue. Si elle avait accepté d'en prendre, pour la première fois, c'était au contraire parce que le travail lui manquait. Les propositions affluaient, mais jusqu'ici aucune ne lui convenait. Toutes avaient été formulées par de grandes sociétés étrangères qui lorgnaient sur sa connaissance de la machine nucléaire française, et accepter lui serait apparu comme un acte de trahison.

Elle avait récemment rencontré le président, dans un court entretien où ils avaient aimablement évoqué quelques souvenirs communs. Elle l'avait averti du danger que Volone faisait courir à la nation. À cette annonce, son visage s'était vidé. Le président, contrairement à ses prédécesseurs, savait écouter. Mais, chose déconcertante pour son interlocuteur, il ne réagissait jamais. En fin d'entretien, il se contentait d'un « Très bien, merci » jovial et enthousiaste, comme si personne ne pouvait l'influencer, pour autant qu'il ait une idée sur la question. Son entourage à l'Élysée nommait cette attitude « la tactique du crocodile ensablé », dont on ne sait s'il dort ou s'il chasse. Le peu qui filtrait de sa stratégie politique, qu'il ne partageait même pas avec lui-même, donnait à penser qu'il pariait sur un effondrement de Launay qui le conduirait au second tour de la prochaine élection seul devant la droite extrême, lui assurant ainsi la victoire. Plutôt qu'une méthode violente pour précipiter la chute de son adversaire, il préférait une méthode organique, basée sur la décomposition naturelle, se faisant ainsi le précurseur du bio en politique. Il avait laissé entendre à Blandine Habber qu'un remaniement ministériel pourrait intervenir dans les prochains mois, dans lequel elle pourrait trouver sa place. Quand elle avait suggéré l'industrie, il n'avait pas répondu. Elle en avait les capacités, c'était incontestable, mais elle le connaissait assez pour savoir qu'il ne prendrait pas le risque de l'installer à un poste où elle aurait toute latitude pour se venger. Elle se doutait que le portefeuille qui pourrait lui être proposé serait sans lien direct avec le complexe électronucléaire. Elle n'était pas certaine d'accepter. D'autant plus qu'il n'était pas question de changer de Premier ministre et qu'elle suspectait celui-ci d'être en cheville avec Volone, comme beaucoup de barons des grandes régions. Cependant, accepter un poste ministériel était une façon de se protéger de Volone qu'elle savait prêt à tout pour l'enfoncer un peu plus. L'annonce, quelques jours avant, de la disparition de Sternfall, après le massacre de sa famille, l'avait bouleversée. Elle n'imaginait pas qu'il ait pu agir ainsi sans avoir été poussé à bout. Elle ressentait aussi une lointaine culpabilité de l'avoir conduit à se mettre en danger par fidélité pour elle. D'un autre côté, elle n'osait pas réagir de peur qu'il ne soit dit qu'elle avait manipulé le syndicaliste, et être associée à lui de près ou de loin aurait pu lui être fatal sur le plan médiatique. Le syndicaliste résistant avait cédé la place à un monstre qu'il était préférable d'ignorer désormais. Son intelligence était trop vive pour ne pas envisager d'autres hypothèses que celle de la démence meurtrière. Mais elle s'y aventurait avec prudence comme si cette vérité la dérangeait. En tout cas, elle n'était pas décidée à y contribuer. Elle préférait attendre et se tenir à l'écart, ancienne habitude de haut fonctionnaire, tant qu'aucun indice ne pouvait la convaincre de sortir de l'ombre pour porter un coup décisif à Volone.

Son mari était allongé sur un grand lit, habillé mais déchaussé. Il lisait tout ce qu'il avait pu trouver comme journaux irlandais. Retraité très jeune d'une entreprise publique qui rechignait à user ses agents, il n'avait jamais été autrement motivé que par la jouissance d'avantages particuliers, ce qui lui avait permis de développer une très large palette d'intérêts pour tout ce qui ne concernait pas son travail. Et de fait, à près de soixante ans, sa curiosité continuait à alimenter une grande culture dont il faisait étalage à l'occasion. Il admirait sa femme plus qu'il ne l'aimait, en particulier pour son goût de l'action, une forme d'héroïsme dont l'idée ne l'avait même jamais effleuré. Elle lui était indispensable, et vivre dans son ombre lui avait évité bien des insolations. Il appartenait à cette France qui cloue les individus à leurs diplômes. Peu importait ce qu'ils avaient réussi ou raté ensuite. Bien que républicain convaincu aux idées sociales, il raisonnait comme les privilégiés de l'Ancien Régime : un diplôme donnait des droits de la même façon qu'un titre nobiliaire avant la Révolution. Il avait connu Blandine à l'École polytechnique, dont il était sorti à un rang médiocre alors que Blandine y était entrée première et en était sortie major. « Le CV qui tient à distance », avait l'habitude de dire Jean qui ne manquait pas d'un humour mâtiné d'esprit anglais. Il était d'ailleurs un fidèle lecteur de P. G. Wodehouse. Quand la question des vacances communes s'était posée à eux pour la première fois de leur vie professionnelle, Blandine Habber avait penché pour la Corse mais Jean ne supportait pas le soleil. L'Irlande n'était pas réputée pour en abuser, mais ils avaient l'un et l'autre sous-estimé l'effet de décompression attaché à cette nature sauvage battue par un vent obstiné. Jean était l'exemple même du voyageur immobile, qui, une fois déplacé dans un lieu, n'en bougeait plus. Les grandes marches lui donnaient sommeil, raison pour laquelle il préférait carrément dormir plutôt que chausser ses bottes et affronter ce vent assommant, qui, de toute façon, finirait par le clouer au lit avec une névralgie. Blandine était tout le contraire. Alors que son mari, à court d'informations, en était à parcourir avidement les pages de faits divers d'un journal dublinois, en attendant de lire les nouvelles de Joyce, elle enfila un ciré jaune acheté en Bretagne quand elle était étudiante et précieusement conservé depuis. Elle n'en voulait pas à son mari de la laisser aller seule, plutôt cela que l'entendre geindre. Sans se l'avouer vraiment, elle préférait la solitude à sa présence forcée, tout comme le fait de le savoir à proximité, au quotidien, la rassurait. Il lui arrivait d'imaginer sa disparition avant la sienne, et elle en était profondément peinée. Ils n'étaient jamais parvenus à faire d'enfants et s'en étaient accommodés beaucoup plus vite qu'ils ne l'avaient pensé : l'absence de progéniture les avait rapprochés. Tout autant que l'extinction progressive de leur sexualité sur laquelle ils se préparaient l'un et l'autre à tirer un trait définitif, surtout par souci des convenances, jugeant que « l'affaire » n'était plus de leur âge.

Jean posa son journal contre lui alors que Blandine enfilait ses bottes.

— Je réfléchissais à quelque chose. Tu crois que Volone serait capable de s'en prendre à toi, je veux dire physiquement ?

Blandine força pour faire entrer son talon et releva une tête rougie par l'effort, les yeux exorbités.

— Je n'imagine pas, le connaissant, qu'il n'y ait pas pensé. Quant à passer à l'acte, s'il m'arrivait quelque chose, le lien serait trop évident pour qu'il échappe à la justice. Ma réponse est donc qu'il en a certainement envie mais que sa raison l'en empêche. Et puis tu sais très bien que dans ce pays on préfère le meurtre symbolique, social, à la violence physique.

— Et ton syndicaliste ? Tu crois que…

— Parlons d'autre chose, veux-tu ? Nous sommes en vacances et il ne peut rien arriver.

— J'espère. J'ai remarqué que quand on veut se débarrasser de quelqu'un, on ne fait pas grand cas du conjoint. J'y réfléchissais tout à l'heure, et je me demandais si dans cette hypothèse tragique je préférerais te survivre ou pas, et je suis parvenu à la conclusion que… je préférerais te survivre.

Il reprit son journal, puis le reposa.

— Je comprends que cela puisse te choquer. Mais nous sommes d'accord que toute ma vie je me suis effacé. J'aurais pu, moi aussi, faire une carrière brillante et je l'ai sacrifiée à ta réussite. C'était cela, ou notre couple n'y aurait pas résisté. Maintenant, si ton ambition t'a conduite à un point qui mette ta vie en jeu, je suis favorable à ce qu'on dissocie la mienne de la tienne. Est-ce trop demander ?… Je sais que c'est vain. Je me contente de poser le principe. Imagine que des tueurs à gages informés de notre présence dans cet hôtel, parfaitement renseignés sur nos heures de promenade, décident de nous faire disparaître dans la mer, vont-ils se poser la question de ma survie ? Eh bien non. J'ai assez lu sur ces gens-là pour savoir que je suis potentiellement ce qu'on appelle un dommage collatéral. Non seulement mon élimination ne serait pas de nature à les gêner, mais elle donnerait de la crédibilité à l'ensemble, vois-tu ?

Blandine Habber connaissait assez son mari pour ne pas s'offusquer de ce genre de digression.

— Ça tombe bien, je vais me promener toute seule.

Comme elle était sur le seuil de la porte, Jean fut pris de remords et se leva brusquement.

— Tu es sûre ? Tu ne veux pas que je t'accompagne ?

Blandine Habber refusa d'un signe de tête. Il se recoucha et goûta tranquillement au doux mélange d'inquiétude et de tranquillité qu'il avait initié.

L'hôtel aménagé dans une forteresse médiévale était vaste et froid malgré de louables efforts de décoration pour en réchauffer l'atmosphère. L'architecture guerrière se prêtait mal à la villégiature, mais le personnel était d'une gentillesse sincère et jamais obséquieuse malgré le prix des chambres. Blandine Habber passa devant la réception occupée par un grand jeune homme roux aux yeux très bleus qui s'enquit très naturellement de son bien-être.

Elle sortit de l'hôtel face à une mer déchaînée qui se ruait sur la plage. Le vent tourbillonnait en rafales violentes, soulevant le sable qui lui criblait le visage. Elle pensa renoncer mais son tempérament l'en dissuada aussitôt et elle fit route au nord. Le vent la poussait sur la bande de sable humide et ferme au bord de l'eau. Mais, parfois, il se montrait enveloppant, prêt à la soulever pour l'emmener au large. Elle en frémissait avant de retrouver le cours normal de sa promenade.

La perspective d'être nommée ministre ne la flattait pas vraiment. Elle connaissait le niveau d'impuissance de la fonction. Passer son temps à flatter une opinion craintive ne l'emballait pas.

Elle ne se voyait pas dans ce rôle, si loin de sa nature énergique. Elle pensa encore une fois que le président ne prendrait pas le risque de lui confier un poste où son efficacité et sa liberté de parole porteraient préjudice à la cohésion gouvernementale. Il s'apprêtait certainement à lui proposer un portefeuille qu'elle serait dans l'obligation de refuser, façon de lui signifier son estime tout en évitant de la subir. Il ne voulait pas non plus lui donner la présidence d'un grand groupe public. Volone mis à part, il avait déjà placé toute sa cour, il était donc trop tard. Elle connaissait le président depuis assez longtemps pour savoir qu'il ne bougeait que sous la contrainte et le chantage. Il ne le pardonnait pas mais y cédait volontiers, comme si, pris en tenaille, il était soulagé de n'avoir d'autre alternative. Elle en savait assez sur la politique nucléaire de la France pour l'affoler. Elle avait compté sur Sternfall pour lui communiquer des informations explosives sur la stratégie de Volone, mais elle avait échoué et elle préférait ne plus y penser. Une idée fulgurante et paranoïaque lui traversa l'esprit : Volone et le président avaient peut-être partie liée pour se débarrasser d'elle.

Au même moment, elle aperçut sur la dune une voiture occupée par deux hommes. Elle en fut d'autant plus troublée que, la mer mise à part, il n'y avait qu'elle à regarder. Ses pensées l'avaient emmenée loin de l'hôtel dont les hauts murs semblaient ceux d'un château de sable. Elle pensa faire demi-tour mais s'en voulut de céder à une inquiétude qui n'avait certainement aucun fondement. Elle allongea le pas. En jetant un coup d'œil derrière son épaule, elle remarqua qu'un des deux hommes était sorti de la voiture et se tenait dos au vent pour allumer une cigarette. Un autre coup d'œil furtif lui indiqua que l'homme s'était mis en marche derrière elle. Il descendait sur la plage à grandes enjambées. Elle résista contre le sentiment de panique qui l'envahissait. Au lieu de retourner vers l'hôtel, elle s'en éloignait de plus en plus, enferrée dans une logique de proie fuyant devant son prédateur. La plage finissait sur une pointe de rochers infranchissables. Elle était au bout. Elle se résolut alors à se retourner. La plage était vide. Personne. Deux mouettes se disputaient une carcasse de poisson à grands battements d'ailes. Sinon, rien, absolument rien. Elle scruta la dune. Rien non plus. Elle se remit en marche vers l'hôtel, à la fois soulagée et honteuse de sa peur.

Le retour lui parut long. Elle fut accueillie à la réception par le même sourire avenant auquel elle répondit tout aussi aimablement. Dans la chambre, elle trouva Jean toujours sur le lit, couché en position fœtale, les coudes repliés contre le sternum, ses nouvelles de James Joyce tenues serrées à deux mains devant son nez. Il lui demanda comment s'était passée la promenade. Elle répondit positivement, de plus en plus persuadée que l'incident qui s'était produit était le fruit de son imagination, sollicité par la crainte du complot qu'elle venait d'esquisser. Cet homme était certainement descendu pour fumer sa cigarette sur la plage avant de remonter retrouver son compagnon. Elle alla se doucher pour se réchauffer. Alors qu'elle se séchait les cheveux, elle se mit à la fenêtre et regarda la plage immense et déserte. Puis elle sourit.

Le lendemain, le couple était attablé dans la salle à manger. Des voûtes ogivales soutenaient un plafond bas. La pièce était agréablement décorée et le petit déjeuner somptueux. Une jeune femme brune aux yeux verts et à la silhouette quelconque apporta à Jean la presse du matin, comme il l'avait demandé. Il s'attarda sur son nez, qu'elle avait exceptionnel. Blandine dégustait son café en repensant à l'incident de la veille. Elle s'en voulait encore. Jean déplia les journaux un par un. Ils ouvraient tous sur la même photo de deux hommes aux yeux mi-clos. Blandine les reconnut. Cette fois, elle parvint parfaitement à se contrôler. Elle saisit un des journaux pendant que Jean se plongeait dans un autre. Il y était dit que les deux hommes avaient été découverts noyés sur une plage située à trois miles de l'hôtel. Apparemment, il s'agissait d'un accident. L'article précisait que les deux hommes étaient de nationalité italienne et que rien n'indiquait les raisons de leur séjour en Irlande. Les causes de la noyade paraissaient également mystérieuses, sachant que leurs corps avaient été retrouvés à quelques mètres l'un de l'autre, habillés. Dans ce pays où les crimes étaient rares, l'évènement était de taille. Blandine Habber resta longuement interdite. Ces hommes qu'elle avait rêvés, du moins s'en était-elle convaincue, étaient bien réels, et leur photo dans ces journaux en témoignait. Elle ne les avait aperçus que de relativement loin, mais elle se souvenait parfaitement de leurs visages comme si l'effroi qui l'avait saisie les avait rapprochés. Elle fut tentée d'appeler la police, mais elle n'en fit rien. Ils quittèrent l'Irlande dans l'après-midi à l'heure prévue, sans qu'elle ait échangé sur le sujet avec son mari que l'information ne passionnait pas. Évidemment, la mort par noyade de ces deux inconnus ne présentait en soi pas grand intérêt.

34

La mission de Lorraine promettait d'être longue. Elle en avait informé le père de Gaspard, qui était sur le point de signer pour un film important. Un film étranger, qui nécessitait apparemment la présence d'un Français pour jouer un Français. Le réalisateur oscarisé l'avait jugé parfait pour ce rôle, physiquement en tout cas, car, ne parlant pas la langue, il lui était impossible de savoir s'il jouait juste. Son apparition ne dépassait pas quinze secondes. Cet inconvénient était selon lui largement compensé par la notoriété du réalisateur dont il attendait qu'il fît couler sur lui de la gloire fondue à la chaleur de son talent. Tout cela pour expliquer à Lorraine que le départ de Gaspard pour la Bretagne ne lui posait aucun problème. Sans le dire, il était même soulagé que son fils soit éloigné de cette école de théâtre qui le conduisait, selon lui, à de cruelles désillusions. Il en savait quelque chose, même s'il ne le reconnaissait jamais. D'après lui, Gaspard saisissait peu les nuances de l'âme humaine, les grises encore moins que les autres. Restituer les sentiments que l'on comprend lui paraissait déjà tellement difficile qu'il n'imaginait pas Gaspard interpréter ceux qui lui étaient étrangers.

Ce dernier obstacle balayé, Lorraine avait levé l'ancre comme un voilier pressé par l'annonce d'un vent porteur. Elle fit le tour dans son appartement parisien de ce qui était nécessaire et constata, ravie, que pas grand-chose ne l'était et qu'un second tour aurait pu aboutir à moins encore. Les DVD de Gaspard représentaient une masse importante. Elle avait fait préalablement vider la maison de Bretagne sans rien y laisser, sinon les photos et objets de sa mère. L'homme qui s'en était chargé en sa présence était un Gitan sédentarisé qui, avec les années, avait pris l'accent breton. Son regard passait des meubles à la jeune femme dans un battement de cils et on pouvait y lire son étonnement de la voir se séparer de ce mobilier en bon état. Le même jour, alors qu'elle était déjà transportée par cette nouvelle vie, le notaire lui annonça le montant de son héritage, qui se révéla considérable. Son père avait toute sa vie été d'une pingrerie maladive. L'épargne accumulée pendant des décennies avait fructifié, ajoutée à plusieurs héritages dont certains étaient d'une légitimité douteuse. Lorraine n'imaginait pas que son père ait pu agir ainsi en pensant à elle et à son fils, sa seule descendance. Non, il n'avait pensé qu'à lui-même, à ses vieux jours, animé par la peur de manquer. Les droits de succession à acquitter témoignaient que cette épargne impressionnante s'était constituée sans aucun souci de transmission. Le solde après impôt restait conséquent. Lorraine pensa immédiatement à instaurer une rente pour mettre Gaspard à l'abri de la déchéance sociale, quand elle aurait disparu. Cette idée la soulagea et elle mesura alors à quel point le souci de la sécurité financière de son fils avait pesé sur elle jusque-là.

Gaspard prit la nouvelle de leur départ avec philosophie. Lorraine lui avait trouvé une école de théâtre à Saint-Malo et la perspective de s'éloigner du cabotinage parisien lui plaisait.

Avant de partir, Lorraine s'était rendue dans un étrange restaurant à l'allure de taverne pour chevaliers de la Table ronde. Quelques regards concupiscents s'étaient portés sur elle, aussitôt relayés par des sourires de personnes connues auxquelles elle adressa un signe. Dans cette taverne sans âge se mêlait pour déjeuner tout ce que la France comptait d'officiers de renseignement, des douanes à la défense en passant par la sécurité intérieure, dans ce qu'on aurait pu qualifier de bourse aux informations où chacun, contrairement à sa hiérarchie, essayait de faire fi des rancœurs entre services.

Un homme attendait Lorraine à une table isolée. Il était habillé strictement mais quelques détails laissaient penser que son apparence ne reflétait pas complètement sa personnalité profonde. La façon dont il regardait Lorraine approcher n'était pas celle d'un homme qui désire les femmes mais plutôt de quelqu'un en quête de fraternité. Le déjeuner avait lieu à la demande de Lorraine, qui reconnaissait en Germain Lestang un allié fidèle. Ils avaient déjà collaboré plusieurs fois, et chose étonnante chez un homme du renseignement, il s'était toujours montré droit et de parole.

On leur apporta d'office l'entrée du menu et une carafe de vin maison qui avait la réputation d'attaquer les chaussettes plus que l'esprit. Le céleri baignait dans la rémoulade comme le hareng dans l'huile mais les produits étaient de bonne qualité.

Lestang, au renseignement militaire, était chargé de la surveillance des personnels sous-mariniers, une bonne entrée en matière pour Lorraine qui ne savait pas par quel bout commencer. Les équipages des sous-marins étaient plus que tous les autres des personnels sensibles : la dissuasion nucléaire reposait entre leurs mains. On ne leur collait pas aux basques comme dans d'autres pays mais on s'assurait qu'aucun d'entre eux n'était l'otage de contradictions personnelles. On craignait moins une défection idéologique au profit d'un service étranger qu'une prise de contrôle par l'intermédiaire de dettes ou d'une femme. Et puis, comme partout, il y en avait qui parlaient pour le plaisir de se vanter, comme s'ils attendaient que leur abnégation de longues semaines sous la mer leur soit payée en béate considération, mais ils étaient l'exception dans un monde où la modestie régnait en maître.

L'enjeu était de taille. La France depuis de Gaulle s'obstinait à assurer elle-même sa défense. Quatre sous-marins lanceurs d'engins dotés chacun d'une puissance de destruction de trois cents fois Hiroshima croisaient sous les mers en permanence, dans un silence de crypte romane. C'est ainsi que la paix avait été garantie sous nos latitudes : grâce à la menace d'une destruction totale. L'être humain n'entendait raison qu'à ce prix-là, résultat d'une évolution de l'espèce qui en disait long sur celle encore nécessaire. Cette indépendance coûtait cher, plus cher qu'à nos alliés européens qui avaient aliéné leur défense au profit des États-Unis.

Lestang procédait par sondage. Les équipages étaient écoutés sur leur téléphone portable et sur leur fixe. Leurs mails étaient lus. Les contrôles portaient aussi sur leurs fréquentations. Les dossiers de la DCRI sur ces personnes étaient régulièrement consultés. Lestang avait sollicité Lorraine une fois, à propos d'une étudiante chinoise qui s'était liée avec un officier sous-marinier. Ensemble, ils avaient acquis la conviction que la jeune fille travaillait pour les services chinois et un jour, sans alerter l'officier, ils l'avaient expulsée définitivement du territoire. Cette réussite avait scellé leur amitié.

— Depuis la dernière fois qu'on s'est vus ici, une question me revient souvent à l'esprit. Je peux te la poser ?

— Bien sûr.

— C'est très personnel, rien à voir avec le service.

Lorraine rétorqua :

— Tout a à voir avec le service, ce n'est pas à toi que je vais l'apprendre.

Lestang reprit :

— Je sais que tu as eu un enfant, mais je me demande si tu es vraiment attirée par les hommes.

— Drôle de question. Qu'est-ce qui te fait penser cela ?

— Je ne sais pas. Tu as déjà eu une relation avec une femme ?

— Oui.

— Et alors ?

202

— Décevant.

— Tu es sûre ? Pourtant, quelque chose en toi a changé.

— Tu voudrais que nous observions une certaine symétrie ?

— Non, je t'assure, je n'en éprouve pas le besoin.

— Alors, comment va la vie ?

— Très bien. La routine le jour, et le soir je danse.

— Tu danses ?

— Oui, la techno, toujours au même endroit.

— Et la vie affective ?

— Calme. Je n'ai jamais été branché vagin mais les pénis ne m'inspirent plus beaucoup, pour être honnête. Et puis il y a quelque chose d'hystérique dans la relation à deux qui me rebute. Je n'ai jamais compris qu'on défile contre le mariage gay. C'est contre le mariage triste qu'il fallait manifester. Et à toi je peux le dire, je commence aussi à me lasser de surveiller la vie des autres. Les sous-mariniers sont de drôles de types. Tu t'imagines, partir comme ça, soixante-dix jours, loin de tout le monde, dans le silence et la pâleur de la lumière artificielle. Il ne leur arrive jamais grand-chose dans la vie civile.

— C'est quoi ce bruit qui court sur le voilier qui aurait été envoyé par le fond par un sous-marin au moment où il faisait surface ?

— C'est à mon sens un bruit qui a été lancé par quelqu'un qui voudrait s'abriter derrière le secret-défense. Et qui fait ça en général ?

— Les politiques.

— Exactement.

— Qui, d'après toi ?

— Aucune idée. Mais je sais d'où est parti le bruit.

— D'où ?

— Qu'est-ce que tu me donnes ?

— Mon corps, mais tu risques d'être embarrassé.

— Pourquoi ? J'ai l'air dogmatique ? Tu vas le garder pour toi ?

— Mon corps ou ton tuyau ?

— Je te fais confiance. De la sécurité d'Arlena qui a balancé des informations en ce sens *via* un quotidien régional au sein duquel ils payent une taupe. Entre la Normandie et la Bretagne, ils ont tellement de sites sensibles qu'ils sont obligés de contrôler plus ou moins directement l'information locale.

— Tu sais pourquoi ?

— Aucune idée. Ce dont je suis certain, c'est qu'on avait bien un sous-marin sur zone mais par quatre cents mètres de fond. Je ne peux pas t'en dire plus là-dessus.

— Vraiment pas ?

— Non. Tu sais que parler aux gens de la DCRI, chez nous, c'est plus risqué que de parler à un type des services russes.

— Je sais.

— Je peux juste te certifier que ce voilier de course n'a jamais été heurté par un sous-marin nucléaire. Et pour être sincère avec toi, je suis surpris que notre état-major et notre ministère de tutelle soient aussi mous pour démentir, comme s'ils voulaient faire traîner la rumeur.

Lestang servit à Lorraine une rasade de vin de messe élevé en fût de plastique. Puis il lui sourit longuement.

— Je peux encore te dire quelque chose. Dans le cadre de mes contrôles de routine, j'écoute le commandant en second du sous-marin qui était sur zone et l'oreille d'or de son bâtiment. Et eux… bref, je ne t'ai rien dit. Ne compte pas sur moi pour faire les présentations officielles. Je sais qu'ils passent une grande partie de leur temps libre à faire du kitesurf en Bretagne dans un coin où tu m'as dit avoir grandi, si j'ai bonne mémoire.

— Saint-Lunaire ?

— Dinard, la plage de Saint-Énogat. Ils y vont une dizaine de fois par mois quand ils sont à terre. Je n'ai pas le droit de communiquer sur leur planning, mais je dirais que d'ici trois semaines on devrait les revoir sur leur planche. Je ne te donnerai pas leur nom. Mais un sous-marinier ne ressemble à personne d'autre. Il y a normalement chez eux une forme de droiture lisible au premier regard.

Le restaurant s'était rempli, et même si tous les convives appartenaient au monde du renseignement, il devenait délicat de poursuivre.

Lestang, avant de changer de sujet de conversation, passa une main dans ses cheveux, qu'il avait clairsemés.

— Tu sais, j'ai fait beaucoup de choses dans ma carrière de militaire d'active, en Angola, au Rwanda, puis dans le renseignement. On peut dire que j'ai une grande expérience de la vie. Il ne me manque que…

Lorraine le coupa.

— Je sais.

35

— Le médecin me dit que je dois arrêter tout ça sinon je risque un problème cardiaque. Je pense que se priver c'est plus mauvais pour le cœur que de manger ce qu'on aime. L'avenir me dira si j'ai raison. Servez-vous ?

Lubiak fit signe de sa main ouverte qu'il ne goûtait pas la charcuterie.

— J'oubliais que vos amis ont le porc dans le collimateur. Et moi je les ai dans le collimateur, vos amis. Vous êtes d'une nouvelle génération de politiques, Lubiak. Mais vos méthodes vous obligent, après avoir pris le pouvoir, à le garder longtemps. Sinon la justice vous tombe dessus comme la vérole sur le bas clergé breton.

— Pourquoi dites-vous cela ?

— Je vois très clair dans votre jeu. Tout votre système de financement passe dans les Émirats. Pourquoi ils sont derrière vous ? Pour que vous les aidiez à faire main basse sur les dernières entreprises juteuses qui nous restent ici et à faire la même chose ailleurs en Europe. Un président français ouvre beaucoup de portes. Une fois élu, vous serez rémunéré par des actions d'entreprises dont ils auront pris le contrôle, beaucoup d'actions, et vous deviendrez milliardaire. Le pouvoir et l'argent. Moi, j'ai toujours pensé que c'était soit l'un soit l'autre. Mais pour les politiques venus de nulle part comme vous, c'est l'un et l'autre. Et un jour, des journalistes tomberont sur votre système, puis des juges, et alors commencera la chasse à courre. Vous savez, la France, quoi qu'on en dise, ça reste quand même une démocratie. Vous avez un handicap majeur, Lubiak, les journalistes ne vous aiment pas.

— Je comprends ce que vous me dites, monsieur Corti, mais je ne suis pas venu pour cela. Effectivement, j'ai des liens étroits avec un prince mais rien à voir avec ce que vous prétendez.

— Lubiak, avec moi, il y a des principes. Et le premier, c'est de ne jamais me sous-estimer. Je dirige les renseignements généraux et le contre-espionnage réunis dans la DCRI, et, à mon avis, pour un moment encore. Ne me prenez pas pour un électeur de votre canton prêt à gober vos fadaises.

— Je peux continuer ? Je suis venu en homme de paix. Mon ami le prince Al Jawad, sur ma requête, est prêt à vous aider sur la compréhension de certains réseaux terroristes. Et je sais le prix que vous attachez à combattre le terrorisme islamiste.

Corti l'interrompit :

— Avec les politiques, il faut de la traduction simultanée, même en français. Comme je ne suis pas un poussin de la veille égaré dans un terrain vague, je comprends que si on ne trouve pas un accord, votre ami pourrait essayer de me déstabiliser sur le plan de la lutte antiterroriste.

— Je n'ai rien dit de pareil.

— J'entends de plus en plus mal en vieillissant mais de mieux en mieux les sous-entendus. Tout ce que je sais de votre ami enveloppé dans son drap blanc, c'est qu'il donne de l'argent à des gens qui financent le terrorisme et qui recrutent des djihadistes en France.

Lubiak perdit soudainement patience.

— Ce que vous ne savez peut-être pas, c'est qu'aussi, semble-t-il, il finance des gens qui soutiennent l'action terroriste non djihadiste en Europe comme l'ETA ou les indépendantistes corses. Pourquoi cela ? Parce que pendant que votre police court derrière les indépendantistes régionaux, les moyens alloués à la lutte contre le terrorisme djihadiste s'en trouvent de fait diminués à l'échelon européen. Mon ami n'est pas du tout partisan du terrorisme. Il ne le finance pas directement. Mais parfois il n'a pas le choix, un peu comme certains restaurateurs corses qui n'ont pas d'autre choix que de verser une obole aux indépendantistes. Alors j'en reviens à ma proposition. Mon ami peut devenir votre correspondant pour les Émirats et même plus largement sur toutes les affaires de terrorisme initiées dans cette partie du monde. La condition, c'est *a minima* votre neutralité dans la compétition qui m'oppose à Launay.

— Launay va gagner.

— J'en doute de plus en plus.

— Pourquoi ?

— Vous savez qu'il a perdu une fille adolescente qui s'est suicidée dans son propre immeuble, il y a quelques années. La femme de Launay prétend qu'elle s'est donné la mort à cause du mépris que lui manifestait son père. Elle entend bien le dire publiquement avant l'élection. Si elle s'épanche, il est cuit, on est d'accord ?

Corti se versa un verre de vin rouge.

— Je ne vous en propose pas, il est un peu viril, on dit qu'« il est tombé de la falaise dans la mer ».

Il réfléchit longuement avant de reprendre :

— Je l'ignorais. Je sais que sa femme est son talon d'Achille. On la dit très dépressive, et si ce que vous me dites est vrai, son électorat féminin fondra comme une motte de beurre dans le désert du Yémen. Mais encore faut-il qu'elle fasse cette déclaration. C'est très incertain. Là, on est sur de la matière vivante, psychologique. Personne ne peut faire de pronostic.

— Je connais quelqu'un qui pourrait la décider à faire cette déclaration le moment venu.

Corti but lentement son vin.

— C'est un peu moins explosif que l'histoire des incinérateurs... Cette affaire aurait pris une ampleur démesurée. Je n'aime pas qu'on remue la boue sans savoir qui on étouffe au final. Vous auriez dû venir me voir avant de déclencher les hostilités. Il existe une bonne brochette de très bons journalistes d'investigation dans ce pays, vous n'auriez pas dû prendre un joueur et un maître chanteur.

— Si j'étais élu, qu'est-ce qui vous tenterait, monsieur Corti ?

— Qui me tenterait en quoi ?

— L'intérieur, par exemple ?

Corti se mit à rire.

— J'ai cinquante-six ans. La retraite est dans une dizaine d'années. Je resterai à mon poste jusque-là. Vous savez, je suis comme ces vieux qui se mettent à une terrasse de café et qui regardent passer les gens. Si vous leur enlevez cela, ils meurent. Je ne veux ni gloire ni argent. Et c'est moi qui décide en toute chose.

— Vous allez m'aider ?

— Vous devez comprendre que je n'aide personne. Je régule le trafic dans l'intérêt du pays et dans le mien, qui est de rester à ma place. « Toute chose tend à persévérer dans son être », dit je ne sais quel philosophe. J'en suis la plus parfaite illustration. Et ne croyez pas qu'on puisse me convaincre en m'apportant des hochets, comme cet enturbanné qui viendrait subitement me donner les clés de la cage aux excités. Je regarde, je mesure, je décide. Je ne gère pas le temps comme les autres. Et j'indispose car, contrairement aux autres, je n'ai ni ambition ni vice.

— Avant qu'on ne se quitte, vous me permettez de vous glisser une dernière information ?

— Faites.

— J'ai le sentiment qu'il y a des gens qui jouent double jeu dans votre entourage. Des Corses. Il se dit qu'ils informeraient les milieux indépendantistes à l'occasion. Ce n'est pas trop grave, mais imaginez qu'ils donnent aux indépendantistes des informations que ceux-ci monnayent aux islamistes. Là, c'est ennuyeux. Et pour que je le tienne d'Al Jawad qui le tient lui-même des islamistes, c'est la preuve que…

— La preuve de rien du tout, monsieur… C'est le genre de construction intellectuelle qui paraît satisfaisante à première vue… mais ça ne marche pas avec moi.

— Résumons. Je persiste à penser que l'affaire des incinérateurs est parfaite pour se débarrasser de Launay. Sa femme est aussi une alliée objective. L'idéal, c'est de neutraliser Launay avant les primaires. Après, c'est compliqué. Et rien n'empêche que vous m'aidiez à être au second tour en me fournissant des armes contre le président...

Corti saisit un cure-dent et ouvrit la bouche comme un hippopotame qui se prépare à une sieste immergée.

— Tout ce que vous avez pu me dire ne m'a pas convaincu. Pour l'intérêt du pays... Je sais qu'on voit des gens comme vous monter un peu partout en Europe. C'est une mode. Et moi, la mode, vous savez...

Lubiak sortit son portefeuille pour payer. Corti lui fit signe de le ranger.

— Ici, on n'accepte que les fonds dont on connaît l'origine.

36

La voiture était garée devant la maison de
retraite médicalisée. Aurore était court vêtue,
sa jupe remontée à mi-cuisse créant un espace
qui hypnotisait Marquet. Ses efforts pour ne
pas laisser divaguer son regard sur cette zone
étaient vains. Aurore s'en rendit compte et ne
fit rien pour soustraire ses charmes à la concupiscence du conseiller politique de Launay. Ils
étaient assis à l'arrière de la voiture du candidat. Le chauffeur était sorti fumer une cigarette
matinale, une main dans la poche. Launay s'était
absenté pour saluer son père dont la condition
d'« homme vivant sans vie » était stable.

Ils avaient quitté Paris aux premières heures
du jour. Launay venait inaugurer dans sa circonscription un établissement médical d'un nouveau
genre, prétexte à déclarer sa candidature aux primaires du parti. La presse était convoquée plus
tard dans la matinée et elle viendrait en masse.
Pour Marquet qui avait écrit le discours de Launay, la journée était décisive. Pour Aurore aussi,
qui espérait se rendre indispensable. La nouvelle
de l'infidélité de son mari n'avait fait que renfor-

cer son attachement à Launay, qui de son côté n'arrivait pas à rompre, sans très bien savoir s'il voulait contrarier Lubiak, certain de l'éviction d'Aurore, ou s'il craignait qu'elle ne lui manque. Aurore avait entamé une procédure de divorce. Ce gage lui avait d'abord paru excessif avant qu'il ne s'en accommode. Mais rien n'avait été dit, sur rien. Ils avaient repris leurs coucheries furtives en évitant de commenter, comme si les mots pouvaient, dans l'état de leur relation, peser plus lourd que les actes. Launay avait donné la consigne de ne parler devant son chauffeur de rien d'important. Sa pause cigarette fournit à Aurore et Marquet une opportunité qui les plongea dans l'embarras. Ils n'avaient jamais échangé directement sur les deux sujets connus sous le nom de code « Damoclès 1 » pour l'affaire des incinérateurs et « Damoclès 2 » pour les menaces de révélations de Faustine Launay. Damoclès 2 avait pris un nouveau tournant la veille, qui avait mis le trio en émoi. Corti avait appelé Launay et, d'une voix de prélat, lui avait demandé des comptes. Comme toujours, il n'avait pas voulu révéler ses sources. Mais Launay avait compris à demi-mot qu'il voulait des garanties, dans un délai raisonnable. Launay s'en était inquiété car là n'étaient pas ses habitudes. En général, dès lors qu'il avait fait un choix, Corti s'y tenait et agissait en conséquence, en s'assurant d'avoir un coup d'avance sur les autres, comme dans l'affaire des incinérateurs où il avait pris les devants. Les menaces de la femme de Launay le gênaient autrement. Elles le conduisaient dans une sphère étrangère, à la limite de la psychia-trie, où il se sentait démuni. Ce qui n'aurait pas été un problème en soi, si ne s'y était ajoutée une impuissance à agir sur cette femme. Cet appel avait sonné comme un avertissement, précédant de peu un probable ultimatum qui ne serait délivré qu'en main propre autour d'une assiette de charcuterie et de fromage corse.

Marquet se pinçait les lèvres. Il avait le regard rincé à force de lorgner sur les jambes d'Aurore qui, en moins d'une heure, avaient pris dans son esprit un rôle fantasmatique incontrôlable.

— Dans Damoclès 2, je ne vois qu'une issue. Philippe doit convaincre sa fille de revenir à Paris. Primo, je pense que cela apaiserait sa femme. Secundo, je pense que sa femme aura du mal à maintenir ses allégations en présence de sa fille. Tertio, si les choses vont trop loin, sa fille pourra démentir les allégations de sa mère. Quarto, si Philippe doit en arriver à faire interner sa femme, il faudra l'aval moral de sa fille, d'une façon ou d'une autre.

Aurore haussa les sourcils.

— Je suis d'accord. Mais sa fille n'a apparemment aucun désir de revenir en France.

— Il ne pourra pas faire campagne sans famille autour de lui.

— Je sais. Mais comment faire ?

— En parler à Philippe. Je peux m'en charger. Ou vous le faites.

— Je crois que vous serez dans une meilleure position que moi.

Marquet fut subitement pris de soubresauts. Il riait.

— Qu'est-ce qui vous fait rire comme ça ?

— Une image. Je vous imaginais en première dame.

214

— C'est ça qui vous amuse ?

— J'ai plutôt envie de pleurer, pour dire vrai. Je me damnerais pour être votre amant.

Aurore l'examina, interdite. Le chauffeur revint et la conversation tourna court. Puis Launay prit à son tour place à l'avant, sombre. La voiture démarra. La distance qui les séparait du lieu de l'inauguration était courte, et il ne vint à personne l'idée d'engager la conversation.

37

Gaspard regardait droit devant lui comme si les paysages qui défilaient sur le côté lui étaient interdits. Lorraine conduisait à bonne allure, vérifiant régulièrement dans le rétroviseur la présence de sa moto sur la remorque. Très concentrée sur la route, elle jetait cependant de fréquents coups d'œil à son fils qui souriait. Même s'ils n'avaient que trois jours pour s'installer en Bretagne avant que Lorraine ne commence son enquête, ce voyage avait un parfum de vacances improvisées. Un vent d'est lavait le ciel, autorisant le soleil à diffuser une lumière pâle. Il restait trois heures de route. Lorraine alluma la radio. Elle essaya plusieurs stations avant de se fixer sur la plus apaisante. Elle reconnut la voix de Launay, une chaude tessiture enveloppante. Elle fut tentée de changer de fréquence. Il était trop tôt pour entendre parler de politique, comme il peut être trop tôt pour prendre l'apéritif, question d'horloge biologique. Pourtant, le sujet la retint. Elle écouta.

« Voici plusieurs années que je me bats pour ouvrir dans ma circonscription cet établissement médical dédié aux schizophrènes légers mais assez atteints pour se trouver dans l'incapacité de mener une vie normale. À travers ce concept, j'ai voulu penser à eux, bien sûr, mais aussi à leurs parents, au poids et à l'entrave que cette maladie crée dans leur quotidien. J'ai souhaité un lieu où ils puissent laisser leurs enfants atteints de pathologies invalidantes pour des périodes plus ou moins longues et répétées qui permettent à ces parents de se reposer, de vivre un peu leur propre vie sans jamais devoir se reprocher d'avoir interné leurs enfants. Je n'ai aucune compétence en psychiatrie et je me garderai bien de me lancer dans un discours technique. Mais je me souviens, quand j'étais ministre de la Santé, d'une illustration de la schizophrénie qui m'avait été donnée par un expert : "Ces adolescents-là donnent souvent le sentiment de vouloir retourner dans le ventre de leur mère, comme si, ayant conscience d'avoir raté leur entrée dans la vie, ils voulaient s'y réfugier." J'avais été saisi par cette image. Mais je ne mesurais pas alors le poids que représentaient au quotidien ces enfants repliés sur eux-mêmes. »

Le rire aigu de Gaspard déchira l'atmosphère confinée de la voiture, aussitôt étouffé par son auteur qui reprit son sérieux bienveillant comme si de rien n'était. Sa mère l'interrogea du regard en baissant le son.

— Il n'y a pas que les schizophrènes qui voudraient retourner dans le ventre de leur mère. Ce qui les distingue des autres, c'est qu'ils refusent de prendre part à une société qui ne les aime pas parce qu'ils n'entrent pas dans ses calculs. C'est un mouvement de grève illimitée d'individus dispersés.

Sur ce, il se remit à rire, content de lui. Une façon de dire à sa mère qu'il ne se sentait pas concerné.

Lorraine oublia dans un premier temps de remonter le son, absorbée dans ses pensées. Quand elle le fit, le sujet avait changé.

« J'ai décidé de me présenter aux primaires de mon parti. »

Nous y voilà, pensa Lorraine.

« La politique aujourd'hui, dans les démocraties somnolentes comme la nôtre, est essentiellement faite d'hommes et de femmes qui ne pensent qu'à conquérir le pouvoir dans le seul but de le conserver, avec peu de considération pour l'usage qu'ils en font, qui est de répondre à voix basse et sans courage à des questions qu'on leur hurle aux oreilles. Je ne me serais pas présenté si j'avais vu autour de moi quelqu'un capable de réenchanter la politique et de penser à long terme l'intérêt de notre nation. La mondialisation a eu des effets positifs, comme celui de contribuer à l'élévation de notre niveau de vie. Mais elle a aussi des effets désastreux, comme celui de détruire le travail et de rendre insaisissable la valeur qui se crée et qui se promène d'un continent à l'autre sans que ceux qui sont à l'origine de sa création aient le pouvoir de décider son partage. Nous sommes entrés depuis plusieurs années dans le règne de l'impuissance publique. La France aime les solutions idéologiques qui l'enferment dans des principes étroits qui ne visent qu'à protéger des intérêts parcellaires. Il est temps d'ouvrir une nouvelle ère, pragmatique mais déterminée. Notre pays tourne le dos à son avenir car il refuse de voir la vérité en face. La complexité du monde est un mauvais prétexte pour ne rien faire. La finance, les intérêts multinationaux comme l'économie d'Internet sont des oiseaux migrateurs qui se nourrissent sur notre territoire en ne nous laissant le plus souvent que leurs déjections. L'Europe, qui devrait prendre ses ordres chez son peuple, n'est inféodée qu'aux groupes de pression qui siègent à Bruxelles avec plus d'assiduité que les députés élus. La corruption, les ententes, les amitiés troubles y sont généralisées, mais le politiquement correct interdit de le dire ouvertement. Ma candidature ne sera pas celle de la révolution mais celle de l'audace. Si je suis élu président, je ne ferai pas plus d'un mandat car je ne veux pas que toute l'énergie dépensée pendant ce mandat ait pour seul objectif d'en faire un deuxième, avec tous les compromis et la compromission que cela implique. Depuis des lustres je n'entends qu'un mot : rassembler. Mais que m'importe de rassembler les Français si c'est pour les aligner sur le plus petit dénominateur commun… »

Lorraine coupa le son alors qu'elle approchait du péage. Elle ne pensa pas à le rétablir ensuite.

38

Plusieurs éminences du parti avaient fait le déplacement. Ils s'étaient tenus au premier rang, s'observant les uns les autres, se retournant pour voir qui était là, écoutant le discours d'une oreille distraite. Les journalistes, reporters et photographes étaient venus en nombre. Une déclaration de candidature était un évènement de taille dans une actualité anémique où rien ne se distinguait vraiment. L'Irak apportait chaque jour son lot de morts, mais cette répétition lassante jouait contre l'émotion. On passait rapidement sur les quelques mesures prises par la Commission européenne en matière d'écologie et plus vite encore sur les mesures contraires qui rétablissaient toutes sortes de polluants mortels à long terme sous la pression de groupes chimiques puissants. On dressait le catalogue de nouvelles lois votées par le Parlement, destinées à infantiliser encore un peu plus le peuple tout en donnant aux politiques le sentiment d'exister par cette incessante immixtion dans la vie des gens.

« Un discours audacieux », c'est ainsi que la plupart des observateurs qualifiaient la déclaration de candidature de Philippe Launay, immédiatement suivi d'un « mais sans propositions concrètes » alors qu'il était bien précisé dans le dossier de presse que les mesures concrètes seraient annoncées ultérieurement. Launay fut chaudement félicité par la petite cour qui l'entourait. Il n'ajouta aucun commentaire, frustrant nombre de journalistes émoustillés par son idée de mandat unique et les accusations graves portées contre la Commission européenne, d'autant plus graves que Launay était réputé pour sa foi dans l'Europe.

La voiture roulait en direction de Paris. De vastes étendues de culture intensive ondulaient, où se posaient de fines particules venues de l'agglomération parisienne, poussées par un vent frais.

— Je n'ai pas bien compris, sur l'Europe, lança Marquet, on n'en avait pas parlé.

— Je sais. Une montée d'adrénaline. On a créé une technocratie européenne qui vit au-dessus des règles démocratiques.

— Mais doit-on s'engager dans cette voie ?

— Oui. Il faut des catalyseurs. Pas des boucs émissaires, des catalyseurs. Si je veux élargir mon électorat, je dois montrer ma colère pour que celle des électeurs vienne se greffer dessus. Cela manquait au discours initial, et je me suis dit que je devais montrer une colère sincère. Beaucoup de mes adversaires me reprochent mon soutien à l'idée européenne. J'ai trouvé que c'était une bonne façon de désamorcer leurs critiques à mon égard, eux qui vilipendent Bruxelles mais qui empochent sans vergogne l'argent de leur mandat de député européen sans mettre les pieds à Strasbourg. Je vais faire campagne sans laisser poindre la moindre contradiction entre ce que je dis et ce que je suis.

— Les lobbies vont mal le prendre. Et ils sont capables de tout, y compris de financer une campagne de presse contre vous.

— On ne fait pas campagne sans la désignation d'un ennemi commun extérieur. J'ai choisi le moins démagogique.

Marquet se racla la gorge après avoir consulté Aurore du regard.

— On a parlé de Damoclès 2.

Launay se retourna, intrigué. Marquet poursuivit, à tâtons.

— Vous devriez aller voir qui vous savez, là où elle est, et la convaincre d'être à vos côtés, au moins le temps de la campagne. Si elle est présente, vous désamorcerez tout. Sinon, en termes d'image, les photos de famille vont ressembler à des vues panoramiques du désert du Nevada.

Launay regarda son chauffeur pour lire sur son visage ce qu'il risquait d'avoir saisi. Il était impassible.

— Je vais y réfléchir. Je ne suis pas aussi à l'aise que d'autres pour faire de ma vie privée un élément de réflexion politique de ma campagne.

39

De Saint-Lunaire, il ne lui fallut pas plus d'une heure et demie pour rejoindre les lieux du crime. Un couvercle était tombé sur la ville, qui semblait mijoter. La brume circulait lentement, de rue en rue, en vol plané. L'accès de la maison était réservé aux enquêteurs qui s'étaient succédé jour après jour à la recherche de l'infiniment petit. Puis ils s'étaient dissipés, laissant de lourdes barrières protéger les abords d'éventuels curieux et des morbides. Il n'y en avait aucun à cette heure-là. La maison était quelconque. Les matériaux sentaient la reconstruction d'après-guerre, des pierres agrégées à la hâte et sans goût par un ciment sombre. Le jardin rendu ridicule par un portail élevé était étroit et pelé. Une tête de carême accablée émergea d'une voiture grise, suivie d'un long corps qui se déplia comme un double mètre de charpentier. Il portait un dossier et, à les voir tous les deux, on aurait cru un rendez-vous entre un agent immobilier blasé et une cliente intriguée. Le procureur adjoint lui serra la main puis ouvrit le portail et la porte d'entrée de la maison. Il s'effaça devant

Lorraine. Elle examina la serrure en silence. Ils s'étaient parlé au téléphone la semaine précédente et elle n'avait rien lâché de très précis sur ses motivations, si ce n'était que la sécurité intérieure voulait contribuer à la recherche du fugitif avec ses moyens considérables, ce que la justice voyait d'un œil favorable. Même si cela n'avait pas été le cas, cela n'aurait rien changé. Corti avait ses entrées à la chancellerie et personne n'avait jamais osé s'opposer à son intérêt pour un dossier.

Dès lors qu'elle fut convaincue qu'un professionnel du renseignement avait pénétré dans cette maison, tel un limier, elle passa de pièce en pièce à la recherche de micros. Elle vit des traces imperceptibles de plusieurs. Elle n'en dit rien au procureur adjoint, qui semblait las. Ils reprirent la visite guidée. Les objets étaient dans l'état et dans l'ordre où ils avaient été trouvés. L'intérieur ne disait rien sur ceux qui l'avaient occupé si ce n'est une complète indifférence aux choses matérielles. La bibliothèque était assez fournie et Lorraine en parcourut les étagères : livres de théologie luthérienne, Bible et Coran, avec Proust, Kafka, Tchekhov et autres auteurs éternels, ouvrages d'astrologie. Le *Voyage au bout de la nuit* était posé sur une petite console. Profitant de l'inattention du magistrat, elle le retourna. Il était ouvert à la page 121. Des CD s'étalaient autour d'un lecteur de musique. Bach, Purcell, nombre de compositeurs baroques, très peu de romantiques et un seul Wagner, *Le crépuscule des dieux*.

Le corps d'Astrid Sternfall avait été retrouvé dans la cuisine. Il n'en restait qu'une large flaque de sang noir séché. Lorraine ne parvenait pas à concevoir qu'une femme avait vécu et était morte là. Une balle dans la tête. De la matière cérébrale et osseuse était encore collée à la vitre qui donnait sur la mer, entre deux immeubles. Lorraine s'enquit du calibre. Du 22. Une seule balle, à bout portant.

— Elle était à la fenêtre, un tablier noué autour de la taille. Elle ne s'est pas retournée. La balle l'a atteinte à l'arrière du crâne et s'est logée dans le montant gauche de la fenêtre. Si le tueur avait été quelqu'un d'autre que son mari, elle ne serait pas morte dans la cuisine. Elle aurait été ouvrir la porte et la balle l'aurait frappée de face.

Lorraine ne répondit rien. Elle regarda par la fenêtre. Un pétrolier à l'horizon occupait l'exacte largeur de l'ouverture sur la mer, une mer aussi noire que le sang coagulé à ses pieds. Le magistrat considéra qu'ils en avaient fini avec cette pièce et prit la direction de l'escalier. Lorraine nota qu'il avait une démarche de flamant rose, d'une touchante fragilité. L'escalier desservait deux chambres à l'étage. La chambre des parents était ouverte sur un ordre monacal. Un lit d'ange surmonté d'une croix en bois simple. Deux chaises, une commode. La chambre était au-dessus de la cuisine. La vue était identique. On ne voyait plus que la poupe du pétrolier, le reste du navire était absorbé par l'immeuble de droite. La chambre de l'adolescent était fermée. Le procureur adjoint s'avança pour l'ouvrir. Lorraine, même si elle s'était préparée, se sentit oppressée. Elle ne vit d'abord que les photos de l'adolescent, regroupées sur un meuble à tiroirs. Il souriait sur chacune d'entre elles mais son visage torturé par l'anormalité disait tout autre chose. Le magistrat s'arrêta net et s'effaça pour ne pas marcher sur le sang qui avait imprégné la moquette comme de l'encre sur un buvard. Lorraine fondit en larmes, des larmes venues du plus profond d'elle-même. Le magistrat la regarda, sidéré. Elle voulut s'arrêter, mais impossible. Submergée, elle ne contrôlait plus rien. Elle se laissa aller à cette incontinence des larmes, vaincue par une tristesse sincère. Elle s'approcha de la fenêtre, tandis que son accompagnateur inspectait le plafond pour cacher sa gêne, surpris qu'un agent de la DCRI puisse avoir des émotions et plus encore les montrer. L'ouverture donnait sur le jardinet étriqué, semblable à un dos d'oiseau déplumé. Elle se ressaisit, meurtrie et asséchée. Elle jugea inopportun de s'excuser et entama la conversation, la voix déformée par ce qu'elle charriait encore.

— Où est le passeport de Sternfall ? Sur lui ?

— Non, on l'a trouvé ici, ainsi que son portefeuille avec carte d'identité, carte de crédit et argent liquide.

— Sa voiture ?

— Dans la rue.

— Un mouvement sur ses comptes ?

— Aucun.

— Un gros retrait avant le drame ?

— Non.

Lorraine écarta les mains, en le regardant pour la première fois.

— Évaporé ?

Le magistrat acquiesça :

— Évaporé.

— Vous en pensez quoi ?

— Soit il déambule sans domicile fixe en Europe continentale en vivant comme un clochard, soit il s'est donné la mort.

Lorraine, dont les yeux restaient creusés, eut un air docte.

— Ce que j'ai lu sur le sujet, c'est qu'en général les auteurs de crimes de ce genre, je veux dire domestique avec anéantissement de la famille, se donnent la mort immédiatement après et généralement sur les lieux mêmes. Dans le cas de l'affaire Dupont de Ligonnès, qui est une référence dans le genre, le père voulait faire croire au départ de la famille pour l'Australie, il ne pouvait donc pas laisser son cadavre sur place. Mais là, c'est différent, il a laissé les corps sur place et on s'étonne que le sien n'y soit pas.

— Personnellement, je crois que dans un premier temps il n'a pas eu le courage de se tuer. J'ai discuté avec un psychiatre expert qui pense qu'il voulait avant tout se débarrasser de sa progéniture honteuse et surtout aliénante. Ce n'est qu'ensuite qu'il réalise qu'il ne pourra survivre socialement et même psychologiquement à son geste. Alors il déambule et se jette à la mer qui nous restituera son corps.

L'hypothèse du magistrat lui paraissait vraisemblable à un bémol près : des micros avaient été installés dans la maison, puis enlevés. Quelqu'un avait écouté la tragédie et savait précisément ce qui s'était passé, même si apparemment aucun dialogue n'avait été prononcé.

La porte de la maison se referma sur une part d'elle-même laissée à l'intérieur. Ils se promirent d'échanger leurs informations. Lorraine savait que le magistrat tiendrait parole et elle pas. Elle allait se greffer sur l'enquête, en extraire tout ce qui pourrait la servir et ne rien restituer. C'était la règle et elle ne s'en offusquait pas. Le magistrat se replia pour monter dans sa voiture et disparut. Lorraine s'assit sur le muret du jardin fantôme et consulta les notes que le procureur adjoint lui avait données. Elle y lut que les victimes étaient mortes un dimanche matin. Se tuer est chose facile, mais faire disparaître soi-même son corps est plus complexe. Elle se reprocha de ne pas avoir su traiter cette affaire d'un point de vue purement technique, de s'être abandonnée aux larmes devant un inconnu pour lequel elle resterait « l'espionne qui pleurait ». Puis, poussée par une profonde envie de retrouver son fils, elle partit.

40

De l'extérieur, tout indiquait que cette boutique de décoration était inabordable. Sa situation, rue de Tournon, près de l'église Saint-Sulpice, et sa vitrine somptueuse donnaient assez d'indications aux impécunieux pour les décourager d'y entrer. À l'intérieur, le moins cher des canapés valait le prix d'une petite voiture roumaine neuve. La raison en était simple : moins chers, ils ne se seraient pas vendus. La marchandise respectait les tendances, sans les devancer. La vendeuse, bien que rémunérée au minimum garanti par la loi, affichait une vraie condescendance pour les entrants. Au moment de payer s'y ajoutait un indicible mépris qui ne s'expliquait que par la relation masochiste qui liait le client aisé au commerçant de son monde. En sortir sans rien avoir acheté vous condamnait à un « au revoir » qui portait en lui le regret du « bonjour » dont on vous avait gratifié précédemment, même chichement. Faustine Launay entra tête basse, comme si une pierre lui pesait sur la nuque. Elle n'eut pas un regard pour la vendeuse perchée sur un haut tabouret blanc.

Comme chaque semaine, il lui fallait acheter un objet, imprimer un nouvel ordre à son intérieur. Elle tourna un moment, gênée par ses lunettes de soleil qu'elle n'osait pas enlever de peur qu'on découvre toute la détresse qui creusait ses yeux à la façon d'un cratère éteint. Aucun objet ne lui parut original. Mais la vendeuse, qui la connaissait bien, lui indiqua une nouveauté, une lampe simple, résolument ethnique mais encombrante.

— Vous me la livreriez ?

— J'ai bien peur que non, madame, répondit la vendeuse, en tout cas pas aujourd'hui. Elle ne pèse rien, vous savez, et une fois pliée... Vous êtes à deux pas, n'est-ce pas ?

Avant qu'elle ait pu répondre, un jeune homme, le seul autre client dans la boutique, se proposa pour lui porter la lampe jusqu'à chez elle. Ce geste de courtoisie inhabituel l'intrigua et elle enleva ses lunettes de soleil pour le regarder.

— Et pourquoi feriez-vous cela, monsieur ?

— Parce que cela ne se fait plus et que je suis à ma manière une sorte de nostalgique.

L'explication lui plut. Elle paya et le laissa l'accompagner jusqu'à l'entrée de son immeuble. En chemin, il risqua :

— Vous êtes Mme Launay, n'est-ce pas ?

— Qu'importe.

— Je ne disais pas cela par rapport à votre mari, mais par rapport à votre fille. Nous étions très liés.

— Ma fille ? Laquelle ?

— Bénédicte.

Faustine Launay s'arrêta au niveau d'une entrée latérale de l'église et détailla le jeune homme avec plus d'attention. Elle ne vit d'abord rien d'autre sur son visage qu'une jeunesse mal servie par des traits fades où la veulerie semblait s'être embusquée. Il reprit :

— Nous parlions beaucoup tous les deux. Je militais à l'époque dans le parti de votre mari. On s'était rencontrés par des connaissances communes. On a sympathisé. J'ai tout de suite remarqué qu'elle était en souffrance, c'est souvent le cas des enfants des gens connus. Mais chez elle, c'était particulier.

— Dans quel sens ?

— C'était lourd. Pardonnez-moi l'expression, je l'ai trouvée chargée. Je l'aimais beaucoup. Nous n'avons jamais été plus loin que l'amitié et quand il a été question de la dépasser, elle est partie sans rien dire. En tout cas à moi.

— À personne, je vous rassure, pas même à sa sœur.

— Et voyez-vous, j'ai très mal vécu ce silence sans préavis, de ne plus pouvoir parler d'elle avec quiconque. Le choc de sa disparition passé, plus personne ne parle d'elle.

Faustine Launay ne savait plus comment faire face à son émotion et elle se mit à alterner de petits sourires crispés et des tics désordonnés. Le jeune homme lui remit la lampe avant qu'elle ne fasse son code d'entrée.

— Nous pourrions nous revoir pour parler d'elle si vous voulez, madame.

Faustine Launay eut envie de se dérober, hésita, puis finalement acquiesça.

— Oh oui ! Je pense qu'elle s'attend tellement peu à ce que nous parlions encore d'elle, la pauvre chérie. Où ? Quand ?

— Je ne travaille que l'après-midi. Si on se retrouvait au jardin du Luxembourg, à l'entrée qui est derrière le Théâtre de l'Odéon ?

Ils fixèrent l'heure et se séparèrent, enjoués à la perspective de se revoir pour parler de Bénédicte. Alors que l'ascenseur entreprenait sa quête des hauteurs dans un bruit de chemin de fer, elle pensa que la personnalité du jeune homme semblait construite sur des fondations en sable.

41

Humbert Deloire regardait dehors à travers la baie vitrée. Il sortit une cigarette de sa poche non sans avoir d'abord jeté un coup d'œil à Charles Volone. La seule personne que Volone laissait fumer dans son bureau était Deloire. Ce dernier alluma sa cigarette et tira dessus longuement. Il tenait à la main un cendrier en cristal de grande valeur, comme tous les objets réunis dans ce vaste bureau. Volone ressemblait à un personnage de Sempé perdu dans l'immensité d'un décor. Avec son élégance naturelle, Deloire y était plus à sa place. Son propre bureau, à peine plus petit, qui recelait des œuvres d'art plutôt que des objets luxueux, jouxtait celui de Volone. Ils communiquaient par une porte capitonnée, mais constamment ouverte. Le cuir de Cordoue épais qui la recouvrait rendait inutile toute velléité de frapper. Chacun entrait chez l'autre sans prévenir, ce qui en disait long sur leur relation qui toutefois ne débordait jamais de l'essentiel. Ils se voyaient rarement en dehors du groupe et assez peu au travail. Ils avaient en commun un sang-froid hors pair. Leur association ne résultait pas d'une volonté mais d'une réalité, ils appartenaient à la même masse minérale. Le seul point discriminant tenait au goût prononcé de Deloire pour les arts graphiques et picturaux, dont il était devenu, avec le temps, un collectionneur émérite. Mais les deux se rejoignaient dans leur mépris pour la musique et pour la danse. Ils usaient des femmes avec le même acharnement, subissaient les mêmes passions dévorantes, mais refusaient toute complicité du désir et de ses affres. Leurs vies privées ne se croisaient jamais et ils n'échangeaient jamais sur la question. Cette fusion du cadavre et de sa tombe durait depuis une bonne vingtaine d'années et s'était définitivement scellée quand le couple s'était retrouvé à la tête de Futur Environnement. Afin de financer des campagnes électorales avec des sommes prélevées sur des travaux d'adduction d'eau, d'assainissement, de chauffage collectif, de traitement des ordures ménagères, de transports scolaires et urbains, ils avaient corrompu un bon nombre d'élus locaux de tout bord et à tous les étages de la représentation territoriale, ce qui leur valait d'être craints sous couvert de respect et d'estime. La toile d'arrangements ainsi tissée par Volone et Deloire, avec détermination et méthode, en faisait les hommes araignées de la politique française.

Au ton de sa voix, d'évidence, Volone était au téléphone avec Sonia dont les accents perçants crevaient le combiné. Il acquiesçait de la tête, mais elle, ne voyant pas sa tête, poursuivait dans une crise d'hystérie qu'elle ne contrôlait plus lorsqu'elle n'obtenait pas ce qu'elle voulait. Il lui arrivait de se mettre dans un tel état qu'obtenir satisfaction ne suffisait pas à la calmer et elle poursuivait encore un bon quart d'heure, inlassablement haineuse. Volone se soumettait à ce rituel du caprice car il savait que cette excitation poussée à son comble ne retomberait pas de sitôt et qu'il en profiterait le soir, quand il la retrouverait, odieuse et pleine d'imagination, suffoquant d'un désir libérateur.

Volone raccrocha au moment où Deloire éteignait sa cigarette après avoir fumé une bonne partie du filtre en deux bouffées viriles.

Deloire vint s'asseoir en face de Volone dans un confortable fauteuil design inspiré des années soixante-dix, acheté cher à un artiste d'une galerie en vogue. Les deux hommes n'étaient pas habitués à se parler face à face. Habituellement, l'un des deux était forcément de biais ou occupé à faire autre chose et les informations les plus importantes s'échangeaient dans un déséquilibre visuel entretenu. Ils commencèrent par enrouler leur téléphone cellulaire dans du papier d'aluminium pour s'assurer de ne pas être écoutés. Le bureau de Volone était régulièrement inspecté par des spécialistes. Volone comprit qu'il devait regarder ailleurs pour favoriser la conversation. Il prit une statuette de femme aux contours avantageux qui trônait sur son bureau et il en frotta le bois entre le pouce et l'index. Un bruit répétitif et agaçant en résulta mais la parole de Deloire se libéra.

— On n'y comprend rien.

— Tu crois que ce qui s'est passé pour Habber et pour Sternfall a un lien ?

— Certainement.

— Mais qu'est-ce que tu as dit à nos amis, toi ?

— Qu'on avait un problème avec un syndicaliste lié à Habber. J'ai compris qu'ils allaient s'en occuper. Directement ou indirectement, je n'en sais rien. Je n'ai rien voulu savoir, c'est mieux.

— Qu'est-ce qu'ils en disent, de ce qui s'est passé ?

— Je leur ai demandé. Ils ne comprennent pas non plus.

— Et Larbot ?

— Il ne sait rien.

— Corti ?

— Il a envoyé un de ses agents enquêter sur la disparition de Sternfall. Tu le connais, il veut savoir. Donc il ne sait pas.

— Ceux qui ont fait cela ne tarderont pas à se manifester.

— Je ne vois vraiment pas qui.

— Moi non plus.

Deloire se leva et quitta la pièce en sifflotant. Mais le souvenir de son téléphone le fit revenir sur ses pas. Il s'en saisit, enleva le papier d'aluminium qui l'entourait et le garda à la main pour le jeter plus tard.

42

Lorraine vivait une résurrection. Elle goûtait l'espace retrouvé, le silence des rues, le bruit de la mer, ses démonstrations intimidantes. Glisser d'un horizon bouché à une perspective sans fin lui avait ouvert l'esprit. Socialement, elle était passée de la superbe ignorance des Parisiens pour leur prochain à l'attention inquisitrice des villageois pour l'enfant prodigue.

Le village était un petit cœur qui battait fort en été avec l'arrivée des touristes et des propriétaires de résidences secondaires. Des Versaillais, des Parisiens opulents pour la plupart transportaient leurs rites automobiles et vestimentaires sur cette côte somptueuse. Leurs femmes sont longues, blondes et pâles, les jambes fines et fragiles. Le bleu est partout sur leurs habits. Le vert n'est jamais loin non plus, en général réservé aux plus âgés, à la génération que l'on pense fondatrice d'un bien-être qui remonte souvent beaucoup plus loin. Leur vote est inscrit sur leur front parfois caché chez les hommes par de grandes mèches à l'anglaise. Il leur arrive de se montrer à la boulangerie dans un pantalon rouge surmonté d'un pull jaune. Plus clairsemée du côté de Saint-Lunaire, cette tribu a complètement colonisé Saint-Briac, à la frontière des Côtes-d'Armor.

L'afflux de touristes n'était vraiment perceptible qu'après le 14 juillet. On venait de partout, du Nord, de l'intérieur et de plus loin encore pour étaler sa serviette sur un coin de sable et profiter d'une mer froide mais vivante. La surpopulation s'installait pour de bon, faisant fuir les natifs. Campings et locations saisonnières déversaient des familles par milliers, surprises de constater que, quand il fait soleil, l'ombre est rare. « Le flot des emmerdés », pour lequel on ne saura jamais si Beckett a eu une réelle tendresse, recréait sa routine, uniforme, intraitable mais pacifique, sauf pour l'environnement. L'observateur n'aurait pas manqué de remarquer qu'en cette période d'affluence la mer paraissait plus prompte à se retirer qu'à monter par crainte d'emporter avec elle d'éternels souvenirs. Lorraine, de sa maison haut perchée, observait la vacuité estivale, quand rien ne pèse plus rien pour personne. L'essentiel s'était évaporé et l'individu retrouvait sa vraie nature, qui est de goûter la joie d'être ensemble sans souci du pourquoi et du comment dont personne, au fond, ne sait vraiment se débrouiller.

Lorraine s'était remise au surf et à ses dérivés dont le plus ludique est celui qui se pratique suspendu à un cerf-volant. Il s'était créé autour de ce divertissement une communauté de gens qui sillonnaient la plage de long en large aux heures autorisées, quand la foule s'était repliée. Gaspard l'accompagnait parfois et la regardait évoluer, assis sur le sable, en manches longues, pantalon et casquette. Il restait ainsi, droit, des heures durant.

Il ne se baignait jamais, faute d'en voir l'utilité puisque le plaisir ne lui venait pas naturellement. Il arrivait qu'il remonte seul à la maison, où il reprenait ses travaux sur le cinéma. Le dernier consistait en un comparatif copieux sur la durée moyenne des plans entre films américains, français et italiens à l'époque de la Nouvelle Vague, mesure qu'il effectuait à l'aide du chronomètre de son téléphone. Quand les nouveaux amis de sa mère lui proposaient des promenades en bateau d'une île à l'autre, il déclinait au prétexte que, pour lui, la mer n'était un espace ni de détente ni de jeu et qu'il était inutile de narguer sa cruauté.

Même si elle paraissait disponible pour les autres, Lorraine ne cessait de penser à son affaire. Sternfall avait bel et bien disparu. S'il était vivant, sans argent, il lui était impossible de survivre par ses propres moyens sans se faire arrêter. Son signalement avait été diffusé dans toute l'Europe et il lui aurait été difficile, tant son visage était caractéristique, même grimé, de se rendre anonyme. Les nombreux livres de théologie protestante rangés dans la bibliothèque familiale revinrent à la mémoire de Lorraine. La voie religieuse l'intriguait. Pour un homme de foi qui vient d'atomiser les barrières qui séparent le bien du mal, quoi de plus naturel que de s'en remettre à la justice de Dieu ? Il aurait pu intégrer une communauté religieuse ou une secte.

Lorraine retourna sur les lieux du crime sans en aviser le procureur adjoint. Elle se gara près de la maison. Elle observa qu'aucun badaud ni enquêteur ne s'en approchait. Elle avait une solide formation en effraction. Elle avait toujours considéré que savoir pénétrer un lieu sans y être invité était indispensable à sa fonction. Elle sortit le matériel adéquat d'une mallette, puis se mit à l'ouvrage. Ce type de serrure fermée à double tour prenait au plus trois minutes à ouvrir. Il ne lui en fallut pas davantage. Elle se dirigea ensuite vers la bibliothèque. Les livres sur la religion étaient toujours à la même place. Elle en parcourut plusieurs à la recherche de lieux de culte ou de prière. Mais elle ne trouva rien qui puisse lui indiquer où Sternfall aurait pu se rendre après son geste dément.

Lorraine s'assit dans un fauteuil usé aux jointures et réfléchit. La violence de sa première émotion semblait lui interdire de nouveaux débordements de compassion. Le double meurtre avait eu lieu un dimanche matin. Peut-être Sternfall était-il sorti avant. Peut-être son idée avait-elle germé ailleurs. Elle émit alors l'hypothèse que si Sternfall était croyant, ce qu'il semblait être, il avait probablement cherché le réconfort de la foi pour l'empêcher de commettre cet acte monstrueux. Si c'était le cas, elle devait trouver un temple où il avait l'habitude de suivre le culte protestant le dimanche matin.

Elle sortit de la maison après avoir remis les objets à leur place. Puis elle se rendit dans un café où elle commanda un grand crème. Le patron lui apporta son café sans un regard pour elle et retourna au bar parler de football avec deux clients qui en savaient long sur la question. Lorraine n'aimait pas le football et trouvait qu'il était trop tôt pour en parler.

Elle appela un collègue à la DCRI. Il était un des hommes chargés de la surveillance du monde religieux et de ses dérives sectaires, affecté plus

particulièrement à l'Église scientiste. Une consultation rapide sur l'ordinateur central de la maison
lui permit de localiser trois temples dans le péri-
mètre indiqué par Lorraine et de lui donner toutes
les informations utiles sur les pasteurs qui en
étaient chargés. Il ne comprit pas très bien le rapport entre un temple protestant et la surveillance
des Chinois dans l'activité portuaire censée occuper Lorraine, mais il ne s'en formalisa pas. Les
trois temples correspondaient à trois Églises dif-
férentes : méthodiste, évangélique et luthérienne.
Lorraine se souvint qu'elle avait lu dans le dossier
que Sternfall était le fils d'un pasteur luthérien.
Bien que ne connaissant pas les différences théo-
logiques entre les trois Églises, elle jugea probable
que Sternfall était luthérien aussi. Elle appela
donc le pasteur du temple idoine. Sa voix lui parut
celle d'un homme dans la fraîche cinquantaine.
Il lui demanda comment elle s'était procuré son
portable alors que même ses fidèles n'en avaient
pas le numéro. Elle lui répondit qu'elle travaillait
au renseignement intérieur, en déplacement dans
la ville pour la matinée et qu'elle voulait le voir
toutes affaires cessantes. Le pasteur refusa, on
ne désorganisait pas son agenda. Lorraine se fit
menaçante, une intimidation grossière, à demi-
mot, qui laissait présager des mois d'enquête et
d'ennuis variés. Le pasteur ne céda pas et lui sug-
géra un rendez-vous la semaine suivante. Lorraine
choisit un ton de colère froide pour lui annoncer
qu'il faisait l'objet d'une enquête préliminaire pour
complicité de meurtre. Le pasteur en fut sonné.

Il la reçut chez lui dans l'heure qui suivit son
appel. Il vivait dans une maison modeste ados-
sée à une usine désaffectée. Le salon donnait

sur un jardin touffu. La prestance du pasteur impressionna Lorraine autant que son calme : il se montrait plus détendu qu'elle ne s'y attendait. Elle remarqua qu'il ne portait pas ces stigmates de rétention qu'on voit parfois sur le visage des prêtres catholiques, sans doute à cause de leur célibat. Une photo de son épouse trônait d'ailleurs sur une console d'un bois modeste, une fort jolie femme, à ce qu'elle put en juger. Le pasteur s'assit derrière son bureau et invita Lorraine à s'installer en face de lui sur une chaise inconfortable.

— C'est à propos de Sternfall, n'est-ce pas ?

Lorraine fit l'étonnée.

— Comment le savez-vous ?

— Je l'ai deviné quand vous m'avez accusé de complicité de meurtre. Je ne connais pas cent meurtriers dans cette ville qui ont fréquenté mon temple. Sternfall était un de mes fidèles. Je l'appréciais beaucoup. Je dirais qu'en matière de foi il avait atteint un niveau supérieur.

— Qu'est-ce que vous entendez par là ?

Le pasteur regarda par la fenêtre en joignant les mains devant sa bouche et son nez. Puis il les posa sur ses cuisses.

— Il est de mon ministère d'apprécier la foi de mes fidèles. On en voit de tous les niveaux. Des simples superstitieux aux hygiénistes en passant par les psychorigides, j'en ai vu de toutes sortes, mais rarement qui aient atteint ce niveau qui permet de douter de l'existence de Dieu sans perdre une once de spiritualité. On trouve cela parfois chez les kabbalistes. Son propre père était pasteur. C'est un peu comme quand le vôtre est cavalier : très jeune, vous avez déjà réglé les problèmes d'équilibre et de direction, et quand les autres en sont encore là, vous gravitez dans les sphères de la Haute École. Le véritable homme de foi cherche Dieu, celui qui l'a trouvé s'en débarrasse.

— Vous le voyiez souvent ?

— Tous les dimanches. Le temple lui apportait la tranquillité qu'il n'avait ni à son travail ni à la maison. Vous le savez, son enfant malade vociférait continûment.

— Vous a-t-il dit quelque chose sur ses intentions ?

— Vous voulez dire sur le fait de souhaiter en finir avec sa famille ? Une fois. Il m'a dit qu'il avait, selon ses propres termes, senti cette pulsion se lever en lui et qu'elle l'avait sidéré.

— Cette discussion remonte à quand ?

— À plusieurs mois.

— Vous-même, vous êtes certain qu'il a tué sa famille ?

Le pasteur prit un temps de réflexion en détachant son regard de Lorraine.

— Je n'en suis pas certain mais c'est possible.

— Pourquoi ne pas en avoir parlé à la police ?

— Je me suis replié sur moi-même, sur mon échec. C'est terrifiant pour un ministre de la foi de ne pas avoir su empêcher un fidèle de commettre une monstruosité. Et puis j'ai pensé à quelque chose qui a atténué mes remords, un fait qui crée une incertitude. Sternfall est venu à l'office le matin du crime. Il n'y avait pas grand monde. Il a pris place au milieu du temple. Deux hommes que je ne connaissais pas se sont installés sur son banc, de part et d'autre de lui. J'ai trouvé cela curieux. À la fin de l'office, ils sont sortis ensemble et je ne les ai plus vus.

— Qu'est-ce que cela vous suggère ?

— Rien de particulier, si ce n'est une ouverture sur... je ne sais pas.

Lorraine réfléchit un instant avant de dire :

— Par mon intermédiaire, considérez que vous avez été entendu par la police. Si on ne vous demande rien, ne dites rien. S'il vous revient quelque chose, c'est à moi qu'il faut le dire. Vous pouvez décrire ces deux hommes ?

— Assez grands, assez élégants, la quarantaine. Si j'étais taquin, je dirais qu'ils avaient l'allure de deux témoins de Jéhovah. Ne pensez pas que je tire de la présence de ces deux hommes la moindre conclusion. Ils sont entrés dans le temple en même temps que lui et se sont placés de part et d'autre de lui.

— Et quand ils sont sortis ?

— Dans l'ordre du banc, le premier devant, suivi de Sternfall, puis le second. Je ne les ai pas vus se parler.

— L'imagineriez-vous caché dans une communauté religieuse ?

Le pasteur prit un moment pour répondre.

— En théorie, oui. En pratique, je ne connais aucune communauté assez ouverte d'esprit pour recueillir à la fois un criminel et un homme qui a une telle conception de la foi.

— Vous pensez qu'il a pu se donner la mort ?

— Là-dessus, je serai plus catégorique. Autant je le crois capable d'avoir liquidé sa famille, autant je ne le vois pas mettre fin à ses jours. C'est quelqu'un d'assez solide pour porter sa croix, pour affronter la réalité. Se soustraire ? Non. S'il a commis ces crimes, c'est pour éloigner le spectre de sa propre mort, au contraire.

43

D'ordinaire, Corti n'aurait pas convié Larbot à déjeuner. Larbot n'était pas assez haut dans la hiérarchie des hommes selon ses critères. Il avait dirigé autrefois un service de la DCRI. C'était un homme d'action avec un cerveau calibré pour rendre cette action cohérente. Rien de plus. Quand Volone avait demandé à Corti de lui trouver un directeur de la sécurité, celui-ci n'avait pas hésité. Larbot, par fidélité pour son ancien chef, continuait à l'informer, Volone le savait et s'en servait pour désinformer Corti à l'occasion. Corti et Larbot se rencontraient toujours dans les jardins du Palais-Royal. Ils en faisaient autant de tours que nécessaire. Mais leur escapade, à l'heure de la digestion, durait moins longtemps qu'un déjeuner à la Maison corse.

Larbot, malgré sa carrure exceptionnelle, se tenait enfoncé dans le siège en face de Corti. Ses épaules cognaient contre son cou. Il avait tout d'un parasol replié à la hâte dans la crainte de l'orage. Corti se plaignait d'une indigestion, qui lui donnait un teint d'algue verte. Il mangeait tout de même de bon appétit.

— C'est toujours la même chose. J'ai accepté un déjeuner avec des homologues saoudiens, hier. Rien n'est trop cher pour eux. Ils m'ont invité au Palais du Caviar, place de la Madeleine. Déjà, je trouve cette place sinistre, on a l'impression que ce n'est qu'un lieu de passage où on ne s'arrête que pour faire des emplettes qui coûtent bonbon. Ils devraient ravaler l'église, on dirait un gâteau de mariage oublié dans une arrière-cuisine après qu'un des deux mariés s'est défilé. Alors on a mangé du caviar comme on suce une glace. Douze mille euros à quatre pour manger un truc, si on y regarde bien, qui a un goût de vase. En plus, je me suis emmerdé. Ces gens-là ne vont jamais droit au but. Des Bédouins qui ont gagné au Loto, c'est tout ce qu'ils m'inspirent. Mais ils investissent énormément dans les systèmes de sécurité. J'ai fait le représentant de commerce pour des boîtes françaises qui vont leur vendre un système clés en main. Je crois qu'il y a quelque chose comme quatorze pour cent pour les intermédiaires. Les Saoudiens m'ont dit à qui ils versent des deux côtés pour ne pas créer de mécontentement et éviter des affaires ultérieures qui pourriraient leur image. Et les politiques pensent que je ne sais pas. Ou font semblant. Parfois, je me dis que c'est trop facile dans ce pays, trop facile. Alors comme ça, Volone t'a viré de la direction de la sécurité du groupe pour te mettre patron de la sécurité des sites étrangers sensibles. Tu vas toucher un salaire d'expatrié, c'est pas mal. Pourquoi ils font ça ?

— Je ne sais pas.

— À cause de l'histoire Sternfall ? Pourquoi ?

— Je ne sais pas. On en était à étudier différents scénarios pour mettre Sternfall hors d'état de nuire, on avait mis sa baraque sur écoute.

— Donc vous savez ce qui s'est passé le jour des meurtres ?

— On entend la porte d'entrée s'ouvrir. Puis passe un peu de temps. Puis des pas qui vont vers la cuisine. Une balle tirée avec un silencieux. Le corps s'affale. Puis des pas qui montent à l'étage. Encore une balle. Des pas qui redescendent. Puis la porte qui s'ouvre et qui se referme.

— C'est bien lui qui les a tués, non ?

— J'ai l'impression. En plus, on a enregistré un dialogue avec sa femme quelques jours avant où il dit que ce serait peut-être une solution s'il liquidait tout le monde. On n'a pas pu le produire à la justice, vous imaginez...

— Alors pourquoi Volone t'écarte maintenant ?

— D'après lui, les menaces d'attentat et d'enlèvement sur les sites sensibles étrangers me rendent plus utile là-bas qu'ici.

— Qu'est-ce que tu sais du dossier auquel s'intéressait Sternfall ?

— Rien, si ce n'est qu'il est assez stratégique pour l'entreprise, que c'est Deloire qui le traite directement avec Volone.

— Volone et Deloire, ils étaient prêts à aller loin avec Sternfall ?

— Toutes les hypothèses ont été étudiées sauf celle de l'élimination physique. C'est pas dans les mœurs françaises.

Corti se mit à rire la bouche pleine.

— C'est ce qu'on dit.

Il finit de mâcher puis avala consciencieusement avant de conclure :

— Et c'est bien de continuer à le dire.

Il but ensuite une rasade de vin. Puis il réfléchit longuement en regardant par-dessus son interlocuteur, comme à son habitude.

— Tu sais, Volone et moi, on est comme deux jumeaux. Dans ce pays, il y a deux types qui ne peuvent pas sauter, qui ne doivent pas sauter sans que le pays saute avec. Ce sentiment que nos sorts sont liés, je sais qu'il le partage mais il n'y met pas la même affection. Comment dire... Il est moins sentimental. C'est normal, les Arméniens ont plus souffert que nous... C'est une belle réussite, pour un fils d'employé des pompes funèbres, avoir fait des études pareilles, et se hisser là où il est. Et puis c'est lui qui a raison. Les énergies renouvelables, c'est de la flûte, des niaiseries pour écolos du dimanche. Avec le nucléaire, au moins, on est au sommet de la technologie, et on n'a besoin de personne, à part d'un peu d'uranium qui nous coûte une guerre en Afrique de temps en temps. Je sais que les grands pétroliers français aimeraient le tuer, Volone... mais je leur ai dit, c'est aussi impossible que de tuer une nature morte.

44

« Le champ de l'extrême droite est celui où l'abruti ordinaire peut s'épanouir librement quand les verrous de la société qui la protègent contre lui ont été levés par des circonstances exceptionnelles. J'entends par circonstances exceptionnelles la défaite de 1918, la crise de 29. Voyez-vous, cela fait maintenant cinquante-deux ans que j'enseigne l'histoire, du lycée de province au Collège de France, et cela fait trente ans que je me bats contre deux idées. La première, c'est que les nazis auraient été des psychopathes. Ce qui a inspiré cette thèse, c'est évidemment le rejet de la responsabilité collective que nous avons sur le nazisme, responsabilité si large que pour nous en dédouaner nous avons voulu cantonner les nazis à un couloir étroit de l'humanité. Le programme T4 d'extermination des malades mentaux y a certainement aussi contribué : tuant les fous ils brisaient le miroir qui leur renvoyait l'image d'eux-mêmes. Non, les nazis ne sont pas des fous. Le manque d'empathie pour les victimes comme signe caractéristique de la maladie mentale ? C'est paraît-il ce qui réunit les tueurs en série. Sauf que les tueurs en série ne sont pas les seuls à ne pas connaître l'empathie. Si vous allez par là, les hommes politiques aussi souffrent d'un manque d'empathie chronique et pourtant loin de nous l'idée d'en faire des psychopathes. Non, le nazi est un abruti ordinaire servi par une mécanique bien huilée. Heydrich aurait souffert de la défaite de 1918 ? Pas du tout, il a quatorze ans quand l'Allemagne perd la Première Guerre. Il fonde son antisémitisme sur l'idée que son père a été ruiné par les Juifs pendant la crise des années trente. En fait, le petit conservatoire de musique que son père dirige perd ses élèves dont les parents ont été ruinés par l'inflation. En fait-il porter la responsabilité aux Juifs ? Pas du tout, l'homme entretient des relations d'estime avec les musiciens juifs. Alors j'en reviendrai si vous le permettez à une tautologie...

— Deux minutes, professeur, l'émission est bientôt terminée et je voudrais...

— Très bien. M. et Mme Heydrich ont un fils. Bien qu'aucun élément social ni psychologique ne l'y prédispose, car il s'agit d'une famille aimante et équilibrée, leur fils est un abruti, un sombre abruti. La bêtise compressée dans un crâne réduit doit se déverser. Elle le fait sur les Juifs : c'est la tradition. L'abruti aime les traditions...

— Je suis vraiment désolé, professeur...

— Je voulais aussi aborder l'idée fausse d'une organisation exceptionnelle de la Shoah mais...

— Nous aurons d'autres occasions... »

Faustine Launay éteignit le poste. Elle n'avait pas écouté ce qui se disait. Pas plus que son mari endormi dans le salon devant une autre télévision diffusant le même programme.

À cette heure tardive, il passait peu de monde dans la rue Saint-Sulpice. La cloche sombre et cuivrée de l'église venait de sonner deux heures. Faustine, malgré les somnifères qu'elle avait ingurgités, ne parvenait pas à trouver le sommeil, torturée par une idée fixe qui s'était emparée de son esprit comme une mâchoire de molosse refermée sur une jambe innocente.

Elle se repassait en boucle son rendez-vous avec le jeune Martin dans le jardin du Luxembourg. Elle l'avait attendu sur un banc près de la fontaine Médicis. Il se dégageait du lieu la sérénité d'un endroit où hommes et femmes politiques de tout bord célèbrent confortablement leur connivence dans le partage d'avantages injustifiables que nul n'est en droit de dénoncer sans être taxé de subversion.

Le jeune homme était apparu sans tarder. Sa silhouette était celle des jeunes du quartier, aussi élancée qu'hésitante à prendre dans la société des privilégiés une place qu'elle n'a pas encore méritée.

Martin s'assit à côté de Faustine, pas tout à fait en bout de banc. Il n'avait pas atteint l'âge où l'on parle du temps pour engager une conversation, alors il ne sut que dire. Faustine le mit à l'aise en louant la beauté qui les entourait, puis elle en vint au sujet :

— Combien de temps avez-vous connu ma fille ?

— Pas loin de cinq ans.

— Qu'est-ce qui vous a rapprochés ?

— Nous étions un peu à part, tous les deux. On a vite réalisé que, dans le groupe où l'on évoluait, on ne pouvait compter que l'un sur l'autre.

— Qu'est-ce qui la rendait « à part » ?

— Elle était très mal à l'aise. Elle fumait tout le temps, elle ne refusait jamais un verre. Elle ne savait pas se positionner, elle ne se défendait pas quand on la raillait. Elle était là parmi des gens dont elle ne partageait que le milieu, notre milieu. Elle s'y sentait mal et en même temps elle ne s'imaginait pas ailleurs. Les autres en arrivaient à la trouver collante et le lui faisaient savoir. Elle baissait la tête, restait une heure ou deux silencieuse, puis se remettait à parler quand elle pensait qu'on l'avait oubliée. C'est un drôle de milieu que le nôtre. Pas une idée originale, ventriloques de nos parents. Nos beuveries au carrefour Mabillon n'ont aucun sens. Les garçons boivent pour se donner du courage dans la course effrénée au sexe. Les filles boivent pour se donner le courage d'y céder. Et on recommence. Trois fois par semaine. Vendredi, samedi et souvent aussi le mercredi. Sauf pour ceux qui sont en prépa.

— Et ces garçons tentaient de séduire ma fille ?

Le jeune homme hésita.

— Jamais. Je ne l'ai jamais vue sortir avec un seul type de la bande. Ils s'intéressaient à elle au début parce qu'elle était la fille de. Certains auraient voulu aller plus loin juste pour dire : « Je me suis fait la fille de... » Mais ils s'arrêtaient en route. D'un seul coup, ils l'ignoraient. Et je la voyais souffrir de cela.

— Et vous, qu'est-ce qui vous classait à part ?

— Sans doute mon manque de désir se lit-il sur moi. Je n'ai aucun désir pour les filles, ni pour les hommes, d'ailleurs. Ma génération ne peut pas comprendre cela. Il faut désirer et satisfaire ses désirs coûte que coûte. Alors on m'a fait passer pour un homo refoulé, c'est tellement plus pratique que de chercher à savoir qui je suis vraiment.

Faustine le regarda longuement tout en pensant qu'elle le trouvait attachant.

— Votre relation avec ma fille ?

— Je lui ai proposé qu'on se voie en dehors du groupe, de laisser tomber cette bande de nuls. Elle a refusé, comme si elle voulait se voir dans leur regard, dans leur mépris. Eux n'osaient pas l'exclure, vous comprenez, elle était quand même la fille de… et cela leur permettait de parler d'elle avec d'autant plus de méchanceté.

— Comment expliquez-vous qu'elle ait été comme cela ?

— C'est dur à dire. Pas dans le sens que je n'ai pas d'opinion, dans le sens que c'est difficile pour moi.

— Dites toujours.

— Elle se haïssait physiquement. Une fois, elle m'a avoué que son père l'avait traitée de laideron et qu'il ne la trouvait pas intelligente. Et puis, elle m'a parlé d'attouchements, sans s'étendre.

— D'attouchements ?

— Oui, mais ce n'était pas clair.

— De son père ?

— C'est ce que j'ai cru comprendre, mais je ne me permettrais pas de l'affirmer. Et ensuite, il s'est passé quelque chose que je n'ai pas compris à l'époque. Elle portait sur elle *La montagne magique* de Thomas Mann. Elle m'a proposé que, chaque fois que l'on se verrait, on se fasse la lecture d'une dizaine de pages à voix haute, à tour de rôle. Ça a duré pendant des mois. Un jour, elle m'a fait des avances. Je lui ai tenu la main pour lui dire que c'était impossible, que je ne me sentais aucune attirance pour personne. Elle ne s'en est pas formalisée et on a continué à se voir. Et puis, on a fini *La montagne magique*. Le lendemain, j'ai appris qu'elle était morte.

— Vous avez parlé de tout cela à quelqu'un d'autre ?

— Oui, une fois, à un ami occasionnel, j'avais bu.

— Vous lui avez dit que son père, peut-être...

— Oh non, rien de cela.

Ils sortirent ensemble du jardin du Luxembourg. Un homme atteint d'une calvitie précoce transformée en charme inquiétant les suivit jusqu'au moment où ils se séparèrent, au début de la rue Garancière. Puis il continua, quelques mètres derrière le jeune homme.

Philippe Launay se réveilla et jugea qu'il était assez tard pour aller se coucher. Il entra dans la chambre sans bruit et, même s'il n'y voyait rien, il eut l'impression que Faustine ne dormait pas. Elle le lui confirma en annonçant à brûle-pourpoint :

— J'ai vu un ami de Bénédicte, il y a trois jours, quand tu étais en déplacement.

Launay, qui le savait, ne joua pas la surprise :

— Et alors ? Il t'a dit que Bénédicte souffrait parce que je la trouvais laide et qu'apparemment j'aurais commis sur elle des attouchements coupables ?

— Comment le sais-tu ?

— Vous étiez sur écoute. Vos téléphones. Il ne suffit pas de les fermer.

Faustine se tourna vers lui, outrée.

— Tu m'espionnes ?

— Non. Je n'étais pas au courant. Il arrive qu'on assure la sécurité de la famille de l'homme qui a le plus de chance d'être élu à la prochaine présidentielle. Ils te suivent discrètement. Ils t'ont vue sortir d'un magasin avec un jeune homme, ils se sont renseignés sur lui. Il se trouve que j'ai de bons rapports avec le patron du renseignement intérieur. Il m'a fait un compte rendu. Ton jeune homme est manipulé par son amant, lui-même manipulé par quelqu'un du parti qui travaille pour Lubiak. Lubiak n'a aucun scrupule, mais au moins il ne fait pas semblant d'en avoir, il cherche toutes les failles pour m'abattre. Sans doute pense-t-il que tu en es une. Je ne t'ai jamais demandé d'être le premier de mes supporters, Faustine, mais si tu te ranges dans le clan de mes adversaires, je serai intraitable.

— Tu seras intraitable comment ? Vas-y, explique-toi !

— Tu veux la guerre, c'est ça ?

— Non, Philippe. Je sais que tu ne vis que pour une seule perspective, et en mémoire de ma fille, je t'en empêcherai. Tu n'effaceras pas son suicide par ta réussite, tu ne te griseras pas dans le succès, tu ne lui prendras pas la lumière que tu lui as confisquée. Et si je dois me suicider pour cela, je le ferai, car, comme tu le sais, les morts ont toujours raison. Je n'ai pas cru une seconde que tu avais pratiqué des attouchements sur Bénédicte, tu n'es pas ce genre d'homme. Je connais des politiques qui en seraient capables, ils ont une telle frénésie de possession qu'ils ne s'arrêteraient même pas à leurs chiens. Mais pas toi, c'est de la diffamation grossière. Mais je sais aussi à quel point tu as privé ma fille de l'estime d'elle-même. Tu l'as tuée dans l'œuf.

Launay soupira profondément.

— Qu'attends-tu de moi ?

— Je te l'ai déjà dit. Je veux que tu renonces, que tu te consacres à la fille qui te reste. Pas à moi, tu me dégoûtes.

— Toi aussi. Tu me fais du chantage.

Launay partit dormir sur le canapé. À cette heure où la lumière filtre timidement derrière les persiennes, où les oiseaux peuvent encore se distinguer de la rumeur générale de Paris, Launay décida que sa femme était devenue son ennemie.

45

La semaine suivante, vers midi, la Maison corse avait des allures de demeure endeuillée. La pluie tombée d'un ciel noir la privait de lumière naturelle.

— Ça va t'étonner, Philippe, mais j'aime la pluie, tu vois. Surtout quand elle semble sortir d'une lance d'incendie. Le crachin, c'est pas mon truc, c'est mesquin. Je suis vraiment sensible au fait que tu aies trouvé le temps de venir me rendre visite. Je ne sais pas comment tu fais. Moi, quand j'ai vu deux personnes dans la journée, je suis déjà fatigué. Alors que toi tu passes de meeting en rendez-vous, tu serres des pognes par milliers... Le plus dur pour moi, ce serait d'écouter leurs jérémiades. Même chez moi dans l'Île, l'autre jour je prenais mon café tranquillement. Arrive un type qui vient pleurer parce qu'ils lui mettent une ligne haute tension dans son champ de vision. Et alors je lui ai dit, tu ne peux pas régler ça tout seul ? J'ai quand même appelé Volone, qui a réglé l'affaire. Bon... ta femme ?

— Elle a compris que l'histoire des attouchements était une pure invention. Son jugement sur moi n'est pas altéré au point de me croire capable d'une chose pareille.

— J'ai bien fait de la surveiller. Je me doutais que Lubiak allait attaquer de ce côté-là, la pédophilie c'est payant de nos jours, tu allumes la mèche et personne n'arrive à l'éteindre.

Corti avança une assiette de charcuterie devant Launay qui déclina de la main.

— Lubiak est venu me voir. Il a essayé de me convaincre qu'on pourrait travailler ensemble. Pour tout autre que moi, il aurait eu des arguments solides. Mais je le trouve fourbe, aucun principe. Ce type président mettrait le pays à sac, il se servirait et puis au revoir. C'est un peu la tendance en Europe, mais quand même... Bref, pour que je reste derrière toi, il me faut des garanties, Philippe. Je ne peux pas me permettre de tout miser sur un cheval hypothéqué. Il faut que tu règles ton problème de bonne femme. Déjà, à cause d'elle tu n'es pas complètement présentable pour une élection de ce niveau. Tu ne pourras pas la sortir, et quand les tabloïds vont se pencher sur ta famille ils se rendront compte que tu as une femme qui te déteste, une fille partie on ne sait où, même toi tu ne saurais pas la localiser, et malheureusement, une fille disparue dans les circonstances que l'on sait. On ne peut pas dire que ta vie privée soit une bouffée de bonheur et les petites gens n'aiment pas qu'on leur renvoie une image sinistre, ils ont assez de leurs soucis. Aujourd'hui, que tu sois marié, divorcé, tu couches avec qui tu veux mais tu dois présenter l'image d'un homme heureux. Tu peux jouer un peu sur le malheur, mais ça ne marche pas longtemps sinon tu passes pour un perdant.

Mais c'est pas le plus grave. Si elle se répand en diatribes contre toi, tu vas perdre tes soutiens. Je parle en mon nom, mais je sais que Volone pense pareil. Il va me falloir des gages.

— Des gages ?

— Il faut que d'ici un mois et demi je sois certain que ta femme ne risque pas de ruiner ta campagne.

— Qu'est-ce que tu veux que je fasse ?

— J'en sais rien. Je ne suis pas psychologue. L'internement est une option, mais c'est difficile à gérer. Si tu t'affiches avec une autre femme, la ménagère pourrait le prendre mal. Si dans un mois et demi je n'ai pas des garanties que je juge assez solides, je tourne casaque. Les deux promeneurs qui sont à l'Élysée et à Matignon essaieront de me faire la peau au prochain mandat, même si je fais allégeance. Il restera Lubiak. Et je te le dis, ce serait à contrecœur. Pour ta femme, quoi que tu décides, je ne ferai pas le boulot. Mais si tu veux faire quelque chose, je serai là pour t'aider.

Launay, qui s'était tassé sur sa chaise, se redressa subitement comme s'il reprenait conscience du destin qui lui était assigné.

— Je vais résoudre ce problème, Ange.

— Je te fais confiance, Philippe. Mais tu es confronté à une terroriste. Cette femme peut convoquer n'importe quel journaliste et lui dire : « Je considère que mon mari est responsable de la mort de notre fille cadette, si notre fille cadette s'est suicidée c'est parce qu'il l'a niée, etc. » Pour toi, c'est pire qu'une bombonne de gaz avec des clous.

— Je sais, Ange, je sais. Mais je sais aussi que je ne suis jamais meilleur que quand je suis acculé.

Corti se servit un verre de vin qu'il vida d'un trait avant d'éructer discrètement.

— Excuse-moi, c'est l'ail. Je ne peux pas m'en passer mais ça me reproche.

Puis, revenant au sujet :

— On a cela en commun.

Ensuite Corti s'égara dans ses songes.

— C'est pas facile d'élever des enfants. Tu vois, moi, je n'ai pas l'impression d'avoir fait deux météorites. Je ne comprends pas pourquoi. La génétique est bonne, ils ont été bien éduqués dans une famille aimante. Je les ai peut-être un peu couvés, je ne sais pas. Et le résultat n'est pas à la hauteur de mes espérances. C'est pour cela que tous ces charlatans de psys me font marrer. On ne sait rien dans ce domaine. Que tu n'aies pas aimé ta fille cadette parce qu'elle n'était pas servie par la nature et qu'en plus elle ne rayonnait pas intellectuellement l'a peut-être blessée, mais de là à être responsable de sa mort, sincèrement... Ta femme a l'esprit vraiment tordu, aussi tordu que les millions de gens qui seront prêts à croire à son histoire.

Launay remonta dans sa voiture alors que l'après-midi était déjà bien entamé. Au moment où il aurait dû penser bataille, il sentit monter en lui une grande lassitude. Et en arrière-plan, un sentiment d'humiliation. Tandis que défilaient les immeubles du boulevard Haussmann dont il comprit pour la première fois ce qu'ils avaient pu avoir d'affligeant pour les contemporains de leur construction, il s'autorisa à penser qu'il allait arrêter, laisser tomber cette mascarade. De l'avoir envisagé le soulagea. Il pensa à la mort, ce cadeau qui vient avec la naissance. Il pensa que l'essence du mensonge, « la seule grande histoire d'amour de l'être humain », venait de là, de cette nécessité de se mentir à soi-même sur le sens et la fin, pour rendre le reste supportable. Ensuite, on continuait dans le mensonge, plus ou moins, selon le goût qu'on en avait. Il envia un moment les gens qui ne vivaient que pour les autres, mais au fond de lui-même ce comportement lui paraissait puéril, convaincu qu'on ne donne que pour se rehausser dans le regard d'autrui ou parce qu'on espère soi-même recevoir un jour. Alors que la voiture contournait la Madeleine, il tentait déjà d'établir les contours de ce que pourrait être sa nouvelle vie. Il n'avait aucun goût pour l'argent, ce qui réduisait considérablement les possibilités. On ne peut aimer Dieu et l'argent, avait dit le Christ dans des propos rapportés par Matthieu. Mais ne pas aimer l'argent n'impliquait pas pour autant d'aimer Dieu. Launay n'y voyait qu'une illusion pour les enfants et ceux qui ont choisi de le rester. Il ne se connaissait aucun passe-temps et encore moins de passion pour rien ni personne. Cette progression dans son vide intérieur lui parut abyssale mais honnête. Place de la Concorde, son chauffeur évita de justesse un véhicule venu de sa droite. Il en sortit un flot d'injures décuplé par le caractère officiel de la voiture. Un moment après, alors que le chauffeur empruntait le couloir de bus boulevard Saint-Germain, laissant à droite l'Assemblée nationale et ses faux airs de panthéon, il se dit qu'au fond peu lui importait d'être président, tout en s'avouant qu'il n'avait en lui rien d'autre que l'ambition de le devenir. Un instinct plus primaire, auquel il n'avait pas encore cédé, le remit définitivement en selle. S'il parvenait à concevoir de ne pas être le prochain président de ce pays, l'idée que quelqu'un d'autre puisse l'être à sa place lui parut inacceptable. Surtout Lubiak, pour lequel il commençait à éprouver une haine d'une pureté rafraîchissante. Il n'avait décidément pas le choix. Il demanda à son chauffeur de l'arrêter à Saint-Germain-des-Prés, en face du café des Deux Magots. Il ressentait le besoin du regard des anonymes. Il se mit à marcher. On le dévisageait par en dessous, on se retournait sur son passage. Il sourit aimablement à quiconque croisait son regard.

De retour à son bureau, Aurore, le sachant dans les murs, vint au-devant de lui pour lui annoncer la bonne nouvelle. Il avait progressé de 1,2 % dans les sondages. Launay en prit acte. Puis il réunit Aurore et sa secrétaire pour leur demander de libérer cinq jours de son agenda.

Aurore en fut consternée.

— C'est impossible, Philippe, pas cinq jours. Pas maintenant. Déjà une journée, c'est inconcevable. Et qu'est-ce qu'on va donner comme prétexte ?

— Je ne sais pas. Je ne suis pas un communicant.

— C'est indiscret de te demander pour quoi faire ?

— Un voyage à l'étranger.

Aurore tourna dans la pièce comme si la réponse à son problème pouvait venir de cette courte inspection. Puis elle se replongea dans l'agenda.

— C'est si important que cela ?

— Si je ne le fais pas, dans un mois et demi tu pourras annoncer devant la presse assemblée que je me retire de la course. Tu choisis. Déplace les rendez-vous, mets-les le soir, la nuit si tu veux, mais libère-moi ces cinq jours.

Puis il fit signe aux deux femmes de sortir de son bureau. Une fois seul, il décrocha son téléphone et appela Corti. Celui-ci le prit sans le faire attendre.

— Oui, Philippe, qu'est-ce que je peux faire pour toi ?

— Tu as des connexions à la CIA ou au FBI, j'imagine ?

— Si je n'en avais pas, une fois élu, tu ferais mieux de me prendre comme ministre des Anciens Combattants. C'est pour quoi ?

— Retrouver ma fille aînée.

— Cela doit pouvoir se faire. Si je raconte qu'elle est membre d'un réseau terroriste, ça ira encore plus vite.

Comme Philippe ne répondait rien, il précisa :

— Je blague, bien sûr.

La conversation ne fut pas longue. Launay rappela Aurore.

Il la fit asseoir et resta un long moment sans rien dire, faisant mine de l'ignorer. Malgré leur lien, Aurore serra les genoux et tira sur sa jupe qui dans cette position se révélait plus courte que prévu. Cette manœuvre attira le regard de Launay, qui échoua sur ses cuisses comme un fruit mûr tombé d'un arbre. Il demeura ainsi une bonne trentaine de secondes, à contempler sa peau en essayant de réveiller son désir évanoui. Et s'il regarda aussi longtemps cette chair suggestive, c'est bien parce qu'elle tardait à lui suggérer quelque chose. Cette étrange prière achevée, il leva la tête, sonné. Puis il en vint au fait.

— Je sais que je désorganise un emploi du temps que tu as minutieusement préparé et je m'en excuse. Mais je n'ai pas le choix. J'ai demandé à la DCRI de localiser ma fille. Quand on l'aura trouvée, j'irai la voir. Je dois la ramener. D'une façon ou d'une autre, il faut qu'on la voie à mes côtés pendant la campagne des primaires et ensuite pendant celle des présidentielles. J'ai reçu un ultimatum de mes soutiens. Si, d'ici à six semaines, je n'ai pas réglé mon problème, ils me lâchent.

Puis Launay, selon un cérémonial connu, se leva pour aller fermer la porte à clé. Quand il revint, Aurore avait remonté sa jupe jusqu'au ventre. Launay fit une première tentative, qui se révéla désastreuse. Une seconde tentative le laissa définitivement désolé. Il ne s'en excusa pas, choqué par cette scission brutale entre son esprit et son corps. Il se contenta de se réajuster en tournant le dos à Aurore et il reprit place à son bureau après avoir rouvert la porte à laquelle, de toute façon, jamais personne ne frappait spontanément. Ils se firent face, de nouveau, comme si rien ne s'était passé. Puis ils examinèrent, jour par jour, l'agenda de la campagne des primaires.

46

« Droiture ». Lorraine se rappela le terme employé par Lestang. La plage était large et les surfeurs nombreux. Elle dévisageait les hommes qui s'apprêtaient à surfer et ceux qui revenaient. Tous ou presque correspondaient à ce signalement. Lestang avait été pingre, comme le sont les agents du renseignement entre eux, qu'ils appartiennent à la même boutique ou pas. Elle chercha dans chaque visage un signe. Mais tous ceux qui pratiquaient le surf avec un cerf-volant ce jour-là exprimaient la même volonté, la même santé, le même bien-être. Lorraine ne progressait pas assez vite dans son enquête. Elle s'attendait à tout moment à être foudroyée par Corti ou à être brutalement dessaisie. Elle s'était donné une semaine pour rendre un rapport d'étape. Appeler Lestang et lui demander une photo des deux officiers n'aurait servi à rien. On était dimanche et Lestang n'était pas homme à envoyer des photos par mail sur un téléphone.

La foule dominicale commençait à battre en retraite. Les parasols se pliaient, les gens se redressaient, parfois douloureusement. On se débarrassait du sable réfugié dans les plis charnus. Le vent se levait, donnant le signal de la grande évacuation. Des vieux placés en retrait continuaient inlassablement leurs conversations, de longs monologues croisés, face à la mer, où le dérisoire prenait des proportions épiques. N'ayant d'avenir qu'à ressasser leur passé, ils ne s'en privaient pas, et se maintenaient en forme en y cherchant l'extraordinaire. Mais ils étaient trop fatigués pour s'écouter les uns les autres, alors ces vaines paroles prenaient le vent pour ne jamais revenir. Lorraine les observait, essayant de percer leur secret, qui est de vivre pour la seule raison de vivre.

Par une surprenante pirouette de l'esprit, elle en revint à ce dossier dont elle avait hérité par hasard, en raison de sa connexion avec les Chinois qui jusqu'ici brillaient par leur discrétion. À l'évidence, l'assassinat de cette mère et de son enfant l'intriguait, mais moins qu'il ne l'émouvait. Qu'est-ce qui avait bien pu arriver pour que cet homme s'affranchisse si brutalement de sa conscience ? Elle pressentait que cet acte violent lui cachait un monde qui devait l'être tout autant. « L'autre côté de la vie », comme l'appelait Céline.

La plage désormais giflée par un vent virulent se vida en quelques minutes, et on ne distinguait plus que des hommes et des femmes en combinaison noire ajustant leurs cerfs-volants reliés à eux par un enchevêtrement de cordes insoumises. Par cet équilibre naturel plaisant qui fait que ce qui chasse les uns attire les autres, la plage appartenait désormais à une vingtaine de surfeurs volants qui tiraient des bords à une distance raisonnable de la côte. Seuls quelques vieux moins dérangés par le vent que par la perspective de l'effort pour se lever, les regardaient sans les voir comme ils continuaient à parler sans s'entendre.

Lorraine scrutait chaque surfeur à la recherche d'un signe, d'un indice. Mais aucun des visages masculins ne ressemblait à celui d'un sous-marinier, tout au moins à l'idée qu'elle s'en faisait. Elle se reprocha alors son manque de professionnalisme, cette façon désinvolte qu'elle avait de s'en remettre au hasard. Quelle était la probabilité que ces hommes soient venus ce jour-là ? Infime. Bien sûr, les plus infimes probabilités peuvent se réaliser, ce qui les rend alors considérables. Mais de là à parier dessus ?

Lorraine se mit à l'eau. Le vent pérorait. Elle tira plusieurs bords en sautant haut à chaque virage. Deux chutes pour finir la persuadèrent de remonter sur la plage. Son entraînement était encore insuffisant pour persister. Elle tira son matériel sur la plage et le démonta consciencieusement. C'est alors que l'idée de quitter la DCRI lui traversa l'esprit. Sa voile pliée, elle nettoya sa planche et, tout en gardant sa combinaison qui la moulait avantageusement, elle s'assit sur le sable. Le soleil commençait à rentrer dans sa cache mais diffusait encore une lumière joyeuse. Portée par la légèreté de l'instant, elle se mit à faire le compte de ce qui, dans sa vie, était de sa propre initiative ou s'était imposé à elle. Elle ne se souvenait pas avoir fait de choix. Sa vie s'était installée dans une logique aux contours vagues. Elle se demanda si elle ne devrait pas consulter pour qu'on l'aide à mieux se connaître. Même sa sexualité lui paraissait de plus en plus mystérieuse. Par deux fois, elle avait rencontré des couples ici, et sans être proprement séduite, elle avait senti son intérêt pour les femmes monter au moment où ces mêmes femmes s'étaient mises à craindre que son charme ne distraie leurs maris. L'une d'elles avait compris son trouble et en avait joué pour l'éloigner de son époux, un peu comme une mère attire l'attention d'un prédateur sur elle pour l'éloigner de son enfant. Sa nuit avec Li revenait souvent dans ses songes. La Chinoise occupait ses fantasmes. Lorraine fit le compte de ses hommes : un père, un ancien mari, un fils. De l'amour pour un seul. Un désintérêt bienveillant pour l'autre. Quant au dernier, son père, il avait planté un pieu dans son esprit.

— Vous ne clignez jamais des yeux ?

Lorraine se tourna à gauche pour voir qui lui parlait. Mais le soleil sur son couchant l'aveugla et elle ne vit qu'une ombre noire au milieu, dorée autour. Sa voix et son odeur lui parvinrent seules. Elle distingua toutefois des formes approximatives découpées à la serpe. La voix était grave, douce et naturellement séduisante. Après lui avoir demandé la permission, l'homme s'assit à côté d'elle et regarda la mer. Elle sentit une présence forte qui se voulait discrète. Elle répondit :

— Je cligne rarement des yeux, j'ai peur de rater quelque chose.

Il passa une main dans ses cheveux courts, puis appuya son menton sur son bras qui ceinturait ses jambes pliées.

— Je ne vous dérange pas ?

Lorraine trouva la question assez délicate pour lui répondre.

— Si c'était le cas, je me serais levée et je serais partie.

— Où ?

La question fut assortie d'un sourire franc et large qui fit se creuser un alignement de rides d'expression.

— Chez moi, là-haut.

— Vous habitez ici ?

Lorraine lui rendit son sourire.

— On ne va pas commencer à se poser des questions dont on connaît la réponse.

— Vous avez raison.

— Ça fait une trotte depuis Brest, non ?

— Oui.

— Il n'y a pas d'endroit plus près ?

— Si, mais j'aime bien celui-là, on y croise des gars et des filles de bon niveau.

— Qu'aviez-vous comme signalement pour moi ?

— Belle femme qui vient de reprendre le kite-surf.

— Comment saviez-vous que je serais là aujourd'hui ?

— D'après mon informateur, vous seriez là pour me chercher. Il vous aime bien.

— Je crois.

— Vous lui plaisez ?

— Je ne pense pas. Il n'est pas très branché vagin, selon sa propre expression. Qu'est-ce qu'on peut y faire ? Rien.

Saban la regarda, demi-sourire aux lèvres.

— J'aime bien Lestang.

— Vous avez intérêt, il vit avec vous, il dort avec vous. Il inspecte votre courrier, il écoute votre téléphone, il surveille vos fréquentations. Je vous parie qu'il est déjà au courant que nous parlons.

— C'est probable.

— Qu'est-ce qu'il vous a dit sur moi ?

— Que vous êtes la seule personne de sa connaissance à la DCRI à laquelle on puisse se fier.

— Il m'a dit que vous étiez préoccupé, qu'il a entendu une conversation sur écoute qui le démontrait.

— C'est vrai.

— Dites-moi. Mais d'abord, où est votre téléphone ?

Saban lui désigna une Land Rover grise garée plus loin.

— Là-bas.

— Bien. Alors ?

— Lestang m'a dit que vous étiez intéressée par la collision qui a envoyé par le fond le catamaran.

— Oui.

— On était juste au-dessous. C'est secret-défense, mais on était à trois cent quarante mètres sous la collision. Il y avait une grosse mer, des creux de six mètres apparemment. Mon gars a entendu deux très grosses hélices d'un gros bateau, puis un choc comme une boîte en carton qu'on enfonce. Et les hélices se sont éloignées.

— Qu'est-ce que cela pourrait être comme bâtiment, selon vous ?

— Supertanker ou porte-containers.

— Vous me donneriez la position précise de la collision ?

Saban resta un court moment sans rien dire.

— C'est délicat.

— Je sais. Mais c'est aussi délicat de se servir d'un sous-marin comme paravent.

— On en a déjà assez avec l'histoire des croches de chalutiers. Chaque fois qu'un chalutier coule, on nous suspecte de l'avoir envoyé par le fond accroché à son filet. Cette fois, ils abusent. Qui fait courir la rumeur, d'après vous ?

— Je suis payée pour le découvrir.

— Vous me le direz quand vous le saurez, en échange de la position du naufrage ?

— Peut-être. Mais je ne peux pas vous le promettre. D'ailleurs, la parole d'un officier de renseignement ne vaut rien, vous le savez.

— Vous pouvez faire exception.

— Pourquoi l'armée ne se défend pas ? J'imagine que, là-haut, ils savent tout ce que vous savez, non ?

— Oui. Mais ils ne bougent pas. Ils laissent le juge qui instruit l'affaire de la mort du navigateur s'enferrer dans le secret-défense. J'ai l'impression qu'il y a des dissensions entre l'armée et le cabinet du ministre. C'est à ce niveau-là qu'on maintient l'opacité, comme si leur intérêt était de faire porter la suspicion sur nous.

— Cela fait des années que les politiques se servent du secret-défense pour cacher leurs exactions, sur les ventes d'armes en particulier.

— Dans ce cas-ci, on se sert du secret-défense comme d'un phare de naufrageur.

Lorraine resta pensive puis, de but en blanc :

— On est bien ici, vous ne trouvez pas ?

L'officier acquiesça. Elle poursuivit :

— Mieux, ce serait abuser. Vous allez repartir sur Brest ?

— Sauf si vous avez une meilleure idée.

— Vous ne placez pas la barre très haut.

— Qu'est-ce que vous voulez dire ?

— Trouver une meilleure idée que de retourner à Brest, le défi est raisonnable. On va chez moi ?

Lorraine et Arnaud ramassèrent leur matériel. Elle observait l'officier de marine du coin de l'œil. Par ces associations que produit parfois l'esprit de sa propre initiative, une phrase du *Voyage au bout de la nuit* lui revint. Elle n'avait jamais lu le livre et elle n'en connaissait que cette phrase qu'elle avait happée lors de sa visite au domicile endeuillé des Sternfall : « Tant que le militaire ne tue pas, c'est un enfant. » Mais Arnaud n'avait rien d'un enfant. Il était d'une génération d'officiers qui, si elle doit tuer, se doit d'anéantir le monde et de le rendre à sa galaxie complètement désolée, sans trace de notre passage, en annihilant d'un coup le présent, le futur et même le passé. Comme tous ses camarades, Arnaud était né dans ce siècle honteux où l'on n'a laissé se développer l'horreur que pour le plaisir de s'attribuer la gloire de l'avoir arrêtée. La grandeur de l'arme atomique ne tenait qu'à cette faculté de supprimer ces souffrances intermédiaires liées à la guerre de contact, et il fallait cela pour protéger un être humain sans grandeur, contre ses aspirations génocidaires. La lourde charge de devoir, le jour voulu, ensemble avec son commandant, sur ordre du président, actionner le dispositif d'annihilation ne pesait pas à Saban. Il y pensait parfois pour en mesurer l'importance mais, au fond de lui, il n'y croyait pas. Aucune nation ne serait assez suicidaire pour les amener là, au pied de leurs responsabilités. La probabilité était infime.

— Vous n'êtes pas marié ?

La question était assez prévisible. Tandis qu'ils remontaient la plage, il était évident qu'ils allaient coucher ensemble. Sauf imprévu de dernier instant. Lorraine avait pris l'initiative sans savoir si elle serait capable de l'assumer jusqu'au bout. Le dernier homme avec lequel elle avait couché était son mari. Elle ne savait pas si elle était encore compétente, ou si comme pour la bicyclette, le manque d'entraînement ne compromettait pas les acquis. Elle ne savait pas non plus si elle en aurait envie. Pourquoi faisait-elle cela ? Moins par désir que pour ne pas contrarier la providence : cet homme ici, son fils ailleurs. Une opportunité. Elle voulait la position et l'heure du naufrage. Et si elle devait désirer un homme à nouveau, c'était bien celui-ci. Au moins, elle serait fixée.

— Je l'ai été.

— Des enfants ?

— Un fils qui vit avec sa mère. Je l'ai un week-end sur deux.

— Vous êtes un homme à femmes ?

— Pourquoi ?

— Un type avec votre charme qui n'a pas de femme, c'est qu'il en a plusieurs.

— Non.

Lorraine s'arrêta essoufflée. Il la regarda en détail comme s'il la voyait pour la première fois. Il en profita pour la questionner à son tour.

— Qu'est-ce que vous attendez d'un homme ?

— Moi ? Rien.

— Sérieusement ?

— Sérieusement. Ou alors j'attends de le voir rarement, qu'il ne parle pas de son passé, de ses ex qui l'ont mis sur la paille alors qu'il savait depuis le début qu'elles allaient le faire, qu'il ne me parle pas de ses projets d'avenir qui n'en sont pas, de la petite vie dans laquelle il rêve de m'enfermer, qu'il me fasse l'amour au lieu de me dire des banalités, qu'il la ferme au petit déjeuner qui est le moment où j'ai le plus de doutes sur la réalité de mon existence, etc.

Il sourit, d'un sourire qui lui retourna le cœur. Il ne s'en aperçut pas. Ni elle qu'il se mettait à la tutoyer.

— Pourquoi tu fais ce métier ?

— Comme beaucoup de gens, pour me distraire de moi-même. Je n'avais pas tellement le choix : soit je passais mes journées à ranger et à récurer ma maison soit je devenais flic. Et comme j'avais des prédispositions pour le renseignement, les choses se sont faites naturellement. Et toi, tu descends forcément d'une lignée d'officiers de marine. Et tu seras le premier amiral, non ?

— Peut-être. Comment sais-tu qu'il n'y a pas eu d'amiral avant moi ?

— Tu aurais l'air plus éteint.

La maison était en vue mais elle paraissait encore loin à Lorraine qui mettait un point d'honneur à porter son propre matériel.

— Un homme dans ta vie ?

— À part mon fils, non.

— Un fils, cela ne compte pas comme homme.

— Celui-là, si.

La première chose que l'on observait quand on pénétrait dans le salon, c'est qu'il avançait sur la mer d'une façon presque excessive.

— Une plus belle vue que dans un sous-marin ?

274

Il sourit une nouvelle fois et son charme la cloua. Comme s'il était doté d'un sixième sens, il ressentit l'emprise de Gaspard dans la maison et une forte envie de pousser les portes.

— Ça va se savoir, dit-elle.

— Quoi ?

— Nous.

Il évalua rapidement le risque.

— Un officier de marine et un officier de renseignement du même pays. Où est le mal ?

— Pour nos boîtes respectives, pas de problème. Mais je pense que cela va intriguer la DGSE, qui nous hait. On sera suivis, tôt ou tard.

— Qu'ils nous suivent !

Elle s'approcha très près de lui.

— Tu me donneras la position et l'heure ?

Immédiatement, elle s'en voulut de marchander ce qui allait venir.

— Oui, mais tu crois que tu vas être capable d'exploiter cette simple information ?

Elle lui prit la main avec un petit air d'excuse.

Il la regarda avant de la prendre dans ses bras. Elle eut peur de ne pas être à la hauteur, toutes ces choses qui traversent l'esprit d'une femme qui a perdu confiance dans son désir et dans son corps.

— On ne devrait pas dîner avant ?

— Si tu veux. Mais je ne suis pas certain qu'on reprendra après.

Il mentait un peu.

Dans un premier temps, Lorraine le guida vers sa chambre puis elle se rétracta et, tout en l'embrassant, elle le poussa vers le canapé du salon. Ses hésitations, ses appréhensions tombèrent d'un coup et elle se laissa emporter. L'un et l'autre avaient des mois si ce n'est des années à rattraper. Le désir déferla sur eux. Leurs visages, narines dilatées, yeux écarquillés, étaient méconnaissables. Dans cette sustentation du plaisir, la vie semblait s'être arrêtée alors qu'elle n'avait jamais été plus présente, indiscutable. L'amour les mena tard dans la nuit. Quand les premières lueurs pigmentèrent l'horizon, il la serra dans ses bras, et se leva. Avant de partir, il laissa une feuille de papier sur la table du salon. Il y avait écrit son numéro de téléphone et, plus bas, l'heure et la position du naufrage.

47

Lubiak avait pris rendez-vous avec Launay trois jours plus tôt. Sa secrétaire ne s'était pas pressée pour lui donner une date. Au quartier général de Launay, l'effervescence était à son comble. Les équipes de campagne passaient d'un bureau à l'autre avec cette frénésie si particulière aux veilles de scrutin décisif. Il restait peu de temps avant les primaires. Launay était donné largement vainqueur sur Lubiak. Les sondages étaient même humiliants pour ce dernier, en retrait de ses prévisions les plus défaitistes.

Lubiak mit un point d'honneur à ne pas s'asseoir dans le salon d'attente. Il se tint face à la fenêtre, les mains dans les poches, l'air de quelqu'un qu'on ne fait pas attendre. Son esprit tournait toujours autour de la même question qui l'obnubilait. Comment Launay avait-il pu réunir autant d'argent pour cette campagne alors qu'en théorie les caisses du parti étaient vides ?

Launay avait demandé à sa secrétaire de faire attendre Lubiak, mais pas trop. Au bout d'une vingtaine de minutes, elle se présenta devant lui et d'un large sourire l'invita à la suivre. Launay reçut Lubiak cordialement, comme il en avait l'intention depuis que celui-ci avait sollicité l'entretien. La question de la rancune en politique est une question centrale, comme dans tous les milieux où l'on ne parvient à ses fins qu'en éliminant les autres. Launay avait médité là-dessus. La rancune lui posait problème pour la promiscuité qu'elle installait avec la personne qui en était l'objet. Il ne voulait pas vivre avec Lubiak. Il ne voulait pas le savoir présent à ses côtés quand il dormait ou quand il couchait avec Aurore. Il ne voulait pas qu'il prenne dans son esprit une place que lui-même n'aurait pas espérée. Il en était même venu à considérer comme légitime le comportement de Lubiak. Cette manière de désamorcer sa rancœur favorisait, il en était certain, une forme de supériorité sur son adversaire, et il ne s'agissait pas de la feindre, mais bien de s'en pénétrer.

Launay fit le tour de son bureau pour inviter Lubiak à s'asseoir à la table de réunion. Celui que Launay surnommait désormais « la Mâchoire » s'installa, avec un sourire de circonstance qui était plus une incitation au dialogue qu'à la confrontation. Launay engagea Lubiak à parler en ouvrant les mains.

— Je suis venu te faire une proposition.

— Je t'écoute.

— Je vais être honnête avec toi et on va jouer cartes sur table.

— Je ne demande pas mieux.

— Je suis prêt à me retirer de la course. Je pense que notre compétition va nous obliger à souligner nos divergences et ce n'est pas bon pour la suite. Je voudrais que ça apparaisse non comme un ralliement mais comme une synthèse. Toi et moi, désormais, nous ne faisons qu'un. Ce qui veut dire que les deux guignols qui vont se présenter à la primaire contre toi seront balayés au premier tour. Je pense qu'il y a même un meilleur coup à jouer. Ils ne se présentent contre toi que pour être ministre quand tu seras élu. Propose-leur tout de suite un portefeuille et on laisse tomber la primaire, qui va coûter cher. Mais j'insiste, en termes d'affichage, on est en fusion. Si tu es élu, je ne veux pas du poste de Premier ministre, ni l'intérieur, je veux l'économie et les finances.

Launay fronça les sourcils en esquissant un sourire.

— C'est une demande de tes sponsors ? Ils pensent que c'est l'endroit où tu leur seras le plus utile ?

Il se lissa le menton puis lâcha, détendu :

— Ça me va. Tu me permets de réfléchir tout haut pour voir si on est sur la même longueur d'onde ?

— Je t'en prie.

— Une raclée aux primaires ne serait pas bonne pour ton image. Tu préfères éviter et tu as raison. Tu n'as rien trouvé pour me casser les jambes avant les élections donc tu te dis, j'entre dans un tandem et au final je prends les finances pour servir mes copains. Comme il a crié sur les toits qu'il ne ferait pas un second mandat, je me range dans un ministère technique, puissant mais pas si exposé politiquement qu'on pourrait le penser, et j'attends. Si la providence est avec moi, sa femme le fait exploser avant les élections et là je le remplace naturellement, sans discussion. C'est assez réaliste comme scénario de politique-fiction... Ce serait trop te demander que de te reposer les méninges, au lieu de les faire travailler à trouver des gens pour convaincre ma femme que je suis une ordure ? Tu as des qualités mais tu n'as pas de formation en psychologie. Moi en père pédophile, qui tripote sa fille, cela ne me correspond pas du tout. Elle n'a pas « acheté » le concept, comme disent les Américains. Maintenant tu ne trouveras pas pire, alors laisse tomber.

Lubiak se rebiffa :

— C'est à elle de laisser tomber, pas à moi.

— Certes, mais je voulais simplement te faire comprendre que tu jettes l'huile à côté du feu... Vois-tu, je crois à une sorte de logique immanente. Cette fois c'est mon tour, je serai président. Par chance, je veux l'être mais je ne veux pas le rester. Je ne m'accrocherai pas au pouvoir. Donc tu devrais me succéder. Chez les loups, le mâle dominant est défié par les plus jeunes. Quand ils ont compris qu'il ne lâchera pas, qu'il est toujours le plus fort, ils rentrent dans le rang, jusqu'à la prochaine fois. La prochaine fois, tu n'auras pas besoin de te fatiguer, je te passerai les rênes.

Lubiak se leva et se posta à la fenêtre. Une femme à la croupe arrondie mise en valeur par une robe d'un rouge éclatant passa dans la rue à une allure qui visiblement ne la conduisait nulle part. Lubiak la suivit longuement des yeux, et personne ne pouvait voir ce qu'il y avait d'obscène dans son regard pénétrant.

Il se retourna :

— Je ne crois pas qu'il y ait eu dans notre histoire d'exemple d'un homme qui ait pris le pouvoir avec l'idée de le rendre autrement que forcé par la Constitution, par l'âge ou par les électeurs. C'est ce qui m'inquiète avec toi.

— Le monde change. On met tous nos jeunes en contrat à durée déterminée, pourquoi pas nous ?

— Parce que ce n'est pas la nature du pouvoir.

— L'idée que tu te fais de cette nature.

Quand Lubiak partit, Launay resta un moment à réfléchir avant de reprendre sa course effrénée. L'annonce du forfait de Lubiak aux primaires lui donnait un avantage considérable. Il pensait avoir analysé objectivement les tenants et les aboutissants de sa décision. Nul doute qu'il pariait encore sur un énorme scandale provoqué par sa femme. Ou alors il n'y croyait plus et se rangeait à son intérêt à moyen terme. Les sondages unanimes avaient démontré la veille que, s'il était amené à gagner la primaire, les électeurs ne le porteraient pas au second tour de l'élection présidentielle, dans aucun cas de figure raisonnable. Il avait manifestement plus à perdre en éliminant Launay qu'en s'installant confortablement dans son sillage. Mais Launay savait tout autant que, chez ce genre d'individu, les instincts reptiliens ne meurent pas sans l'homme lui-même, au mieux ils sommeillent.

48

La convocation lui était parvenue sèchement.
Cantor, la secrétaire de Corti, avait appelé Lorraine un matin très tôt. Elle n'eut pas un mot
de politesse et se contenta de lui signifier l'heure
du rendez-vous, le lendemain à l'aube. Puis elle
raccrocha sans dire au revoir.

Lorraine prit le train le soir même, la poitrine serrée. Pour éviter une dépense inutile,
elle demanda à son ex-mari de la loger, ce qu'il
accepta non sans réticence. L'appartement rayonnait autour de deux pièces arrondies qui sui-
vaient l'angle de l'immeuble. Lorraine avait dîné
avant d'arriver, bien lui en avait pris. Vincent lui
montra le réfrigérateur dont elle constata qu'il
était pratiquement vide. Un appartement d'artiste aurait connu un désordre inspiré. Celui-là
était sans ordre. Les murs autrefois blanc cassé
tiraient sur le gris et le mobilier moderne sans
âge rendait les moulures désuètes. Vincent voulut parler de lui comme à son habitude mais
Lorraine ne se sentait pas d'écouter la liste de
ses projets considérables avortés. Ils auraient pu
aussi parler de leur fils mais, sur ce sujet, Vincent

ne tenait pas la distance. Alors qu'elle préparait son lit dans ce que d'autres auraient pu qualifier de salon, Vincent entra dans la pièce et s'appuya contre le chambranle de la porte.

— Tu sais, je ne suis pas dupe.

— Dupe de quoi ?

Il passa sa main dans ses cheveux du haut vers le bas.

— Dupe de moi. Mon narcissisme cache un manque total d'estime de moi-même. Je ne suis pas capable de m'intéresser aux autres, je n'en ai pas la force. Je ne m'intéresse qu'à moi avec une préoccupation secrète : saboter ma vie. Je ne sais pas d'où cela vient.

— Pourquoi tu ne consultes pas ?

— Je n'en ai pas les moyens. Et pourtant il le faudrait. Ma relation avec Gaspard n'est pas normale. Je n'arrive pas à trouver quelqu'un, à vivre avec quelqu'un. Si au moins ce narcissisme pouvait être créatif. Je me sens empêché de tout. Parfois je me dis que je ferais mieux de me foutre en l'air.

Lorraine regarda l'heure puis Vincent.

— Tu n'as pas d'idée plus lâche ?

Vincent fit une moue qui montrait qu'il se désapprouvait lui-même.

— Tu ne pourrais pas m'aider un peu pour cette thérapie ?

Elle s'y attendait mais elle en fut quand même surprise.

— Tu me demandes de l'argent alors que tu as trois mois d'arriérés sur la pension ?

— Tu as hérité. Et puis je pense que cela ferait du bien à Gaspard de voir son père aller mieux, non ?

— Non.

283

Elle s'assit au bord du lit qu'elle venait de finir d'installer.

— Gaspard n'ira jamais mieux ni plus mal. Gaspard est l'expression même de la stabilité. Son humeur ne varie jamais. Que tu ailles mieux ne changera rien pour lui, je suis désolée de te le dire. Et cet héritage dont tu parles, je le garde pour lui parce que dans dix ans, vingt ans, trente ans, il sera là, immuable. Il est d'un autre monde et dans ce monde on ne gagne pas de quoi vivre. Donc il faut prévoir. J'économise pour lui. J'ai déménagé en Bretagne pour ne plus payer de loyer, j'épargne chaque mois et je ne me pose pas de questions sur moi-même, voilà.

Vincent changea d'appui en passant d'un pied à l'autre.

— C'est facile, ces discours volontaristes. Je souffre d'une maladie grave de la volonté, tu ne sais pas ce que c'est...

— J'imagine. Maintenant, je voudrais dormir. J'ai un rendez-vous important demain avec le grand chef.

— Donc, tu ne veux pas m'aider.

— Maintenant, là ? Non, vraiment pas. Et puis toi aussi tu as ton héritage. Tape dedans.

— La prochaine fois, tu ferais mieux d'aller à l'hôtel.

Lorraine s'allongea.

— C'est ce que je me disais.

Puis elle s'endormit. Quand elle fut loin, absorbée par des rêves dont elle ne se souviendrait pas le lendemain, Vincent la réveilla pour s'excuser puis il repartit se coucher. Elle ne ferma plus l'œil de la nuit.

49

Corti la laissa pénétrer dans son bureau sans lever la tête et continua un bon moment à vaquer à ses occupations matinales. Il ne la leva pas plus quand il se décida enfin à parler.

— Vous me faites penser à ces limiers qu'on lâche derrière une bête et qui, à s'entêter sur une odeur parasite, finissent par se perdre pour ne plus revenir. On les retrouve assoiffés, épuisés, sales et dépités.

Il se redressa dans son fauteuil et la fixa.

— Là, tel que vous me voyez, j'ai dans l'idée de vous renvoyer cultiver des choux-fleurs en Bretagne. J'ai l'impression que vous avez plus de dispositions pour cela que pour le renseignement. Alors ?

Sans se troubler, Lorraine commença :

— J'ai la conviction que Sternfall a quitté le pays avec une aide extérieure et qu'il n'est peut-être pas le meurtrier de sa famille.

— Vous avez des convictions ?

Elle continua comme si de rien n'était.

— Sternfall ne peut pas vivre en France sans se faire repérer. Son portrait a été largement diffusé, il n'avait pas beaucoup d'argent en réserve et ses cartes de crédit n'ont pas été utilisées depuis. La dernière fois qu'on l'a vu, c'était au culte protestant, et deux hommes apparemment étrangers se sont placés de part et d'autre de lui avec l'intention de ne pas le quitter. J'en ai déduit qu'il avait quitté la France. Le moyen le plus proche et le plus sûr, c'est le ferry. J'ai pensé qu'il avait pris le ferry sous un faux nom. J'ai examiné un par un les noms des passagers de la traversée qui a eu lieu juste après le drame. Un seul d'entre eux voyageait sous un faux nom et un faux passeport. J'en ai tiré la conclusion que Sternfall avait quitté la France pour l'Irlande.

Corti commençait à trouver un peu de consistance à ses allégations. Mais il l'interrompit sèchement.

— En admettant que votre histoire se tienne, cela veut dire qu'il a été exfiltré par un service étranger. Quel était alors l'intérêt de tuer sa famille ?

— Je n'en suis pas encore là, monsieur. Ce que je sais, par ailleurs, c'est que le skippeur a été percuté par un tanker chinois qui venait de faire escale à Cherbourg pour y embarquer un container.

— Un seul container ?

— Oui.

— Et ce container venait d'où ?

— D'à côté, de chez Arlena.

— Donc ce serait Arlena qui ferait courir le bruit d'une collision avec un sous-marin.

— C'est vraisemblable. Un sous-marin nucléaire se trouvait pile à l'aplomb de l'accident et a tout entendu. Qui pouvait le savoir sinon quelqu'un

de la défense ? La rumeur est entretenue et protégée à la défense par le directeur de cabinet
du ministre. Apparemment, le juge qui instruit
le dossier est sous influence de la DGSE, qui le
mène dans les filets du secret-défense où il a commencé à s'empêtrer.

Corti se leva et se dirigea vers la large baie
vitrée qui illuminait son bureau. Il regarda un
moment la pluie tomber en réfléchissant. Puis il
se retourna, une main dans le dos.

— Vous avez sauvé votre peau. Pour être franc,
je ne m'attendais pas à beaucoup plus. Vous ne
savez pas ce qu'on trouve dans ce container ?

— Pas encore. Mais quelqu'un va me le dire.

— Qui ?

— Je ne sais pas encore.

Corti se remit à la fenêtre en portant sa
deuxième main dans le dos, ce qui le cambra en
faisant ressortir son ventre.

— Quand je suis arrivé sur le continent, au
début j'aimais bien cette pluie. Et puis je me
suis rendu compte à quel point elle pouvait être
entêtée. Au moins, vous ne serez pas dépaysée en
Irlande. S'ils ne collaborent pas, dites-leur qu'on
fermera le robinet. Normalement, ils sont plutôt
coopératifs. Je voudrais que dans un mois tout
cela soit plié. J'aurai besoin d'avoir les cartes
en main, on entre dans une période électorale
importante, et je n'aime pas me promener en slip
de bain quand il neige.

Corti vint se rasseoir.

— Je viens de trouver une Norton 1957 d'origine. Le type ne voulait pas la vendre. J'ai fouillé
un peu dans son dossier aux renseignements
généraux et finalement il s'est décidé. Je ne lui

ai pas fait baisser le prix, cela aurait été malhonnête. Il faut bien avoir de petits avantages à faire le métier qu'on fait. Certains profitent de transports gratuits, sont payés sur seize mois, nous, on a accès à la vie privée des gens… J'aime bien me promener en moto, d'abord parce qu'il fait frais même par temps chaud, et puis ça me détend. Même si on fait un métier qui n'est pas particulièrement stressant, j'aime bien cette évasion.

Corti regarda partir Lorraine sans lui dire au revoir. Il ne saluait jamais personne, pas même les puissants. À bien y regarder, il ne disait jamais bonjour non plus, pas même au téléphone. Une façon de passer dans la vie, sans commencement ni fin. Une façon de reconnaître qu'il n'était qu'une parenthèse. Avant lui, ses parents avaient été bergers dans la montagne. Après lui, ses deux fils le navraient. Il n'avait été qu'un sursaut dans la généalogie.

50

L'avion, un petit quadriréacteur anglais, rebondissait sur des masses d'air invisibles. L'atmosphère chaotique l'avait rendu minuscule et les turbulences le rétrécissaient dans l'esprit des passagers effarés de voir se dresser devant eux de tels murs dans un ciel clair. Lorraine essayait de dormir mais les soubresauts de l'appareil l'en empêchaient. Alors elle pensait. Au travail considérable qu'elle avait réalisé en si peu de temps. Elle avait étrillé plus de quatre cents noms pour en trouver un faux. Des dizaines de bateaux qui croisaient en colonnes sombres et effrayantes dans l'Atlantique le soir du drame, elle était parvenue à en identifier un, à déterminer avec précision sa route et son commerce avec la France. Corti s'était gardé de commenter ses découvertes. Il les avait classées, ordonnées dans son esprit. « Une enquête n'est donc jamais que la vérification d'hypothèses. » Elle en avait la confirmation. Elle avait parié que Sternfall était au culte, ce matin-là. Que deux hommes à la silhouette étrange se soient placés de part et d'autre de lui au début de l'office n'était pas anodin. Le ferry était le moyen de disparition le plus pratique et le plus immédiat. Pour l'exfiltrer, un service étranger aurait eu beaucoup plus de facilité à lui fournir un passeport de son propre pays. Pourtant, coller au plus près de la réalité était la règle qui prévalait dans ce monde. Sternfall était français, on lui avait fabriqué un faux passeport de sa nationalité. Dans l'heure qui avait suivi « l'enlèvement », le seul ferry à quitter le port était à destination de l'Irlande. C'est donc là que se trouvait le fugitif, elle en avait la conviction. Mais Sternfall végétait peut-être tout simplement dans une communauté religieuse comblée de le ramener au vrai Dieu. Ou alors, de retour en France, elle apprendrait que le corps de l'ingénieur, gonflé et à moitié mangé par la faune marine, avait échoué sur une plage, poussé par le courant. Les propos du pasteur lui revinrent en mémoire, Sternfall souffrait de pulsions meurtrières, il en avait témoigné. Alors pourquoi s'obstiner à défendre la thèse de l'enlèvement ? Les arguments contre cette théorie se pressaient subitement dans son esprit. Comment Astrid avait-elle pu être exécutée de dos dans sa propre maison si elle ne faisait pas confiance à l'homme qui s'approchait d'elle ?

La descente vers Dublin commença alors que Lorraine songeait qu'elle n'avait pas droit à l'erreur. Elle avait pu lire dans les yeux gélatineux de Corti qu'il doutait de sa capacité à lui apporter les clés de l'affaire, mais que les éléments révélés lors de leur entretien, sans asseoir sa crédibilité, lui avaient donné un délai supplémentaire. Il avait accepté que toute la construction que lui présentait Lorraine n'était que la juxtaposition d'hypothèses dont pas une n'était encore vérifiée. Plus dure serait la chute.

L'agent des services secrets irlandais l'attendait à l'aéroport pour lui faciliter le passage de la douane, qui pouvait se révéler fastidieux en cette période de vacances. Ewan Kerrigan ressemblait à tout le monde, c'est-à-dire à personne en particulier, pas même à lui-même. En le regardant, Lorraine se demanda si elle avait l'air aussi impersonnel et s'il fallait considérer cela comme une réussite ou non. En tout cas, Kerrigan ne se prenait pas pour un homme de l'ombre, il n'en avait aucune des attitudes. Tout chez lui relevait plus du service rendu que du pouvoir attendu. Après des siècles d'invasion, de famines provoquées par les Anglais, de guerres de libération, les Irlandais n'attendaient que de jouir tranquillement d'une relative prospérité dans une Europe pacifiée. Kerrigan, au sein du renseignement domestique, s'occupait d'un sujet spécifique qui datait de la grande époque où l'IRA se finançait largement à travers le trafic de l'héroïne, au point qu'il était difficile dans bien des cas de distinguer un authentique activiste d'un trafiquant. L'apaisement récent en Irlande du Nord aurait dû résoudre le problème, sauf que certains membres de l'IRA avaient quitté la lutte politique pour se consacrer définitivement au trafic de drogue en y ajoutant une activité annexe : la vente des surplus d'armes stockées pendant le conflit. La France, plus proche destination continentale pour ces vendeurs de mort, collaborait étroitement avec l'Irlande sur ces sujets. Kerrigan était pleinement conscient de l'intérêt qu'il avait à entretenir de bonnes relations avec ce glorieux pays dont l'emblème national, le coq, est le seul animal à chanter chaque jour sa détresse de ne pas pouvoir voler.

Lorraine avait pris rendez-vous sans en dévoiler la raison et Kerrigan était impatient de savoir.

— Je suis à la recherche d'un homme qui a fui la France pour l'Irlande avec un faux passeport.

Kerrigan s'attendait certainement à une affaire beaucoup plus compliquée, et il se montra soulagé.

— Il est peut-être déjà reparti. Nous n'enregistrons pas les citoyens européens.

— Peut-être.

— De qui s'agit-il ?

— D'un homme accusé d'avoir tué sa femme et son fils. Il fait l'objet d'un mandat d'arrêt international.

— Un criminel, pourquoi vous ?

— Il se pourrait que des ramifications de cette affaire concernent notre défense nationale.

Kerrigan se concentrait sur la route. Le trafic était intense en direction de Dublin. Il sourit brièvement à Lorraine.

— Avez-vous l'intention de rester longtemps ?

— Jusqu'à ce que je retrouve la trace de mon homme. Allez-vous m'aider ?

— Pourquoi ne vous aiderais-je pas ? J'ai d'autres urgences à traiter mais je saurai me libérer pour faciliter votre recherche.

Lorraine passa les deux journées suivantes à attendre. Kerrigan avait lancé les recherches concernant un certain Lars Sonnenschein. Le nom du faux passeport était assez troublant pour constituer un indice majeur : le prénom était le

292

même que celui de Sternfall, l'origine du nom était aussi allemande et empruntait la même référence au ciel. Il ne s'agissait plus d'étoiles tombées mais de soleil qui brille. Lorraine n'avait pas révélé cette similitude à Corti. Elle avait pensé que cet indice un peu grossier pouvait être le signe d'une fausse piste volontairement laissée par les ravisseurs. Bien sûr, en matière de faux papiers, il était d'usage de laisser à l'utilisateur son vrai prénom, mais en général on forgeait un patronyme radicalement différent.

Les recherches en cours étaient essentiellement informatiques, et la présence de Lorraine dans les bureaux de l'intelligence irlandaise était inutile. Elle marchait longuement dans les rues de Dublin et, le reste du temps, elle se réfugiait dans son hôtel.

Le soir, Lorraine trouvait dans les pubs la chaleur qui lui faisait défaut durant la journée. Il y avait toujours des hommes pour la remarquer et lui faire la conversation. Ses origines celtes facilitaient le contact, elle en était persuadée. Elle aurait pu pousser plus loin les rencontres. Elle y avait pensé dans ses moments sombres, à la fermeture d'un pub, mais le souvenir de Saban l'en avait empêchée, même si ce souvenir lui paraissait étrangement lointain. Cette nuit fiévreuse, porteuse de séduisantes promesses, n'avait rien scellé. Saban était rentré au petit matin à Brest et avait pris la mer le surlendemain pour soixante-dix jours. S'était ensuivi chez Lorraine un fort sentiment d'abandon, proche de la rancune. Soixante-dix jours. Deux mois et neuf jours. Une relation suivie avec un homme vivant de telles contraintes lui paraissait complètement illusoire et, si elle n'avait pas profité des opportunités qui s'étaient présentées, c'était uniquement parce que aucun de ceux qui avaient recherché ses faveurs ne lui avait semblé les mériter. Une femme en revanche l'avait déstabilisée. L'émotion avait été forte en la découvrant. Elle ressemblait exactement au souvenir qu'elle s'était forgé de la Demoiselle aux yeux verts. Sa rousseur était moins spectaculaire que la pâleur de sa peau, presque translucide. Elle était entrée seule dans le pub avec l'assurance de quelqu'un qui a le pouvoir de décider de le rester ou non. Un groupe d'hommes s'était rapproché d'elle lentement, un verre à la main. Lorraine en avait été piquée. La jeune femme discuta longuement avec les uns et les autres, tout en jetant de fréquents coups d'œil à Lorraine et en lui souriant souvent, comme si elle cherchait à établir une complicité d'une nature mystérieuse. Puis elle l'aborda et la questionna sur son séjour à Dublin. Il ne fallut que quelques minutes d'une conversation plutôt banale pour que Lorraine comprenne que cette femme avait été placée là pour la « tamponner ». Elle rentra alors à son hôtel, mélancolique.

Lorraine prit son petit déjeuner dans la salle à manger victorienne de l'hôtel au milieu d'hommes et de quelques femmes d'affaires plongés dans des nouvelles qu'ils connaissaient déjà pour la plupart. Des pensées noires de démission traversaient son esprit affaibli par une nuit trop courte. Le temps passé à Dublin lui paraissait long et distendu, un sentiment de drôle de guerre où tout tarde à s'exprimer. Une petite blonde aux cheveux tirés en arrière se tenait à l'entrée de la salle derrière un pupitre pour orienter chaque nouvel arrivant vers une table libre. Un homme d'une cinquantaine d'années l'ignora et vint s'asseoir directement en face de Lorraine. Un bec-de-lièvre anciennement opéré lui barrait la lèvre supérieure qui remontait encore vers le nez. Avec sa calvitie, ses rides verticales et son blanc d'œil plutôt éteint, on lui aurait donné la cinquantaine bien sonnée, mais une forte vigueur démentait cette impression. Ses mains larges et osseuses semblaient empruntées à un autre. Comme nombre de bègues guéris, il parlait par tirades préparées pour ne laisser place à aucune hésitation. Derrière la raideur de son comportement, il était aisé de deviner l'ancien officier d'active. Il s'excusa brièvement de son intrusion dans le petit déjeuner de Lorraine et en vint au fait sans tarder.

— Je m'occupe de recrutement à la DGSE, désolé de m'imposer, je n'avais pas tellement le choix.

Rien en Lorraine n'exprima la surprise.

— Je me doutais que vous me pistiez.

— Je ne suis pas là pour savoir ce que vous faites en Irlande et ce qui vous y conduit. On m'a envoyé pour vous proposer de venir travailler chez nous.

Lorraine ne dit d'abord rien puis esquissa un léger sourire d'amertume.

— Vous me menacez, n'est-ce pas ?

L'homme resta interdit.

— En quoi mon offre constituerait-elle une menace ?

— Vous savez très bien que si Corti apprend que vous tentez de me recruter, je suis finie.

L'homme s'assombrit.

— Si vous ne collaborez pas avec nous, c'est sûr, vous êtes finie. On lui fera passer le message que vous travaillez pour nous, il fera sauter votre habilitation et il vous enverra dans un commissariat à Béthune. Ou alors vous collaborez, et quand toute cette histoire sera terminée, on vous recrutera officiellement. Vous avez le choix... enfin... si on veut.

— Qu'est-ce que vous savez ?

— Pas grand-chose.

— Dites-moi.

— Le bateau qui a envoyé le voilier par le fond transportait du combustible nucléaire pour les Chinois. D'accord, mais on ne voit pas où est le problème. Arlena est sur un gros contrat avec eux qui inquiète en haut lieu pour des histoires de transfert de technologie. Au point qu'on nous a demandé d'enquêter sur l'éminence grise du groupe, pour savoir s'il ne serait pas un agent chinois. On n'a pas donné suite, après intervention de Volone auprès du directeur de cabinet du ministre de la Défense. De toute façon, on ne le voyait pas comme un agent chinois. On sait que vous êtes sur la piste de Sternfall. Sur lui c'est le brouillard. Où est-il ? Pourquoi êtes-vous ici ? Son lien avec le côté chinois ? On s'est dit qu'il valait mieux collaborer que de se faire la guerre, après tout, on travaille pour le même pays. Donc l'affaire est simple. Soit vous collaborez, soit on vous brûle auprès de Corti. Que faites-vous en Irlande ?

— Du tourisme.

L'homme se referma sur lui-même.

— Je vous laisse jusqu'à demain matin, même heure, même endroit.

Alors qu'il se levait pour partir, Lorraine susurra sans le regarder :

— Vous n'avez pas considéré l'hypothèse que je n'en ai rien à faire de perdre mon habilitation. Qu'est-ce qui vous resterait, alors ?

L'homme se figea, regarda au loin puis se baissa pour livrer sa réponse à Lorraine.

— Votre fils.

Lorraine remonta dans sa chambre et s'y enferma un long moment. Elle s'allongea, pleura un peu, moins qu'elle ne le craignait, et réfléchit beaucoup. D'une cabine, elle appela Vincent qui dormait encore. Comme nombre de gens qui n'auraient pas forcément voulu naître, Vincent dormait longuement, jusqu'à épuisement de son sommeil et même plus encore. Elle dut s'y reprendre à plusieurs fois pour le joindre. Elle lui demanda d'éloigner Gaspard de Paris, le temps qu'elle revienne. Sans doute parce que les brumes matinales ne s'étaient pas dissipées, il acquiesça sans poser de question.

51

— Dites-moi, c'est une grosse histoire, votre Sternfall. Cela remue beaucoup de monde ici. J'attends des autorisations.

— Pour quoi faire ?

— Pour vous aider à avancer. C'est une bonne chose que vous soyez ici, je crois qu'ils apprécient.

— Qui ?

— Je n'en sais rien, justement. Quelqu'un vous a mise sur la piste. Quelqu'un doit vous amener vers Sternfall. Qui, quand, comment ? Je n'en ai pas la moindre idée. La seule consigne que j'ai reçue, c'est de vous préparer à voyager dans le pays. Un de nos agents va vous conduire dans la nature pour que vous vous y évaporiez... La DGSE serait présente ici, officieusement, à ce qu'on me dit, pour la même affaire et il n'est pas dans l'intention de mes contacts de les aider, ce serait même le contraire. Donc, laissez vos bagages à l'hôtel, quelqu'un va vous prendre en charge et vous allez quitter Dublin secrètement. Quand ce sera le moment, on vous conduira là où l'on doit vous conduire.

Kerrigan s'interrompit et tapa négligemment sur sa table avec son stylo.

— Je suis étonné de voir à quel point la DGSE semble gênée dans cette affaire. Pourtant, vous êtes du même pays. Étrange, vraiment...

Puis il gonfla ses poumons de satisfaction.

— Tout est si incroyable dans notre métier. Vous imaginez qu'on en touche un mot aux gens ordinaires ? Ils nous prendraient pour des fous.

Il regarda par la fenêtre, résolument rêveur. Lorraine suivit son regard mais la perspective était morne. Puis il sursauta comme s'il se réveillait, prit son téléphone et composa un numéro.

« Elle est là » fut tout ce qu'il dit. Son sourire découvrit des dents qui avançaient un peu trop, lui donnant un air naïf, ce qu'il n'était en rien.

Moins d'une minute plus tard, un homme qui avait largement dépassé la soixantaine apparut. Son visage avait d'insolentes proportions, le genre de beauté contre laquelle le temps ne peut pas grand-chose. Une ironie bienveillante se lisait dans ses yeux. Il était habillé, avec une élégance très au-dessus de la moyenne, d'un pantalon en flanelle, d'une veste en tweed et de bottines anglaises cirées à la perfection. Il salua Lorraine d'un hochement de tête et de l'amorce d'un sourire puis il lui fit signe de passer devant lui. Kerrigan leur souhaita un bon voyage. Lorraine eut un vertige éclair qui ne se remarqua pas. Et elle lui emboîta le pas, comme un automate que l'on mène vers l'inconnu.

52

Corti conduisait doucement, profitant de sa nouvelle moto sur une route qui n'en finissait pas de serpenter en montée abrupte comme si le ciel était sa destination finale. Une voiture le suivait de loin. Deux ou trois fois, en sortie de virage, il la vit dans ses petits rétroviseurs ovales. Il s'arrêta. La voiture se porta à sa hauteur. Elle avait tout d'un véhicule banalisé mais, étant déjà banale à l'origine, elle en devenait remarquable. La vitre s'abaissa. Corti remonta ses lunettes d'aviateur sur son casque Cromwell.

— Je ne vous ai pas dit que je ne voulais pas vous voir dans mes rétroviseurs ?

L'homme, une masse de muscles surmontée d'une petite tête, honteux d'être grondé, opina sans rien dire. Corti reprit, furieux :

— Que vous soyez juste derrière moi, vous croyez que ça empêcherait quelqu'un de me foncer dessus ou de me descendre en me croisant ?

— Vous voulez qu'on passe devant vous, monsieur ? tenta le chauffeur agrippé à son volant.

— Non, surtout pas, abruti ! Je ne fais pas de la moto pour respirer les gaz d'échappement d'une voiture. Je ne veux pas vous voir, vous me gâchez mon rêve.

Corti repartit tranquillement sur sa moto. Il lui fallut un moment pour s'imaginer qu'il était de nouveau seul. Il parvint finalement dans un village escarpé où quatre parasols signalaient un café. Son propriétaire s'avança pour faire signe à Corti qu'on l'attendait à l'intérieur. Corti défit doucement son casque, huma l'air ambiant et admira quelques maisons qui lui paraissaient plus fleuries que la sienne. Puis il entra dans le café et rejoignit trois hommes attablés. À l'évidence, ils s'échauffaient sur un sujet politique et le ton n'était pas à la plaisanterie. À la vue de Corti, la conversation refroidit brutalement. Corti s'assit sans les saluer alors que le patron lui apportait un café qu'il n'avait pas commandé. Sans préliminaire, il attaqua :

— Le continental me dit que vous le menacez de lui faire sauter son hôtel, sa famille et lui avec, c'est vrai ?

Le plus vieux des trois répondit aussitôt d'une voix enrouée, à peine audible, qui obligeait à tendre l'oreille :

— C'est qu'il est arrivé ici avec de bonnes intentions. Les terres sont à sa mère qui les tenait de sa mère qui était corse. Il disait qu'il allait faire un hôtel de luxe intégré dans le paysage et attirer des touristes qui ont beaucoup d'argent. Et il nous a garanti qu'il ne ferait pas de restauration, juste des petites collations pour ses clients. Nous, ça nous allait, avec son hôtel il nous amenait de la clientèle à fort pouvoir d'achat. Et puis ça se gâte. Maintenant, il dit qu'on est trop chers, que notre cuisine n'est pas authentique et qu'on fait du surgelé. Sincèrement, Ange, tu nous vois faire du surgelé ou du sous-vide alors que le poisson est à trois kilomètres ?

— C'est ce qu'il m'a dit.

— Et tu le crois ?

— Un peu.

— Je dis pas que tout est fait maison. Aujourd'hui, qui fait tout maison ? Mais on prépare beaucoup de choses sur place. Résultat, depuis qu'il a ouvert son propre restaurant, on a perdu vingt-cinq pour cent de recettes.

— Oui, mais quand il a ouvert l'hôtel, vos recettes ont augmenté de combien ?

— De cinquante pour cent.

— Vous êtes toujours gagnants, non ?

— Oui, mais Ange, quand tu as été habitué à faire plus cinquante pour cent et que tu ne fais plus que plus vingt-cinq pour cent, si tu es normal, tu ne peux pas te considérer comme gagnant !

— Qu'est-ce que vous proposez ?

Le plus petit des trois, qui avait certainement de naissance une tête méchante, répondit :

— Bon, on va pas en faire une histoire. Il ferme son restaurant avant le printemps. S'il a un peu de cervelle, il doit comprendre que c'est mieux que de perdre le restaurant et l'hôtel, non ? Moi, je le trouve arrogant. Il pense que parce qu'il connaît untel qui connaît untel, bon, c'est vrai, il te connaît toi par l'intermédiaire de quelqu'un de haut placé, alors il se permet des choses... Moi je vais te dire, Ange, il n'y aurait que moi, je m'en fous du chiffre d'affaires qu'il a amené, je lui rase son hôtel et je remets les pierres avec lesquelles il l'a construit dans le rocher d'où elles ont été tirées.

Corti soupira :

— Ça me chagrinerait. C'est le frère de la femme d'un ami, et pour cet ami, je suis un peu responsable de sa sécurité.

Celui qui n'avait rien dit jusque-là prit la parole.

— C'est une sorte de beau-frère du grand patron d'Arlena et il se prive pas pour le dire. Mais s'il continue comme ça, de l'électricité il en aura plus besoin.

Corti se leva.

— Vous ne faites rien. Il va fermer son restaurant. Mais moi, je les connais les prix que vous pratiquez. Alors pour ces prix-là essayez de faire quelque chose de mangeable. Cet hôtel ne doit pas fermer, d'accord ?

Corti sortit et enfourcha lentement sa moto. Lever la jambe lui provoquait des douleurs dans la hanche et l'idée qu'il devrait arrêter un jour ses promenades en moto le contraria. Mais pas autant que l'autre histoire pour laquelle on le sollicitait. Il s'agissait d'une vente de terrains à un oligarque russe. Ces terrains avaient été vendus avec l'assurance qu'ils étaient constructibles : cinquante hectares sur la mer dans un lieu idyllique. Les permis de construire n'avaient jamais été délivrés. L'affaire était remontée jusqu'au grand patron de toutes les Russies, qui devait y avoir une part occulte, et il s'en était plaint au président français. Un conseiller technique de l'Élysée dont Corti avait l'habitude de dire qu'il n'était de bon conseil que quand tout était réglé, avait évoqué la menace d'une expédition punitive sur l'île de Beauté. Les Russes étaient prêts à y envoyer un bateau armé d'un commando pour nettoyer les traîtres. La perspective amusait les Corses. Et depuis quand voler des voleurs c'était voler ? C'est ce qu'allaient dire les instigateurs de cette escroquerie à Corti et il ne voyait pas bien ce qu'il pourrait leur opposer. C'était en arrosant tous les élus concernés qu'ils avaient reçu la garantie qu'elle serait constructible. Par malheur, elle ne l'était plus. Le droit était donc contre les Russes et c'était bien ce qui les indisposait.

Le lendemain matin, dimanche, après la messe, Corti, une fois encore, descendrait dans la vallée en moto pour rencontrer les protagonistes corses de l'affaire. Mais il ne se faisait pas d'illusion sur leur réponse. Il ne croyait pas au débarquement russe sur l'île mais les comptes se régleraient plus tard, un par un. Ce genre de menace n'inquiétait pas ses interlocuteurs. Si l'oligarque ne se faisait pas oublier, il ne se trouverait plus un lieu où il pourrait se considérer en sécurité en dehors de la Russie. Et demander à un énarque de l'Élysée qui se protégeait de son ombre en éteignant les lumières de son bureau de transmettre le message au patron de toutes les Russies, la mission était délicate, il en avait conscience.

Au moment où il démarrait, son téléphone sonna. Il écouta, maugréa et raccrocha. Puis il appela Launay pour lui dire qu'on avait retrouvé sa fille, dans l'ouest du Canada, à Vancouver.

53

Sortir de Dublin n'est pas une grosse affaire. On en sort même sans vraiment s'en rendre compte. Très vite, le vert merveilleusement obsédant de l'Irlande reprend ses droits, ses variantes, sa subtilité. Au sud, les maisons d'une densité respectable se raréfient à mesure que la route monte vers les montagnes de Wicklow. La perspective s'évase, les moutons chassent les hommes dont la présence devient aussi discrète qu'inquiétante. Au détour d'une haie on surprend un puissant couple de Shire, cheval de trait surpuissant dont le bas de jambe poilu frise sur un pied de la taille d'une assiette. La route, large jusqu'ici, se rétrécit et, quand on se croise, on pourrait presque s'embrasser. Les grands arbres qui peuplaient les abords de Dublin ont disparu et la nature qui a toléré cette enclave fourmillante se réinstalle dans un panorama ahurissant. La montagne se déploie brutalement pour effacer tout signe de vie. Plus un homme, plus un animal, quelques conifères plantés en larges bandes, la Patagonie à deux heures de Paris.

La route fait un coude à cet endroit sur les hauteurs d'où on voit à des kilomètres la même lande colorée de jaune et de pourpre. Pas une clôture, pas un fil électrique, pas une maison, pas un chemin. Juste ce ruban d'asphalte qui se noie dans l'immensité empruntée par des automobilistes inquiets et émerveillés.

Ils ne s'étaient pratiquement rien dit depuis la sortie du parking souterrain. O'Brien s'était contenté de s'assurer que personne ne les suivait. Quand il en avait eu la certitude, il s'était arrêté sur le bas-côté de la route pour téléphoner en fumant une cigarette. Restée dans la voiture, Lorraine n'avait rien entendu. La mine satisfaite, il s'était remis au volant et s'était excusé de cette attente. Ils avaient roulé encore et maintenant qu'ils avaient pénétré profondément dans les montagnes de Wicklow, elle lui demanda où ils allaient.

— Je ne le sais pas moi-même. Nous allons tourner comme ces avions qui tournent autour d'un aéroport en attendant l'autorisation d'atterrir.

— Je veux bien me plier à ce jeu, mais je veux savoir ce qu'on attend au juste.

O'Brien prit son temps pour répondre.

— On attend de savoir si votre Sternfall est bien en Irlande sous un faux nom.

— C'est acquis, il me semble, non ?

— Cela n'est pas loin de l'être. Si c'est le cas, il nous faudra des autorisations pour vous le faire rencontrer, et cela prendra du temps.

— Et je pourrai l'interroger ?

— Oui, autant que vous voudrez. Mais par mesure de précaution, on veut que vous ne communiquiez avec personne. C'est pour cela que je vous promène, sans téléphone et, je l'espère, sans moyen de vous repérer. Le type de la DGSE qui était à votre hôtel ce matin s'est montré très accrocheur.

Il regarda son téléphone qui avait vibré peu avant.

— On l'a décroché. Les routes sont étroites ici et il a croisé un camion de lait.

Lorraine en fut stupéfaite.

— Cela vous étonne ? Sa voiture est très endommagée et lui assez pour être immobilisé quelques semaines. Je vous rassure, c'est beaucoup plus que nécessaire pour régler cette histoire, et nous aurons le temps de discuter, vous et moi, pendant que d'autres préparent la suite des opérations.

— On va s'inquiéter à Paris. Je ne suis pas autorisée à rester sans donner de nouvelles.

— Pour l'instant, pardon de vous le dire, personne ne s'est manifesté. S'ils s'inquiètent, ils appelleront Dublin qui les rassurera. Autre chose, pour vous détendre. Je sais que, ce matin, l'agent de la DGSE qui s'est invité à votre petit déjeuner a proféré des menaces concernant votre fils. C'était assez maladroit. Je peux vous certifier qu'il n'a rien organisé contre votre fils et votre ex-mari avant de finir malencontreusement dans un camion de lait. Et je ne pense pas qu'il ait la tête à manigancer une chose pareille désormais.

— Comment avez-vous pu savoir pour ses menaces ?

— On les a entendues en direct sur votre téléphone, bien qu'il ait été éteint. Vous ne l'avez pas rendu étanche, c'est la preuve que vous nous faites confiance. D'ailleurs, nous sommes en confiance.

Il esquissa un sourire et maintint l'allure de quelqu'un qui est pressé d'arriver nulle part. Après une bonne heure, la route s'aplanit et la végétation ressurgit, vorace, sous la forme de grands arbres épanouis, de longues haies touffues, de prés clos de murets en pierre grise, le tout ponctué d'étangs aux reflets changeants.

— Savez-vous combien nous sommes d'Irlandais de par le monde ?

Lorraine n'avait jamais réfléchi à la question, sans doute par manque d'intérêt.

— Près de quatre-vingts millions. Et dans le pays même, nous sommes un peu plus de quatre millions et demi. Un des chiffres les plus bas de notre histoire, qui est celle d'un exode lent et permanent avec des pics en période de famine, comme celle de 1845 où un million d'Irlandais sont morts avec, à leur chevet, des Anglais consternés qu'il n'y en ait pas plus. Ce n'est pas le génocide dont on parle le plus... Tout porte la marque des Anglais en nous, même les noms les plus irlandais. Voyez le mien, O'Brien. C'était O'Briain à l'origine, mais les Anglais ont trouvé la prononciation du *ai* trop inconfortable. C'est ainsi que Logain est devenu Logan. De toutes les colonies de l'Empire britannique, nous avons été la plus ancienne et celle où le comportement du colonisateur a été le plus sauvage... Mais c'est du passé, tout cela. D'autant plus passé que nul ne s'en soucie. C'est une drôle d'Europe que nous faisons là, où personne ne connaît vraiment l'histoire de l'autre, où personne ne s'intéresse vraiment à l'autre, équipes de football mises à part. À mon époque, on apprenait les choses avant d'en avoir besoin, c'était cela la culture, maintenant on ne les apprend que si on en a un besoin immédiat et Internet nous les sert dans la seconde, à peine décongelées.

D'immenses propriétés s'étalaient désormais le long de la route : des haras protégés du regard du commun par de hauts murs en pierre ou par de hautes haies sans fin.

54

Philippe Launay n'avait pas un grand courage physique et les turbulences qui secouaient l'avion l'empêchaient de penser. Cependant, il goûtait sa peur. L'idée que l'appareil puisse s'écraser le terrorisait mais il en tirait la satisfaction de constater qu'il tenait à la vie plus qu'il ne le croyait.

Son assistante lui avait proposé de réserver en première classe mais il avait opté pour la classe affaires, moins luxueuse. Désormais, tout pouvait être prétexte à jaser et il se voulait irréprochable. À une époque où on ne pouvait plus rien cacher à personne, où n'importe quelle consultation de Google était identifiée et stockée dans un ordinateur gigantesque dans l'Utah, où les réseaux sociaux autorisaient des prises de parole qui n'avaient d'autre intérêt pour leur auteur qu'un vague sentiment d'exister, voyager en première était risqué. D'autant plus que Launay le faisait pour des raisons personnelles, même si ce voyage allait avoir de grandes conséquences pour la République.

Corti n'avait pas été long à localiser sa fille. Il faut dire que si elle n'avait donné que quelques nouvelles brèves depuis son départ sans jamais mentionner le lieu où elle se trouvait, elle ne s'était pas non plus cachée. Air France avait fourni son billet à destination de Vancouver et l'administration canadienne avait rapidement confirmé qu'elle y était toujours.

L'agenda de Launay n'avait finalement pas permis d'en soustraire plus de quarante-huit heures pour la convaincre. Il réfléchissait à la façon de procéder. Il se sentait plus intimidé que s'il avait rendu visite à un chef d'État. Elle portait une immense responsabilité sur ses épaules et ne le savait pas encore. C'était du destin d'un pays qu'il s'agissait. Launay choisit toutefois de ne pas faire vibrer cette corde, sa fille n'y serait pas sensible. Il décida d'être simple, direct, sans emphase.

Les turbulences cessèrent subitement. Launay s'en réjouit. Puis il remarqua que l'angoisse qui avait disparu le reprenait, sourdement. Il s'endormit.

À l'aéroport de Vancouver, Launay prit la voiture de location réservée à son nom, un véhicule spacieux et ordinaire. Il se sentait trop fatigué pour conduire, mais la circulation fluide le rassura. Corti lui avait donné l'adresse de Viviane. Il se souvint à quel point elle détestait son prénom. On donne un prénom à la naissance, et une fois celui qui le porte devenu adulte, il est souvent dépassé ou simplement désuet. Démodé, il l'était déjà à la naissance de Viviane, mais Launay et sa femme avaient fait le pari d'un retour en grâce de ce prénom qu'il aimait.

Le soleil descendait lentement sur la ville, sans parvenir à réchauffer un vent frais venu de la mer. Il ne connaissait rien de cette cité harmonieusement bâtie le long du Pacifique. On la comparait à San Francisco, l'histoire du mouvement hippie et les tremblements de terre en moins. Les Chinois s'y étaient installés par vagues, la dernière remontant à la rétrocession de Hong Kong par les Anglais à la Chine populaire. La crainte des maoïstes déguisés en capitalistes les avait poussés à traverser le Pacifique.

Selon ses renseignements, Viviane vivait à Horseshoe Bay, un petit port situé au nord de la ville d'où partaient des bateaux pour l'île de Vancouver qui faisait face au continent. Mais il était trop tôt pour s'y rendre. Elle travaillait dans une banque chinoise du centre-ville. Launay décida de faire d'abord halte à son hôtel, proche de chez Viviane.

Sa chambre donnait sur un petit parc aménagé pour l'hôtel. Il resta un moment à la fenêtre. Depuis combien d'années n'était-il pas sorti de France, depuis combien d'années n'avait-il pas vu le monde ? Certes, il avait bien tourné en Europe, à l'époque où il était ministre de la Santé. Mais on ne pouvait pas appeler cela voyager. Jamais seul, toujours entouré de conseillers, toujours en représentation. Ici, personne ne le connaissait. Son nom n'avait pas retenti comme une cloche pour la réceptionniste qui lui avait demandé sa carte de crédit. Depuis combien de temps n'avait-il pas payé pour lui-même ? Cette soudaine liberté liée à son anonymat l'enchanta puis elle l'encombra. Il ne savait pas où se tenir en dehors du rôle qui était le sien depuis longtemps. Qui était-il d'autre que ce lévrier un peu empâté qui courait derrière un leurre éculé ? Il s'imagina dans un peu moins de six ans, son unique mandat terminé, sans famille, sans passion, sans ressort, et une insondable tristesse l'envahit.

Il défit sa cravate puis ôta ses chaussures. Il s'allongea avec l'idée de dormir un peu. Il alluma la télévision qui lui faisait d'ordinaire un effet soporifique. Les chaînes en continu ressassaient les mêmes informations, les mêmes images. Il réalisa à quel point il comprenait mal l'anglais, la langue universelle. Il regarda longuement ses futurs collègues, les chefs d'État réunis dans un des innombrables sommets des maîtres du monde. Il reprit courage et s'endormit.

Le téléphone le réveilla. Aurore lui annonça que, suite au désistement de Lubiak, les deux autres candidats, convaincus par quelques promesses substantielles, avaient décidé de se retirer. Elle se disait littéralement submergée par les demandes d'interviews, même téléphoniques. « Il faut savoir se faire rare. Un favori à l'élection ne doit pas passer son temps à commenter. » C'est tout ce qu'il répondit avant de se rendormir.

Quand il se réveilla pour de bon, le décalage horaire lui était tombé dessus. Viviane devait être rentrée du travail depuis une bonne demi-heure. Il sentit monter le trac devant l'importance de ce qui allait se jouer.

Vancouver est de ces villes importantes où tout semble facile. Tout le contraire de Paris, nécrosé par un trafic insupportable. La route qui conduisait à la maison de sa fille, sans vraiment surplomber la mer, la longeait et en donnait parfois un aperçu enthousiasmant. Il pensa soudain que Horseshoe voulait dire « fer à cheval » et il

313

s'attendit à arriver dans un coin qui y ressemblerait. Quand il fut temps de bifurquer vers la mer, son cœur se serra. Il réalisa brutalement qu'il n'avait pas été un très bon père et cette prise de conscience fut si aiguë qu'il s'arrêta sur le bas-côté pour s'éponger le front. Sa culpabilité fut de courte durée.

Corti n'avait pas trouvé de numéro de téléphone pour la prévenir de son arrivée. Le renseignement français n'était décidément pas au niveau des Américains. Le FBI ou la CIA lui auraient fourni dans l'heure son numéro de portable, de fixe et celui de tous les gens qui de près ou de loin la fréquentaient.

La route descendait sérieusement, les numéros défilaient. La voix de synthèse du GPS lui indiqua de remonter sur cent mètres, une pente abrupte au terme de laquelle il découvrit une maison de taille moyenne, en bois peint. Il n'avait aucune idée du coût de l'immobilier, mais l'immigration chinoise avait probablement fait grimper les prix. En tout état de cause, une maison pareille, avec vue sur la mer, même au troisième rang, ne devait pas être donnée. Il y avait trois véhicules devant le garage. Il se gara, sortit de la voiture, se défroissa, admira la vue et sonna. Un beau garçon qui approchait de la trentaine vint ouvrir. Launay le regarda, surpris de ne pas avoir envisagé que sa fille pouvait avoir une liaison alors que rien n'était plus logique. Le jeune homme était très détendu, comme peut l'être cette génération sur la côte Pacifique. Il arborait un sourire magnifique. Philippe demanda à voir sa fille. Le jeune homme s'excusa, ce n'était pas la bonne entrée. Devant l'air ahuri de Launay, il lui expliqua que la maison était louée en colocation et que l'entrée de Viviane se trouvait de l'autre côté. Launay fut contrarié à l'idée que sa fille n'ait pas de vue sur la mer. Mais rassuré aussi que ce beau jeune homme ne lui fasse pas concurrence.

Il remercia et fit le tour de la maison. La seconde entrée était plus modeste mais fleurie. Launay sonna et se tint raide devant la porte, crispé.

Sa fille avait beaucoup vieilli, ce fut la première réflexion qu'il se fit. Puis, à bien y regarder, elle n'avait pas vieilli tant que cela, elle s'était simplement éteinte. Et, à bien y réfléchir, elle était déjà éteinte avant de quitter Paris. Elle portait un pull trop grand sur un jean délavé. Elle ne se montrait pas surprise de le voir. Elle lui sourit sans enthousiasme, l'embrassa froidement et lui fit signe d'entrer. Il avança dans ce qui devait être la pièce principale. Elle était chaleureusement décorée.

— Je m'attendais à une visite. J'aurais pensé plutôt à maman. Tu es tellement occupé. Enfin, j'imagine, je ne suis pas la politique française. Toujours aussi rasante ?

Pour toute réponse, Launay eut un demi-sourire. Il se réjouit qu'elle ne lui ait pas sauté dans les bras, ces effusions le gênaient. Mais visiblement, elle n'en avait pas eu l'idée et, dans son souvenir, ce n'était pas non plus son genre. La dernière fois qu'elle l'avait fait, elle ne devait pas avoir dix ans. Elle lui proposa un verre et s'absenta dans la cuisine après lui avoir montré un siège. Elle revint avec un whisky de mauvaise qualité et de la glace.

— Tu as de la chance de me trouver, on avait prévu de sortir ce soir mais c'est repoussé.

Le « on » le rassura : sa fille n'était pas seule. Il prit son verre et commença à boire à petites gorgées tout en regardant autour de lui. Les murs étaient couverts d'objets amérindiens et de photos de Curtis.

— Pourquoi tu ne nous as pas dit où tu étais ?

— Probablement parce que je ne voulais pas vous voir rappliquer. Ni l'un ni l'autre. J'avais besoin de changer d'air. Comment tu m'as retrouvée ?

Launay hésita puis lâcha :

— Les services secrets français.

— Comment va maman ?

— Mal.

— Je m'en doutais.

— C'est pour ça que je suis venu te voir. J'ai besoin d'aide.

Viviane regarda son père comme si elle cherchait à sonder sa sincérité.

— Ta mère sombre psychologiquement. La mort de ta sœur, ta disparition...

— Un mari comme toi...

— Qu'est-ce que tu veux dire ?

Viviane répondit d'une voix douce.

— Je veux dire... En plus, elle a un mari comme toi.

— C'est-à-dire ?

— Tu le sais bien.

Dans le silence qui suivit, les objets aux murs devinrent moins aimables qu'à la première impression.

— Bref, ta mère est à la limite de basculer dans la pathologie. J'ai peur qu'elle ne se supprime.

Viviane prit la nouvelle avec tristesse mais n'ajouta rien. Elle changea de sujet.

— Et toi, tu en es où ?

— Je me prépare pour la présidentielle, avec de grandes chances de l'emporter.

Il dit cela modestement, comme si la perspective ne l'enchantait pas vraiment.

— J'ai bien fait de partir, alors.

— Pourquoi dis-tu cela ?

— Tu imagines ma vie en France en fille du président ? Ici, personne ne te connaît et les gens ne te connaîtront pas plus après l'élection. Qu'est-ce que je peux faire pour maman ? Je préfère te le dire tout de suite, je ne me sens la force de m'occuper d'elle ni ici ni là-bas. Je ne suis pas partie pour rien, tu sais.

Elle remonta ses pieds déchaussés sur le canapé où elle était assise et enfonça sa tête dans ses genoux en arrondissant le dos. Le père et la fille restèrent ainsi un bon moment sans rien dire. Puis Launay brisa le silence.

— Je ne veux pas revenir sur le passé, Viviane.

Elle leva brusquement la tête. Des larmes étaient accrochées à ses paupières.

— Je ne peux pas faire une croix sur le passé.

Elle hésita puis ajouta :

— Vous avez été des parents... minables.

Launay en fut atteint, mais superficiellement, car l'accusation de sa fille comportait une bonne nouvelle, il n'était pas le seul en cause comme sa femme le laissait croire.

On entendit un bruit de clé dans la porte. Celle-ci s'ouvrit sur une tête, celle d'une jeune femme amérindienne. Elle souriait. Launay fut surpris par la fraîcheur et la délicatesse de ses traits. Et puis elle avança dans la pièce, dévoilant un corps obèse. Launay se leva tandis qu'elle approchait, intriguée.

— Mon père, lança Viviane.

Ses yeux coulaient encore, son nez aussi, et la jeune femme les regarda tour à tour, cherchant à comprendre ce qui se passait. Launay se rassit. Il vit sa fille se lever pour poser un baiser sur la bouche de la jeune Amérindienne, qui la serra contre elle.

55

Lorraine aurait trouvé cette promiscuité un peu pesante, si le charme d'O'Brien n'avait pas commencé à agir sur elle.

O'Brien entretenait une conversation riche où filtrait une grande culture. Il lui parla longuement de la diaspora, ces quatre-vingts millions d'Irlandais vivant de par le monde, poussés à l'exode par l'envahisseur. Il lui fit également un point très précis de la situation en Ulster après lui avoir expliqué en détail les causes du conflit, selon lui d'origine tribale plus que religieuse. Puis il lui avoua qu'il gagnait plus d'argent en jouant aux courses que par ses appointements d'agent de renseignement, ce qui lui permettait de mener un train de vie très au-dessus de celui de ses collègues, régulièrement soumis à des coupes budgétaires. O'Brien conduisait calmement et ne s'arrêtait que pour fumer et téléphoner loin de la voiture. Les heures passant, ils en vinrent à se parler de choses plus personnelles. O'Brien confia à Lorraine qu'il avait perdu sa femme très jeune et qu'il ne l'avait jamais remplacée.

— Vous n'avez jamais eu de relations amoureuses depuis ?

La voiture autorise des conversations qu'on n'aurait nulle part ailleurs par le fait qu'on peut se parler sans se regarder. Mais O'Brien tourna la tête, surpris, avant de se rappeler que Lorraine, en bonne Française, avait certainement un rapport détendu aux choses du corps.

— Cela vous paraît si impensable que cela ?

— Pour un homme, complètement impensable.

Ils se mirent à rire de bon cœur. O'Brien ouvrit les vitres pour laisser entrer la fraîcheur puis, soudainement grave :

— Je vous rassure, j'ai eu beaucoup de femmes d'un soir et bon nombre de relations tarifées.

Ils rirent de nouveau, de ce rire communicatif qui soulage plus que les mots.

O'Brien avait calculé son trajet de façon à atteindre Curragh à l'heure où les courses débutaient. L'hippodrome, une immense surface verte tondue par des dizaines de moutons, était déchiré en bas par l'autoroute qui conduisait à Dublin. Non seulement la bande d'asphalte défigurait ce sanctuaire mais elle le rendait assourdissant par le trafic incessant que les haut-parleurs ne parvenaient pas à couvrir. Des pur-sang venus de toute l'Irlande convergeaient vers les paddocks au milieu des entraîneurs qui tiraient sur les poches de leur Barbour pour se détendre. Les jockeys, dont certains étaient si petits qu'on aurait dit qu'ils étaient loin, se concentraient cravache à la main, l'air d'être en quête d'un mauvais coup. Tous étaient maigres comme des chats sauvages. Une seule fille se tenait parmi eux, une rousse nerveuse. Lorraine sentit à quel point O'Brien était dans son élément. Alors qu'il s'apprêtait à miser, son téléphone sonna et il s'écarta de la file à regret. Il resta en ligne un bon moment et quand enfin il raccrocha, sa mine avait changé, signe que le service reprenait.

Il avait le feu vert pour conduire Lorraine auprès de Sternfall et ce n'était pas la porte à côté. Maintenant qu'ils avaient pris leur décision, ses correspondants le pressaient. Apparemment, Sternfall était dans l'Ouest, mais O'Brien avait la consigne de ne pas dévoiler sa position jusqu'au dernier moment.

Quand ils quittèrent Kildare, la nuit commençait à descendre sur la cime des arbres, portée par un crachin suspendu. L'autoroute qui menait à Galway était pratiquement déserte. Ils reprirent leur discussion comme si elle ne s'était pas interrompue. Lorraine trouvait étrange l'intimité qui s'était créée entre eux, comme deux vieux confidents, alors que la suspicion professionnelle était toujours de mise. O'Brien s'en excusa en insistant une fois de plus sur l'importance de cette opération. Mais il ne révéla rien.

La nuit enveloppait le Connemara. La route sinueuse donnait la nausée à Lorraine, qui restait silencieuse. Ils traversèrent doucement le village de Letterfrack. Deux jeunes se tenaient, une pinte de bière à la main, devant un pub dont il était difficile de distinguer les lumières. O'Brien se gara. Il se dégourdit les jambes en fumant une cigarette. Lorraine resta dans la voiture, portière ouverte, à profiter de la fraîcheur. Puis O'Brien entra dans le pub. Il était vide. La serveuse l'accueillit, souriante. Il lui commanda deux whiskies et ressortit. Lorraine ne se sentait pas assez bien pour boire, mais elle descendit de la voiture et s'assit à une table en bois. O'Brien but les deux verres, coup sur coup, adossé au mur du pub. Elle se leva et se campa devant lui, à le regarder sans rien dire, un long moment. Les deux jeunes rentrèrent dans le pub.

— Vous devriez commander un troisième verre, non ?

O'Brien comprit ce qu'elle voulait dire. Il éteignit sa cigarette et en alluma une autre. Elle se rapprocha de lui, presque à le toucher.

— Il vaudrait mieux pour moi que je ne le voie pas, n'est-ce pas ? Mais c'est trop tard. Il est indispensable que je le voie.

Elle posa la main sur son torse.

Ils remontèrent en voiture pour moins de deux kilomètres. Un manoir se dressait sur une hauteur après un pont étroit. Un filet de lumière les y attendait. Une blonde ensommeillée à la voix et aux traits masculins les conduisit à leurs chambres, proches l'une de l'autre. Celle de Lorraine était immense, toute en longueur, décorée telle qu'elle avait dû l'être à l'époque où la maison avait été construite. Une table ovale était placée devant le lit. Un livre y était posé, un ouvrage de Lowe sur les Kennedy. Elle en tourna les pages, le temps de décider. Puis elle ressortit dans le couloir et frappa à la porte d'O'Brien. Il n'en parut pas étonné et la laissa entrer.

56

La voiture roulait doucement. Viviane essayait de contourner les nids-de-poule. Ils avaient quitté une banlieue résidentielle et fleurie pour pénétrer dans cet espace hors du temps. Viviane avait proposé à son père de l'y conduire sans lui dire pourquoi. La route n'avait pas été longue depuis Horseshoe Bay mais il avait pu mesurer, sous un ciel si bleu qu'on l'aurait dit fraîchement peint, à quel point cette ville était aérée et légère. Viviane lui avait parlé de son travail à la banque, sans intérêt selon elle si ce n'était l'argent qu'elle en tirait. Elle s'occupait de communication, de sponsoring, d'organiser des tournois de golf pour les clients. Elle s'ennuyait franchement, d'autant que la banque ne ciblait qu'une clientèle haut de gamme. Elle avait accédé à des responsabilités impensables en France à son âge, et si elle ne les goûtait pas tout à fait, c'était d'après elle parce qu'elle était justement française.

Sa vraie passion était là, dans cette réserve à l'herbe mitée où se succédaient, alignés, trailers et mobile homes espacés de quelques mètres. Des hommes se tenaient devant leur porte, et ils jetèrent sur la voiture un regard désintéressé. Certains firent un signe de la main. L'idée vint à un homme d'y ajouter un sourire, mais il était édenté. Les voitures garées le long des habitations étaient pour la plupart des modèles des années quatre-vingt au châssis rouillé. Launay se dit que le lieu figurait à mi-chemin entre le camping bas de gamme et la décharge. La pauvreté y était tellement manifeste que chaque objet en était l'expression. Mais les choses ne punissaient pas les hommes, c'étaient eux qui les avaient punies en les laissant croupir, comme autant de symboles de leur victoire sur le matériel. Pourtant, il était difficile de distinguer la part d'honneur qui leur restait dans cette misère.

— Je voulais que tu voies les premières victimes de la mondialisation, qui a commencé ici avec l'arrivée des Anglo-Saxons. Ces gens qui nous regardent, ils sont sidérés depuis plusieurs siècles par notre mode de vie. Ils ne comprennent pas qu'on se conduise nous-mêmes délibérément vers notre propre perte. Ils ne comprennent pas notre rapport à la nature. Les Canadiens font tout pour les intégrer mais notre modèle est incompatible avec leurs gènes. Ils se suicident. C'est pour éviter ce suicide qu'on a développé notre association, avec Amy, et qu'on y consacre toute notre énergie. Et notre argent aussi, n'est-ce pas, Amy ?

Launay se retourna et vit Amy opiner en souriant.

Viviane s'arrêta au milieu de l'allée et elle regarda son père.

— Ces gens-là sont inadaptés à leur environnement comme Bénédicte l'était au vôtre. Elle n'était pas de votre monde. Et je n'ai pas pu l'aider.

Elle avait dû beaucoup pleurer à cette évocation au cours des mois précédents. Cette fois, ses yeux restèrent secs.

— Donc, maintenant, je vais te donner ma réponse. C'est pour cela que tu es venu, n'est-ce pas ? Tu me demandes de convaincre maman de ne pas torpiller ta campagne et de figurer auprès de toi sur les photos ?

Elle fixa un long moment son père, dont le souffle s'était raccourci.

— C'est d'accord. Amy et moi, on viendra quelque temps en France.

En bon politique qu'il était, Launay mesura en moins d'une seconde l'impact qu'aurait la révélation de la relation lesbienne de sa fille avec une Amérindienne. Entre les voix gagnées à gauche et celles perdues à droite, il jugea que le solde était positif.

— En contrepartie, je veux que tu t'engages à supporter notre action en faveur des Amérindiens auprès du gouvernement canadien.

Cet engagement ne lui coûtait pas cher. Launay y souscrivit volontiers. Il se sentit soulagé. Un poids avait disparu de son plexus, là en plein milieu de cette réserve du quart-monde.

— Il y a encore une condition.

Launay n'écoutait plus vraiment, tout à sa satisfaction de voir son ciel s'éclaircir.

— Tu vas te débrouiller pour verser trois millions de dollars canadiens sur le compte de notre association. C'est rien à l'échelle de ce que tu dois brasser en tant que politique, non ?

Launay regarda sa fille, juste pour vérifier que le mépris qu'elle exprimait à son égard était bien réel. Il réfléchit rapidement, moins à la façon de trouver l'argent que de le faire circuler jusqu'au Canada. Puis il tendit la main à sa fille, qui hésita avant de donner la sienne. Il la serra et dit :

— Nous avons un « deal », c'est comme ça qu'on dit ici, non ?

— Oui. Mais on veut l'argent sur le compte de l'association avant de s'envoler pour Paris.

— Et si tu ne parviens pas à convaincre ta mère ?

— Je te soutiendrai pour qu'on la fasse interner, je peux m'engager par écrit si tu veux, ça te va ?

— Ça me va. Toutefois, compte tenu de la légère incertitude qui subsiste, je propose deux millions de dollars, canadiens.

Amy posa la main sur l'épaule de Launay et, sans avoir consulté Viviane :

— Deux et demi.

Launay soupira.

— Va pour deux et demi.

57

— C'est la même perspective que chez vous.

Sternfall se tourna vers Lorraine, intrigué.

— Comment pouvez-vous savoir ?

— Je m'y suis rendue.

La mer apparaissait entre une futaie de grands pins d'un côté et un hangar agricole qui servait d'écurie de l'autre. Les chevaux au long poil paissaient un peu plus bas, ne redressant la tête que pour jeter un œil sur le lointain.

Lorraine était assise à côté de Sternfall sur un banc en bois devant la maison. Les gardes étaient plus loin. L'un d'eux parlait avec O'Brien.

— Pourquoi vous ont-ils amenée ici ?

Lorraine but une gorgée du café qu'elle serrait entre ses mains.

— J'imagine que c'est pour témoigner auprès de mon patron que je vous ai vu.

— Comment avez-vous su que j'étais en Irlande ?

— Même si le pasteur de votre paroisse m'a dit que vous parliez de tuer votre femme et votre enfant et de mettre fin à votre vie, je n'y ai jamais cru. On aurait retrouvé votre corps.

Plusieurs cas de disparition d'un homme qui a éliminé sa famille ont eu lieu en France ou aux États-Unis, soit que l'homme ait vécu sous une nouvelle identité soit qu'il ait réussi à se suicider sans qu'on retrouve son corps, mais c'est très rare. Je n'ai vu aucun mouvement d'argent sur votre compte, ni avant ni après le drame, et j'en ai conclu qu'on vous avait aidé à partir.

— Ils m'ont approché pendant le culte au temple. Quand nous sommes sortis, ils m'ont dit qu'on voulait me tuer. J'y ai cru bien volontiers, vu l'engeance que j'avais contrariée. Les grands groupes sont impitoyables quand leurs intérêts sont menacés. Et je les menaçais parce que je voulais simplement savoir, au nom des salariés.

Sternfall but son café d'un trait et posa la tasse à côté de lui.

— Je ne connais pas le fin mot de l'histoire mais ce que je peux vous dire, c'est que je suis soulagé. C'est horrible de dire cela, mais je ne me sens plus responsable de rien ni de personne. Je lis beaucoup, j'écoute de la musique, je joue aux cartes avec mes gardiens, je pense.

— Ils ont peur que vous vous échappiez ?

— Pas du tout. Ils me protègent contre quiconque aurait l'idée de me supprimer. Et comme chaque jour je tiens de plus en plus à la vie, je trouverais cela dommage.

— Vous disent-ils combien de temps ils vont vous détenir ?

— Ce n'est pas une détention. Ils m'ont conduit ici et j'y reste de mon plein gré. Selon O'Brien, je vivrai caché sous protection jusqu'à la fin du prochain quinquennat. Ne me demandez pas pourquoi, je n'en sais rien. Ensuite, ils me donneront une nouvelle identité et une somme d'argent qui me permettra de vivre décemment jusqu'à ma mort. Voilà le programme.

— Qu'est-ce que vous cherchiez à savoir qui a déclenché tout ça ?

— Je voulais connaître le détail de contrats signés avec la Chine. J'exigeais de savoir quelles étaient les implications financières pour les salariés. Je n'ai rien fait d'autre que me conformer à mon mandat. Ils m'ont accusé d'espionner pour le compte d'une puissance étrangère ou pour Blandine Habber, l'ancienne patronne de la branche nucléaire, mais ce n'est pas vrai. D'ailleurs, Blandine Habber en sait beaucoup plus long que moi. Et puis, je la crois plus préoccupée par son positionnement personnel que par une volonté de transparence sur ces contrats. Pourtant, je l'appréciais, mais j'ai appris que, passé un certain niveau, les gens ne pensent et ne travaillent que pour leur propre personne. Même le nucléaire, j'en suis revenu. Tout cela n'est qu'une immense course au matérialisme, au fétichisme. On ferait mieux de se poser les bonnes questions sur nos vies. Cette planète sera de toute façon ruinée par la surpopulation, une surpopulation que les pauvres encouragent parce que les enfants sont leur seule richesse, et que les riches encouragent parce que les pauvres sont leur futur marché.

Lorraine regarda à l'intérieur de la maison à travers la porte ouverte.

— Pourquoi ces cartons ?

— On déménage. C'est suite à votre visite, j'imagine.

Sternfall soupira profondément.

— C'est une drôle de position que la mienne. Des gens ont intérêt à me tuer et je ne sais même pas pourquoi.

Lorraine pâlit soudainement et son visage se creusa.

— Dans les affaires compliquées, il y a parfois des épidémies mortelles.

— Vous croyez qu'une fois que tout sera terminé, dans six ans, ils pourraient être tentés de me supprimer ?

Du regard elle embrassa le paysage où se tenaient O'Brien et les deux gardiens réunis.

Lorraine se leva, Sternfall l'imita.

— Nous n'aurons certainement pas l'occasion de nous revoir, mais je vous souhaite bonne chance.

Elle lui serra la main puis, avant de le quitter :

— Dites-moi, vous avez vraiment pensé à tuer votre femme et votre fils ?

— Oh oui, j'y ai pensé. J'y pensais tous les jours.

58

Les théories s'entremêlaient dans son esprit.
Lorraine ne parvenait pas à décider si elle en
savait trop ou pas assez. De toute évidence,
elle en savait déjà trop et pas encore assez. Le
TGV en provenance de Saint-Malo avait pris du
retard. Il était resté bloqué une demi-heure sur
la voie, sans explication. Puis l'explication était
venue, lâchée comme une obole : le train avait
heurté un chevreuil. Comment un engin de plusieurs centaines de tonnes pouvait-il être arrêté
par un animal d'une quarantaine de kilos ?

Le retour du Connemara s'était déroulé dans
un silence absolu. Chacun avait essayé de parler
mais aucun n'y était parvenu, comme s'ils crai-
gnaient l'écho de leur propre voix. Ils n'avaient
pas évoqué leur nuit. Ils n'avaient rien à en dire.
Un sentiment fugace d'avoir fait la paix avec son
père avait traversé l'esprit de Lorraine.

Elle avait senti monter son attachement pour
O'Brien, sentiment d'une force qui la désempa-
rait. Il avait dans le dispositif une importance plus
grande que celle dont il voulait bien se prévaloir.

Alors que le trafic se densifiait à l'approche de Dublin, il s'était décidé à parler.

— Je dois aller à Paris, pour y rencontrer Corti. Vous chargerez-vous du rendez-vous ?

Elle opina du chef.

— Inutile de vous préciser que personne d'autre que lui et vous ne doit savoir pour Sternfall.

Elle sortit de sa torpeur.

— J'imagine que si Corti était le seul à savoir, ce serait encore mieux pour vous ?

— C'est vrai, mais il en est ainsi.

Le taxi la conduisit de Montparnasse au siège de la DCRI avec dix minutes de retard. L'ascenseur, comme par un fait exprès, s'arrêta à tous les étages. Lorraine se précipita dans le bureau de la cerbère qui, d'un geste impatient, lui fit signe d'entrer directement.

Corti, comme à l'habitude, l'accueillit sans la regarder.

— J'ai failli attendre.

Puis il releva la tête.

— Auriez-vous décidé de me mettre de mauvais poil ? Parfois, je ne me comprends pas. Dans votre dossier il est dit que vous êtes un agent finalement assez moyen. Je passe outre. Je vous confie une affaire que je crois importante. Vous disparaissez en Irlande vous tricoter un pull pour l'hiver sans donner de nouvelles. J'ai mérité ça, dites-moi, madame, j'ai mérité ça ?

Il haussa les sourcils.

— Alors ?

— Alors j'ai vu Sternfall.

— Vous êtes certaine que c'était lui ?

— J'ai relevé ses empreintes. Elles correspondent. Ils le gardaient dans une maison du Connemara, mais maintenant que je l'ai vu, ils vont le transférer ailleurs.

Corti la regarda fixement comme si elle était transparente.

— De quoi ont-ils peur ?

— Qu'on l'efface.

— À propos, qui a buté le pauvre type de la DGSE qui s'accrochait à vos basques ?

— Il est mort ?

— Non, mais il ne boira plus jamais de lait de sa vie. Je crois qu'il a eu son compte. Qui a fait ça ?

— Les services irlandais.

— Je m'en doutais. Ils ont bien fait mais je ne comprends pas pour autant ce qu'ils fabriquent dans cette histoire.

— L'homme qui chapeaute tout voudrait vous voir. Son nom est Patrick O'Brien.

— Je vais le rencontrer. Mais je n'aime pas leurs manières, je ne vais pas l'inviter à déjeuner. Occupez-vous du rendez-vous.

Il recula son fauteuil.

— Au fond, si je comprends bien, vous n'avez pas servi à grand-chose. Ces gens-là pêchent à la mouche. Quand le poisson est fatigué, ils le ferrent. Avec ou sans enquête de notre part, ils seraient venus nous voir. Pourquoi ils ne sont pas venus avant ? Pour se donner du temps. Du temps pour quoi ? Je ne sais pas. Mon expérience me dit que je n'ai plus besoin de vous. Maintenant, vous avez intérêt à oublier Sternfall.

59

O'Brien était arrivé un matin à la DCRI. Il portait ce même masque d'élégance que Lorraine lui connaissait. Corti le fit attendre un peu, pour le principe. Il demanda un cendrier à la secrétaire. Elle lui fit remarquer qu'il était interdit de fumer dans les lieux publics. Il fit celui qui ne comprenait pas et alluma une cigarette. Avant que la cendre ne tombe, la cerbère était revenue avec un cendrier, dans lequel il écrasa son mégot quand Corti vint à sa rencontre. Il eut quelques mots de bienvenue dans un anglais incompréhensible, assez proche de celui d'un Serbe dont on aurait coupé la langue. O'Brien, pour abréger ses souffrances, et surtout les siennes, lui répondit dans un français précis. Les deux hommes pénétrèrent dans le bureau et Corti ferma la porte derrière eux. À l'heure du déjeuner, ils n'en étaient pas sortis. Corti appela sa secrétaire pour lui demander d'annuler un déjeuner avec le président de la commission de la défense de l'Assemblée nationale. O'Brien sortit du bureau vers 14 heures. On ne pouvait rien lire sur son visage. Ni sur celui de Corti, qui semblait osciller entre deux sentiments contradictoires.

Le dressing de Deloire était une véritable pièce. Une trentaine de paires de chaussures en jonchaient le sol. Les boutons dorés des embauchoirs brillaient comme de petits soleils. Une penderie contenait une vingtaine de costumes et autant de chemises que dans une boutique. Vêtu d'un peignoir en éponge, Deloire prenait son temps. Il passait d'un costume à l'autre. Tous lui convenaient mais il ne se décidait jamais avant de les avoir méthodiquement passés en revue. Il en allait de même avec les chemises et les chaussures, dont le choix dépendait évidemment du costume retenu. Il se regarda dans les quatre glaces fixées sur les portes de la penderie. Elles lui renvoyaient tous les points de vue possibles sur sa personne : de face, de dos, de profil, de trois quarts, un vrai scanner d'allure. Deloire quitta son peignoir pour goûter un instant au plaisir de se voir nu. Rien dans sa silhouette n'indiquait qu'il était entré dans le dernier tiers de sa vie, celui où la nature reprend très vite ce qu'elle a mis longtemps à concéder. Son ventre avançait, certes, mais sainement. On aurait dit tout au plus des abdominaux excessifs poussés par le bien-être. Rien n'altérait sa carrure, et les muscles de ses épaules comme de ses bras résistaient glorieusement. Ses fesses refusaient d'ourler sur ses cuisses et son visage restait tendu par une mâchoire carrée. Ses dents d'une blancheur juvénile contrebalançaient les poches qui se dessinaient à peine sous ses yeux. Deloire se décida pour un costume anthracite et une chemise rose sombre. Quant aux chaussures, il eut un doute. Il sortit du dressing et traversa la chambre, où sa femme dormait. Le drap en satin censé la couvrir tombait sur la moquette et une position malencontreuse avait remonté sa chemise de nuit, révélant le bas de son corps. « Les femmes vieillissent plus vite mais heureusement pour elles plus longtemps », songea-t-il. Pour effacer cette vision, il lui superposa celle que son esprit lui suggérait. Le corps de Li dont il avait usé à trois reprises la veille était sans faille. Elle était le summum de ce qu'il pouvait espérer d'une maîtresse : la jeunesse, une incontestable beauté, un commerce agréable, un talent qui s'ajoutait à une culture solide, ni prétention ni revendication d'aucune sorte. Un élancement à la prostate aussi aigu que fugace interrompit le cours de ses pensées. Il entrouvrit les doubles rideaux avec précaution pour éviter que la lumière n'entre dans la pièce. Il pleuvait. De grosses gouttes martelaient sa limousine de fonction, garée, comme chaque matin, en face de son immeuble. De peur d'être en retard, son chauffeur s'y positionnait avec une demi-heure d'avance, sur une place réservée aux handicapés, tous feux allumés. Deloire se décida donc pour des chaussures légèrement montantes.

La table avait été dressée sur la terrasse de la maison, une avancée discrète surplombant la mer. Le soleil, haut dans le ciel, paradait. Un vent frais se levait par intermittence puis retombait par manque de conviction.

Trois couverts avaient été mis de telle sorte que personne ne tourne le dos à la mer. Corti avait décidé de les attendre assis et, surtout, de ne pas se lever à leur arrivée. Le hasard faisait bien les choses. Il n'avait aucune affaire urgente à Paris et Launay était dans l'île de Beauté pour sa campagne. Volone avait pris l'avion du matin pour les rejoindre. Ils arrivèrent ensemble, l'air soucieux. Un des gardes du corps de Corti les introduisit. Corti les fit asseoir pendant que Mme Corti apportait des assiettes de charcuterie, de fromage, d'aubergines et de tomates. Quand elle eut terminé, Corti lui fit signe de s'éclipser. Launay avait prévenu qu'il était disponible au plus une heure et quart. Volone semblait de mauvaise humeur. Il aurait dû défaire le bouton du col anglais de sa chemise, mais il n'était pas homme à se laisser surprendre dans une tenue décontractée. Il n'y avait pas de parasol sur la terrasse et les convives ne pouvaient compter que sur l'ombre d'un grand olivier au tronc noir. Corti versa du vin rouge à ses invités, saisit un morceau de pain qu'il enfourna dans sa bouche et, quand il ne lui resta plus que la moitié à avaler, il se mit à parler.

— Bon, je ne suis pas certain que tout ce que je vais vous dire va vous faire plaisir. Mais j'ai de bonnes nouvelles quand même.

Il s'arrêta pour contempler l'effet produit par ses mots.

— On a retrouvé Sternfall, le syndicaliste que tu avais égaré, reprit-il à l'adresse de Volone. Dans le Connemara. Il y coule des jours heureux sous la protection de la CIA. D'après ce que j'ai compris, arrêtez-moi si je me trompe, Sternfall posait un problème. Deloire a suggéré aux Chinois de vous soulager de ce problème. Ils ne l'ont pas fait eux-mêmes. Ils ont sous-traité à des Italiens. Le plan était de faire peur à Habber et, pour Sternfall, de mettre en scène un drame familial. Ils ont bien tué sa femme et son fils, mais lui n'a jamais regagné la maison. C'est la CIA qui l'a enlevé. Informée par qui ? Je vous le donne en mille. Deloire, débauché par la CIA. Jusque-là, c'est clair ?

Un silence s'installa, rompu par Volone, écarlate :

— Mais s'ils savaient ce qui se dessinait à travers Deloire, pourquoi n'ont-ils pas empêché la tuerie ?

Corti inspira longuement puis soupira d'aise.

— C'est là toute l'histoire. Pour piéger Philippe.

Launay se redressa dans son siège.

— Pourquoi moi ?

— Pour te tenir. Revenons à l'origine. Quelles sont les craintes concernant Sternfall ? Que sa démarche le rapproche d'un contrat annexe au contrat Mandarin, qui concerne la fourniture de combustible nucléaire retraité à la Chine. Et ce contrat annexe est l'objet de rétrocommissions qui financent la campagne de Philippe. Les Américains savent tout par Deloire, domiciliation, montants, etc.

Il s'interrompit pour imbiber une tranche de pain d'huile d'olive et la recouvrir de poitrine fumée. Il mordit joyeusement dedans, tout en reprenant :

— Et le porte-containers qui a éperonné le catamaran, par malchance, c'est celui qui prend livraison du combustible. D'où l'idée d'orienter le juge vers un sous-marin pour le laisser se perdre dans les méandres du secret-défense.

Puis il s'assombrit.

— La mort de deux innocents liée à une histoire de financement de campagne, c'est assez pour faire chanter un président. Vous aurez remarqué qu'ils ont attendu d'être sûrs que tu allais gagner pour se manifester.

Après un moment d'abattement, Launay s'efforça de se ressaisir :

— Qu'est-ce qu'ils veulent en contrepartie ?

— Ils te le diront eux-mêmes. J'imagine qu'ils espèrent de toi une bienveillance générale à l'égard de leurs intérêts, dans tous les domaines.

62

Deloire s'habilla sans se presser. Il se servit une seconde tasse de café. Après avoir enfilé son imperméable, il attrapa un parapluie écossais rouge. Puis il sortit. Il attendit l'ascenseur un moment qui lui parut trop long. Quand enfin il arriva, il s'ouvrit sur une belle jeune femme brune. Ils descendirent collés l'un à l'autre dans la minuscule cabine. Son parfum fit déferler en lui une vague d'optimisme. Au rez-de-chaussée, il s'effaça pour la laisser passer, mais sans doute avait-elle oublié quelque chose, car elle lui fit signe qu'elle remontait. Deloire sortit de l'immeuble. Des trombes d'eau s'abattaient sur l'asphalte. Il ouvrit son parapluie et s'engagea sur la chaussée.

Corti resta un moment silencieux à regarder la mer. Au loin, il aperçut un minuscule voilier qui croisait un énorme ferry.

Launay respira profondément.

— Qu'est-ce qui va se passer pour Deloire ?

Corti sourit :

— Ce sont des gens bien élevés, ils s'en occupent.

— Qui d'autre est au courant ?

— Un de mes agents, qui a essayé de comprendre tout ce que vous me cachiez. Mais elle n'est pas arrivée jusqu'au bout. Je l'ai dérivée avant.

— Elle sait pour Sternfall ?

— Oui.

— Alors, on ne peut pas prendre ce risque, dit Volone.

— C'est ce que m'a dit le type de la CIA, mais...

Launay, excédé, le coupa :

— Je crois que ça suffit, vraiment.

Le téléphone de Corti vibra. Il répondit, écouta puis raccrocha.

— Il faut que tu me fasses une promesse, Philippe, dit-il. Quand tu seras président, je voudrais que tu ordonnes à la sécurité routière de lancer une campagne pour le respect des passages cloutés par les automobilistes.

Launay regarda Corti, perplexe. Ce dernier reprit :

— Deloire vient d'être percuté par une voiture sur un passage piéton, c'est l'exemple même de cet incivisme dont je parle.

Avant de monter sur scène, Launay croisa Lubiak. Il tenait en main une fiche manuscrite qui détaillait les résultats du dernier sondage. « On ne peut plus perdre ! » lui lança-t-il. Launay répondit par un sourire courtois. Quand Marquet vint à lui, Launay le prit à part.

— J'ai vu que vous avez mis dix-neuf fois le mot « changement » dans le discours. Si après cela ils ne sont pas convaincus que rien ne va changer, c'est à désespérer.

Puis Launay s'isola dans sa loge. Il n'était pas seulement question de changement dans le discours, on y parlait aussi beaucoup de rassembler. Autour de quoi ? Du changement, bien sûr. Pour le moment, Launay n'avait qu'une préoccupation, se rassembler lui-même, retrouver l'élan de l'enthousiasme. Aurore posa sa main sur son épaule. Lubiak passa la tête par la porte dans l'intention de montrer une nouvelle fois sa bienveillance. La foule entassée dans le palais des sports se sentait galvanisée par les sondages. Le besoin d'être associé à la victoire montait chez les gens qui l'exprimaient bruyamment. La foule impatiente se mit à scander son nom, à en marteler l'espace de la salle jusqu'à l'insupportable. Il se leva et respira profondément. Puis, par une porte latérale, il monta sur la scène, où la lumière l'éblouit quelques instants.

Il ouvrit les bras et, sous les applaudissements, commença :

— Mes amis, mes chers amis...

65

Le lendemain, la journée était chargée comme toutes celles qui allaient suivre jusqu'à l'élection. Launay était convié dans une banlieue difficile à un colloque sur l'apprentissage du français par les enfants d'origine étrangère. C'était du moins ainsi que le sujet lui avait été présenté par Aurore, qui désirait que Launay soit le candidat des enseignants. Launay avait été placé au premier rang entre le recteur d'académie et un conseiller du ministère qui préparait l'avenir à sa façon.

La conférencière avait brillamment poussé dans le terreau de l'université française, dont elle était un fleuron reconnu.

— La question des allophones est avant tout l'étude de la question de la minorisation d'apprenants. La langue, objet de beauté selon Klinkenberg, est aussi l'expression d'une idéalisation de type saussurien prise comme système. Le parlé hybride de l'allophone de la périphérie heurte la conception systémique par des modalités identitaires particulières. Le locuteur, victime de la stigmatisation de ses pratiques langagières, sort du champ de la légitimité...

Launay s'endormit, éreinté par le meeting de la veille qui l'avait conduit très tard dans la nuit et par cette succession de mots qu'on aurait pu mettre dans n'importe quel ordre sans fondamentalement altérer le sens du discours, qui n'était de toute manière pas délivré pour atteindre l'auditoire, relevant a priori plutôt de l'incantation masturbatoire. Quand il se réveilla, il regarda autour de lui pour voir si sa sieste matinale avait été remarquée, mais apparemment tout le monde dormait aussi. Le discours, lui, continuait, volontairement abscons. Son but n'était pas de régler des problèmes mais de s'en exonérer vaillamment par une démonstration de voltige destinée à asseoir l'autorité de l'université sur de pauvres enseignants de collège déjà punis d'hériter en classe de sixième d'enfants ne sachant ni lire, ni écrire, ni parler. Launay assista jusqu'au bout sans broncher à la violence verbale faite à ces petits Mozarts assassinés et, quand la conférence fut terminée, il serra nombre de mains de professeurs souriants qui n'étaient visiblement pas dupes de la collusion entre leur administration et certains de leurs syndicats pour les désespérer un peu plus. Il fit toutes les promesses qu'on attendait de lui, puis son chauffeur prit la direction de la Bretagne pour rendre visite à des éleveurs de porcs exaspérés. Il commença ainsi son grand tour des mécontents chroniques de la République, convaincu qu'il ne pourrait pas faire mieux que ses prédécesseurs.

Toute la difficulté pour O'Brien avait été de trouver un restaurant de grande qualité sans service ostentatoire. Le choix de Londres s'était imposé. À Paris, O'Brien craignait d'être écouté. Comment d'ailleurs le reprocher à ses interlocuteurs français ? O'Brien appréciait Corti et le considérait comme un allié naturel. Mais, il pouvait le comprendre, la tentation devait être forte d'installer une camionnette antenne à proximité du restaurant pour recueillir leurs propos. Launay avait calé ce déjeuner dans son agenda très chargé de candidat favori. Il avait longtemps rechigné à se rendre à Londres, mais, l'Américain s'étant montré inflexible, il avait fini par céder. Ils se tenaient l'un en face de l'autre dans un restaurant français où le chef, sachant qu'il cuisinait peut-être pour le futur président, avait redoublé de créativité.

— Je ne voudrais pas que nous parlions d'autre chose que de partenariat, avait commencé O'Brien.

— Mais… je ne l'ai jamais envisagé autrement.

— Vous êtes notre candidat favori, je tiens à vous le dire. Le président en exercice ne nous a jamais séduits. Le mélange d'idéologie et de pragmatisme ne fonctionne pas chez lui. Comme il ne fonctionne jamais vraiment en France. Avec vous, c'est différent. D'ailleurs, la CIA intervient discrètement auprès de médias sur lesquels elle a de l'influence pour vous soutenir. Nous sommes à fond derrière vous.

O'Brien fit une pause avant de reprendre.

— Bien sûr, nous avons pu vous paraître un peu « mal élevés ». Oublions cela, si vous voulez bien. Nous ne vous forcerons à rien. Nous voulons simplement travailler en accord avec vous et sans arrière-pensées. La grande question des cinq ans à venir est celle de l'énergie. Nous sommes convaincus que les énergies fossiles n'ont plus d'avenir. L'investissement dans les énergies renouvelables va être considérable d'ici à la fin de ce siècle. L'énergie va devenir comme Internet, accessible et échangeable. Les Chinois font des efforts spectaculaires pour s'installer sur ces marchés. Nous aussi. L'Europe a été relativement en avance dans cette démarche avant de ralentir sous l'influence française. Volone n'y est pas pour rien. À l'origine, ce que nous visions, c'était de le contrôler, lui. Sa fusion réussie de l'électricité et de l'atome ainsi que ses moyens de pression sur le personnel politique en ont fait un acteur majeur de la politique énergétique de l'Europe. Quand on l'a vu se tourner vers la Chine, on s'est dit qu'il fallait le contrôler. Et puis, désolé, on a découvert votre présence annexe dans le dispositif. Il nous a coûté cher, ce Deloire, très cher. Lui aussi travaillait pour les Chinois au départ, mais il était tellement avide qu'il n'a pas été difficile de le recruter. Je vous le répète, monsieur Launay, nous n'avons pas l'intention de vous faire chanter, nous voulons collaborer très amicalement. D'ailleurs, si vous avez des problèmes avec Lubiak, nous disposons d'informations sur lui de nature à l'encourager à se tenir calme à vos côtés pendant le prochain quinquennat. Il s'agit d'informations auxquelles Corti ne peut pas accéder. Je suis vraiment heureux de la collaboration qui s'amorce, monsieur Launay, vous allez faire un grand président.

O'Brien leva son verre le premier et Launay l'imita spontanément.

67

— Le niveau de la classe politique baisse en proportion du pouvoir qu'elle perd année après année. Et cette baisse de niveau face à des problèmes de plus en plus complexes la rend de moins en moins efficace. Il en résulte que son recrutement se fait désormais en priorité parmi les médiocres et les prévaricateurs. Comme tous les faibles, ils révèlent une force remarquable quand on menace leur position. Philippe, je me suis engagé auprès de vous dans une optique réaliste qui n'exclut pas de former une pensée. Les attaques ont été tellement violentes ces derniers mois que nous n'avons pas vraiment eu le temps de parler d'un programme politique. On ne pourra pas rester dans l'incantation très longtemps.

Philippe Launay fixait le coin de ciel bleu qui se découpait entre les immeubles. Une phase dépressive s'annonçait. Il ressentait une profonde envie d'être ailleurs, d'autant plus angoissante qu'il était incapable de définir cet ailleurs. Jamais il n'avait ressenti à ce point le besoin d'une aide extérieure, qu'on lui prescrive un médicament qui régule ses états d'âme. Mais à l'approche de l'élection, il jugeait trop dangereux de s'en remettre à la discrétion d'un praticien. Les secrets sont faits pour être partagés, sutout lorsqu'ils concernent des gens exposés. Son regard revint sur Marquet.

— Qu'est-ce que vous proposez ?

Marquet attendait ce moment depuis plusieurs mois. Il inspira à pleins poumons.

— Une réforme constitutionnelle. L'Assemblée nationale élue dans un mix de proportionnelle et de représentation territoriale. On réduit le nombre de députés de moitié.

— Vous démarrez fort.

— Le Premier ministre est désigné par l'Assemblée. Le président peut dissoudre l'Assemblée et faire passer des trains de mesures par référendum. Le Sénat devient une chambre représentant les acteurs économiques et sociaux. On décentralise pour de bon. On supprime les départements et on regroupe les communes.

Marquet reprit son souffle.

— Bref, on verra tout cela dans le détail, l'idée étant de favoriser une union nationale des forces démocratiques non démagogiques. Et il faut, à mon avis, faire un travail de fond sur le renouvellement de la classe politique en limitant le nombre de mandats dans le temps, à votre exemple.

Launay soupira. Il lui était difficile d'expliquer à Marquet cette angoisse du vide qui l'étreignait à l'idée de ne plus avoir à se battre pour le pouvoir. Ce sentiment lui paraissait soudain si intime que son évocation ne pouvait donner lieu qu'à une fausse interprétation. Difficile aussi de lui révéler que son « partenariat » avec des services secrets étrangers lui offrait de nouvelles perspectives dans sa relation à Lubiak.

— Je ne suis pas certain de ne faire qu'un seul mandat. Comme on le dit un peu... vulgairement, « n'insultons pas l'avenir ».

— Mais vous avez annoncé partout que vous ne feriez qu'un seul mandat...

— Oui, dans le cadre de la constitution actuelle. Mais après les modifications que vous proposez... allez savoir. Nous n'en sommes pas encore là.

La mer ourlait, légèrement soulevée par un vent d'est constant. Gaspard se tenait immobile devant la baie vitrée. Lorraine le regardait, l'esprit envahi par des images qui se succédaient sans ordre ni raison. Elle se souvint que, quand Gaspard était enfant, elle l'installait devant un grand miroir pour lui donner l'illusion d'avoir un copain.

— Qu'est-ce que tu fais ?

Gaspard ne répondit rien, n'exprima rien. Puis la question lui parvint finalement. Il tourna la tête vers sa mère, les épaules bloquées dans le même axe.

— Je répète mon rôle pour le théâtre.

— Et qu'est-ce que tu vas jouer ?

— Moi-même.

Puis il sourit en contemplant la mer. Sans la moindre amertume dans le regard, il se tourna une nouvelle fois vers sa mère.

— Est-ce que j'ai vraiment le choix ?

DU MÊME AUTEUR

Aux Éditions Gallimard

HEUREUX COMME DIEU EN FRANCE, 2002. Prix Terre de France – La Vie 2002 (Folio n° 4019).

LA MALÉDICTION D'EDGAR, 2005 (Folio n° 4417).

UNE EXÉCUTION ORDINAIRE, 2007 (Folio n° 4693).

L'INSOMNIE DES ÉTOILES, 2010 (Folio n° 5387).

AVENUE DES GÉANTS, 2012 (Folio n° 5647).

L'EMPRISE, TRILOGIE DE L'EMPRISE, I, 2014 (Folio n° 5925).

QUINQUENNAT, TRILOGIE DE L'EMPRISE, II, 2015 (Folio n° 6099).

ULTIME PARTIE, TRILOGIE DE L'EMPRISE, III, 2016.

Aux Éditions J.-Cl. Lattès et Presses Pocket

LA CHAMBRE DES OFFICIERS, 1998.

CAMPAGNE ANGLAISE, 2000.

Aux Éditions Flammarion

EN BAS, LES NUAGES, 2009 (Folio n° 5108).

COLLECTION FOLIO

Dernières parutions

Composition CMB/PCA
Impression 🖋 *Grafica Veneta*
à Trebaseleghe, le 5 mai 2016
Dépôt légal : mai 2016
1ᵉʳ dépôt légal dans la collection: février 2015

ISBN : 978-2-07-046304-6./Imprimé en Italie